ひむろ飛脚

山本一力

新潮社

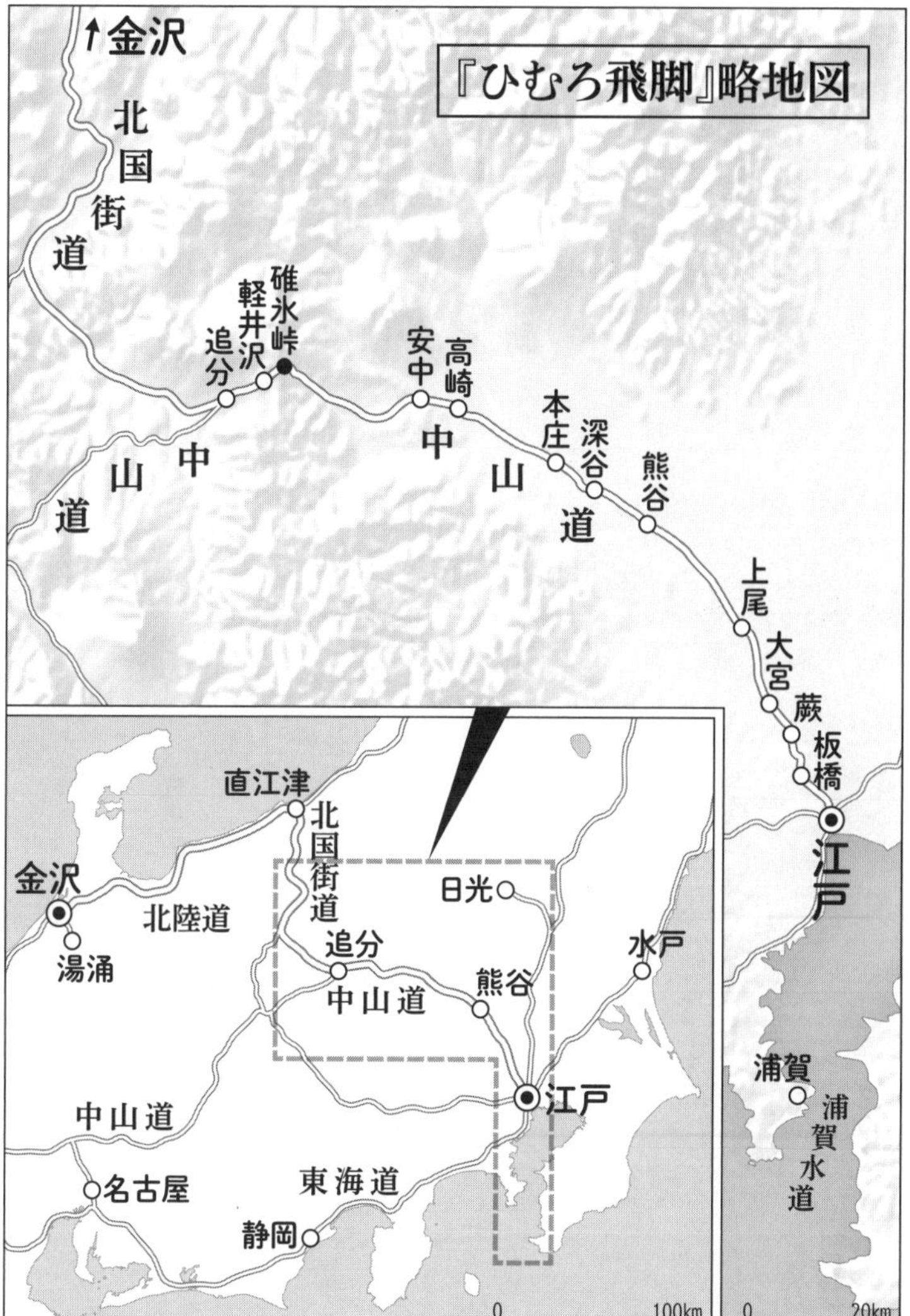
『ひむろ飛脚』略地図
↑金沢
北国街道
碓氷峠
軽井沢
追分
安中
高崎
中山道
本庄
深谷
熊谷
上尾
大宮
蕨
板橋
江戸
浦賀
浦賀水道
0
20km
直江津
金沢
湯涌
北陸道
北国街道
日光
追分
熊谷
中山道
水戸
江戸
中山道
名古屋
東海道
静岡
0
100km

主要登場人物

浅田屋伊兵衛　加賀藩御用飛脚宿浅田屋 江戸店当主
徳右衛門　浅田屋江戸店 頭取番頭
玄蔵　浅田屋江戸組飛脚頭
庄左衛門　金沢浅田屋本店 頭取番頭
弥吉　浅田屋金沢組飛脚頭
修助　金沢浅田屋本店の料理人

前田慶寧　加賀藩前田家次代当主
山田琢磨　加賀藩上屋敷用人
阿部正弘　幕府老中首座

野島忠義　阿部正弘の用人
岡本隼人　水戸藩の用人

達吉　蔵大工
嘉一　達吉の弟分
市川團十郎　歌舞伎役者
宝井馬風　市川團十郎付きの講釈師
豊田市右衛門　板橋平尾宿宿場名主
野本趙雲　野本易断第三十六代首領
兼松伊三郎　吉原の道具屋「兼松」当主
小五郎　「兼松」職人頭
辰次・寅吉　駕籠舁き

ひむろ飛脚

一

嘉永《かえい》六年元日（一八五三年二月八日）。

旧臘《きゅうろう》二十五日から続いている晴天は、年を越して元日を迎えても続いていた。

品川沖から昇った初日《はつひ》は、明け六ツ（午前六時）を四半刻《しはんとき》（三十分）過ぎたころには、本郷《ほんごう》坂上にまで届いた。

「明けましておめでとうございます」

初日を喜ぶ声が通りのあちこちで生じた。

朝日が照らしている地べたは、加賀《かが》藩前田家上屋敷の表御門につながる大路だ。

参勤交代時には、前田家家臣三千人超が進む道である。道幅六間（約十一メートル）は、他藩上屋敷前では例のない大路だった。

　商家が並び始める南の端から大路を北に六町（約六百五十四メートル）進めば、前田家上屋敷の南端である。

　塀に沿って東に歩くと、すぐに下り坂となった。広大な敷地を囲む塀は、途切れることなく坂下まで続く。じつに十町も下の池之《いけの》端七軒町《はたしちけんちょう》まで、高さ一間半（約二・七メートル）の長屋塀が連なっていた。

　これが上屋敷南側の様子である。敷地十万坪超といわれる上屋敷は、周囲をぐるりと回るだけでも半刻（一時間）以上を要した。

　およそ六町の商家往来の手入れは、両側に並ぶ五十六軒が受け持っていた。

　上屋敷内に詰める藩士、武家奉公人は、優に二千人を超えると言われた。参勤交代時にはさらに中屋敷・下屋敷に暮らす勤番藩士千人近くが加わった。

「この町が栄えていられるのも、前田様のお屋敷があればこそです」

　商家は一軒の例外もなく、上屋敷を一番の得意先としていた。

「前田家御用達《ごようたし》」と書かれた樫《かし》の木札は、商い安泰が約束された御札である。

　嘉永六年の元旦は、例年にない穏やかで暖かな始まりとなっていた。初日に照らされた往来では、藤色や赤茶色の祝儀半纏《しゅうぎばんてん》を羽織った手代たちが立ち働いていた。店先と両隣前を掃き清めるためである。

　門松は松枝の濃緑と青竹の艶ある緑、そして飾りを縛る縄の薄茶色が互いの色味を競い合っている。掃除始めに励む手代たちの半纏姿もまた、元旦の本郷坂上を彩る色味の一だった。

加賀藩の三度飛脚を務める浅田屋《あさだや》も、この商家の並びには欠かせない一軒である。

国許《くにもと》の金沢と江戸本郷上屋敷との間は、およそ百四十五里（約五百七十キロ）。

参勤交代での加賀藩は、おもに北国《ほっこく》街道から中山道《なかせんどう》を使った。

しかし季節と天候次第では、関《せき》ケ原《はら》に出たあと東海道を上ることもあった。

いずれの道筋でも、参勤交代では二十日から二十五日の日程を要した。

その長き道程を、早便ならわずか四日で金沢と江戸とを毎月三度「走り」で結んできたのが、浅田屋の三度飛脚である。

運ぶものは藩の公用文書と、公儀には届け出されていたが。

江戸上屋敷居住を、公儀から厳命されている藩主内室に、万能秘薬「密丸《みつがん》」を届けることもした。

収穫季節に限りのある特産物を献上するために、特別便を仕立てることもあった。

なにを運ぶにしても、道中を無事に走り抜くことが、絶対の使命である。

二百余年の長きにわたり、三度飛脚拝命を続けてこられたのが、金沢と江戸に飛脚宿を構える浅田屋だ。

加賀組、江戸組とも御用を務める飛脚は六人。さらに控え二人を加えた八人一組だ。

豪雪に遭遇もしたし、野分《のわき》の暴風豪雨で街道が閉ざされたりもした。

浅田屋はしかし拝命以来、一度も飛脚御用にしくじりはせず、いまに至っていた。

明け六ツから四半刻後、浅田屋前に大八車二台が横着けされていた。

当代の浅田屋伊兵衛《いへえ》は、先代から家督を譲られて四年目の、若き二十八歳である。

上背が五尺七寸（約百七十三センチ）ある浅田屋十一代伊兵衛は、黒羽二重《くろはぶたえ》に仙台平袴《せんだいひらはかま》の正装だ。さらに肩衣《かたぎぬ》をつけ、腰には前田家より拝領の脇差を佩《は》いていた。

二台の大八車には、灘《なだ》の下り酒「百万石」の四斗樽《しとだる》が四樽ずつ、八樽が積まれていた。

加賀には前田家御用達の銘酒「萬歳楽《まんざいらく》」がある。この酒は前田家より年賀として、浅田屋に下されるのが習わしである。

ゆえに元日の年賀に伺候《しこう》する浅田屋伊兵衛は、縁起よき銘柄「百万石」を運び入れるのを吉例としていた。

「すべての支度は調《ととの》っておりやす」

江戸組飛脚頭の玄蔵《げんぞう》が、伊兵衛に告げた。ふたりとも五尺七寸の長身である。背丈は同じでも、動きには大きな違いがあった。

肩衣をつけた伊兵衛は白足袋《しろたび》を穿き、地べたを踏む足元は微動だにしなかった。

玄蔵の身のこなしは軽やかだ。あるじに支度完了を告げたあとは、俊敏な動きで大八車に近寄った。

玄蔵配下の五名の三度飛脚と二名の控えは、背筋を伸ばして「出発」の号令を待っていた。向かう先はもちろん加賀藩上屋敷である。

この正月で二十四歳になる前田慶寧《よしやす》は、前田家次代当主ながら、徳川家第十一代将軍家斉《いえなり》の血筋を受け継いでいた。

前田家に嫁いだ家斉の娘・溶姫《よう》が、慶寧の母である。江戸にて誕生した慶寧（幼名犬千代）

の元服の儀は江戸城で行われた。大奥にて当時の将軍家斉に拝謁するという、外様大名の嫡男《ちゃくなん》としてはあり得ない厚遇も賜っていた。

家斉のあとを継いだ十二代将軍家慶《いえよし》は、慶寧を大いに可愛いがってきた。我が名の「慶」を授けて、慶寧と改名させたのも家慶だった。

将軍から偏諱《へんき》を授かるという寵愛を受けた慶寧は昨年十二月、「左近衛権中将《さこんえごんのちゅうじょう》」なる令外官《りょうげのかん》に昇任した。

二十三歳での権中将昇任は、比類なき大抜擢である。将軍の強い意向あればこそだった。

今年の正月も慶寧は江戸在府である。

若き権中将昇任の祝い酒として、伊兵衛は例年にも増して八樽もの灘酒を調えた。

発注先は先代伊兵衛が付き合いを大事にしてきた、鎌倉河岸《がし》の下り酒問屋豊島屋《としまや》である。

六ツ半（午前七時）前には、上屋敷台所に向かう段取りである。二台の大八車には前田家の梅鉢紋《うめばちのもん》が染め抜かれた、深紅の祝儀布がかぶせられていた。

支度やよしと見極めた伊兵衛は、江戸組頭《かしら》の玄蔵に目配せした。無言でうなずき返した玄蔵は、手に持っていた扇を大きく振った。

バリッと小気味よい音を立てて、扇が開かれた。元日の祝儀樽運びのために誂《あつら》えた、大型の扇である。

元日の縁起にふさわしい扇を振って、玄蔵は大八車を先導し始めた。六間幅の大路の真ん中を、である。

「浅田屋さんも今年は、ひときわ跳ね上がったお祝いに向かうのだろうね」

玄蔵が振る扇を見た米屋の手代が、仲間と小声を交わした。

旧臘の前田慶寧権中将昇任の一件は、本郷坂上の商家に知れ渡っていた。

「なにしろ慶寧様のご母堂は、亡き家斉様の血を引いたお姫様だ」

ますます前田様の幕府内での格が上がるのは間違いない……手代たちは商いがさらに伸びると、期待を込めた目を見交わした。

大八車を引率する形の伊兵衛は、一歩ずつ足元を確かめながら、上屋敷通用門を目指していた。商家でいう勝手口だが、さすがは百万石の大身《たいしん》大名である。通用門の両端には門番が立っていた。

「お台所にて、御用人様に新年のごあいさつを申し上げる段取りです」

用向きを了とした門番は、潜り戸から内に入り、御門のかんぬきを外し、内へと門を開いた。門は軋《きし》み音もたてず、滑らかに開かれた。

「帰り道でもまた、お世話になります」

あたまを下げたあと、伊兵衛は先へと進み始めた。あとに従う玄蔵は扇を畳んで、門番ふたりに近寄った。

半纏のたもとから小型の祝儀袋を取り出すと、素早い手つきで門番ふたりの手のひらに押しつけた。一分金貨二枚（二分の一両）もの、破格の祝儀だ。

門番たちは玄蔵に礼をいうでもなく、厳めしい表情のまま六尺棒の先を内に向けた。入ってよいとの合図である。一礼をくれた玄蔵は、右手を大きく差し上げ、台所に向かうぞと、身振りで示した。屋敷の道は玉砂利敷きである。大八車を引く者も後押しする者も、両腕に力を込めた。

台所戸口まで進んだ伊兵衛は、台所主事に用向きを伝えた。

「山田様より御指図を賜《たまわ》っておる」

主事は伊兵衛を伴い、吟味部屋へと向かい始めた。大八車と飛脚と控えの八人は、台所戸口に留め置かれた。

堅苦しさを嫌う慶寧は台所近くに普請された「観月の庵」に、みずから出向いていた。台所近くで食を摂れば、温かなるものは温かなるうちに食することができる。

吟味部屋は慶寧に供する膳の、毒味をするための部屋だった。

浅田屋の元日伺候を、用人の山田琢磨《たくま》は吟味部屋で受けることにしていた。初日の差し込む造りを、山田は縁起良しと好んでいたからだ。

慶寧は江戸城で元服の儀を終えたあとも上屋敷に留まった。世話役として国許から差し向けられたのが山田だった。

四歳年長の山田を慶寧は信頼し、重用した。慶寧が将軍家慶に寵愛されるに似ていた。

上屋敷にて浅田屋と面談を続けてきたなかで、山田は同い年の伊兵衛に対し、みずから胸襟《きょうきん》を開いた。用人という職にある者とは思えない直截《ちょくせつ》さは、まさに若きがゆえだった。

吟味部屋で山田の訪れを待ち受けながら、伊兵衛は十一代浅田屋伊兵衛を継いでからの日々を、思い返していた。

山田が伊兵衛を重用してくれているのも、互いに三年前、二十五歳で家督相続を果たしており、境遇が似ていたがゆえである。

東向きの障子戸から差し込む清らかな光は、まさに初日ならではだ。

お毒味部屋は、なににも増して清純であることが重要だ。部屋に満ちた清らかな空気を存分に吸い込み、伊兵衛は目を閉じた。

当主を継いでからの三年の子細を、順次思い返し始めた。

先代は三年前の嘉永三年元日で、めでたく還暦を迎えた。それを機に、当時二十五歳だった嫡男義之助《よしのすけ》と向き合った。

「わたしはまだ身体も達者だし、物忘れがひどくなったわけでもない。目も耳も、まったく障《さわ》りを感じてはいない」

さりながらと、声を低く変えた。

「来し方を振り返ることで、先に起きるであろうことを想像する知恵を授かる大事な節目が還暦だと、今朝の初日を顔に浴びたことで深く呑み込めた」

義之助と向き合った形で、伊兵衛は静かな口調で話を続けた。

「今朝は達者でも明日の体調は分からないのが、齢を重ねるということだ」

義之助を見詰めている目の光を、伊兵衛は強くした。物言いも引き締めた。

「前田様の御用を務めるには、知力も体力も並のものでは対処できない」

若さは力だと伊兵衛は言い切った。

「問われれば答えもするが、この元日を機にわたしに指図を仰ぐことは無用だ」

伊兵衛は差し出した当主のあかし・前田家から拝領の脇差を、義之助に受け取らせた。

「おまえの伊兵衛襲名披露はあらためて催すが、いまこの場をもって、おまえが第十一代浅田屋伊兵衛だ」

第十代のゆるぎなき決意が眼光となり、義之助の胸元に突き刺さっていた。

義之助は即答できず、沈黙という隙間が横たわってしまった。

が、それは指図を受け入れるか否かの逡巡ではないことを、伊兵衛は承知していた。

義之助は伊兵衛から渡された、前田家からの拝領脇差の重たきことを噛み締めていた。

浅田屋十一代当主拝命を、義之助はためらっていたわけではない。拒むなどは埒外《らちがい》で、拝命後はいかなる段取りで家業を担うか、その一点を熟慮していたのだ。

意を決したところで、丹田《たんでん》に力を込めた。背筋がびしっと伸びた。

その姿勢で返答した。

「うけたまわりました」

返答とともに、三度飛脚宿・浅田屋江戸店《だな》当主の重責が、十一代当主の双肩へと移された。

＊

吟味部屋に姿を見せた山田も、すでに正月の正装を身につけていた。

向かい合わせに座すなり。

「元日とも思えぬこの暖かさが、わたしには大きに気がかりです」

新年のあいさつも交わさず、いきなり用向きを話し始めた。

伊兵衛は長身の背筋を伸ばした。

「旧臘に雪が降ったのは初旬の三度だけです」

伊兵衛を相手に、山田は身分には頓着せず、対等なていねい口を続けた。

「三度の雪とは言いつつ、積もったのは一度限りで、わずかに一寸（約三センチ）止まりでした」

山田に見詰められたまま、伊兵衛は深いうなずきを示した。山田がなにを案じているのかを、察していたからだ。

「元日ながら、今年はすでに立春を過ぎています。この先、春の雪がいかほど江戸に望めるかは、まるで不明です」

伊兵衛はまたも深くうなずき、山田に同意を示した。

「国許からも、今年は暖かさが続きそうだと報《しら》せてきております」

六月に御上に届ける「献上氷」が、今年も作れるだろうかと、氷室《ひむろ》処の湯涌《ゆわく》も深く案じていた。

＊

真冬に作り上げた氷を、暑いさなかの六月一日に将軍家に届ける「氷室氷献上」は、加賀藩の威信を天下に示す最重要行事である。

大木古木に囲まれて、深山を源とする清流の流れにも恵まれた湯涌。古来より言われてきた通り、まこと金沢の奥座敷である。

が、山深きがゆえ、厳冬期の湯涌は豪雪に里ごと埋もれた。

村人すら出歩きを控える里の雪は清い。しかも十尺（約三メートル）を大きく超える積もり方だ。

雪を固めて氷として、夏までもたせる。

知恵者が思いついたことに、村人総出で取り組んだ。

里に降るのはサラサラ雪だ。

「まずは地べたを掘って、小屋を建てるだ」

雪氷の製造と保存方法として、氷室が作られることになった。

「小屋は茅葺《かやぶ》き屋根で、よしず囲いでえぇ。隙間のあるほうが、小屋に凍えた気配が入り込むでよう」

積もった雪の高さの、半分の深さまで穴を掘った。

「地べたの下には、凍えそうに冷てえ水が流れてるって、じさまが言ってた」

深く掘ることで、地下から立ち上る冷気が、小屋を冷たく保ってくれる。聞かされた村人たちは、知恵者の言い分に得心した。

地べたから六尺の深さまで掘った穴を、男衆はサラサラ雪で埋めた。

「踏んで踏んで、踏み固めるだ」

何十回も踏み固めたことで、押し潰された雪は固まり、氷となった。が、まだ薄い。

雪が積もっている間、踏み固めは続いた。

遅い春が訪れても、茅葺き屋根とよしず囲いの氷室の氷は溶けなかった。

氷室の底から上がってくる冷気の凍えが、氷を溶かさずにいたからだ。

それを取り出すのは五月二十四日の氷室開きの日である。この日に氷室から切り出す氷を、夏場の氷として湯涌の里の名物としていた。

その知恵は見事に開花し、加賀藩重役にまで「夏場の氷」の美味さが聞こえた。

賞味した重役方は、藩主に具申した。

「江戸将軍家への、夏場一番の贈答品となりましょう」と。

藩主の了を得たのち、重役は浅田屋本店《ほんだな》当主を召し出し、指示を下した。

「夏場の将軍家に、湯涌の氷室氷献上を成し遂げ得る算段をいたせ」

前田家文書等の送達を請け負う浅田屋だったが、この下命達成は難儀中の難儀となった。

湯涌の肝煎《きもいり》、氷室方人足等と何十回もの寄合を重ねた。そして三年の歳月をかけて、夏場の氷運びを試行した。

結果、慎重に切り出した八貫（三十キロ）の氷塊を、暑さで溶けないようにわらで包み、二重にした桐《きり》の箱に納め、五日で江戸まで届けられる手立てを編み出した。

炎天下に氷を運ぶ飛脚たちの姿は、江戸っ子たちの好む夏の風物詩とまでに評判となっていた。

初献上から去年まで、百余年の間。毎年、手立てに改良を重ねたことで、故障もなしに献上を続けてこられた。

ところが今年、嘉永六年。かつて一度も経験したことのない事態に直面した。

暖冬異変に起因する雪不足だ。

浅田屋十一代拝命後、まだ四年目の伊兵衛である。

わが一命を賭すだけでは事足りぬ、未曾有の難儀に直面していた。

＊

「もしもこの先、江戸で一度も雪が積もらなければ」

あとに続く話の大事を思ったのか、山田は息継ぎをしたあと口を閉じた。

伊兵衛も察したようだ。息を詰めて待った。

「上屋敷の氷室ですら献上氷到着までの長きにわたり、冷気を保つことなど、到底かないませぬ」

山田の口調が曇った。

「家慶様よりの前例なきご推挙あって、我が若殿は権中将なる官職を賜りました」

伊兵衛は祝いの辞を思い留まった。山田の口調は、口を挟むは無用と告げていた。

黙したままの伊兵衛を了として、山田はあとを続けた。

「御上のご推挙を了となさらぬ諸侯には、針の先ほどのわが殿斉泰《なりやす》様のしくじりも、格好の詮議材料とされるのは必定です」

息継ぎをした山田は、ここで過去に例なきぬる冬に言い及んだ。

「今回ばかりは湯涌の雪もあてにはならぬと前々回の送達で報せてきました」

受け取るなり山田は、江戸近在諸国の氷室、氷の状況調べを始めていた。すでに十五日が過ぎたが、吉報は皆無だった。

「かくなるうえは」

伊兵衛を的として放たれている山田の眼光が、強さを増した。

「中山道を始めとする、国許と江戸とを結ぶ街道に詳しき、浅田屋飛脚衆の耳目こそが一番強固な張りの命綱です」

山田が両目に力を込めたとき、廊下を駆けてくる足音が聞こえた。

「申し上げます」

ふすまの外で主事が声を発した。

「構わぬ。申しなさい」

山田が言い終えると、すぐに声がかぶさってきた。

「若殿様にはすでに、お目覚めあそばされたとのことにござります」

前田家上屋敷の元日が動き出していた。

「湯涌では里の民が総出で、毎朝の雪乞いを続けているとのことです」

当代の肝煎が知る限り、湯涌での雪乞いなど、前例がないとも報せには書かれていた。

「湯涌の民による毎朝の雪乞いには、深く感ずるものがありますが」

山田の表情が引き締まった。

「三度飛脚からの報せこそが、大事を成就させ得る確かな手立てです」

飛脚の耳と目には、それほどに重きを寄せて頼りにしていると山田は明かした。

伊兵衛は深くこうべを垂れたあと、返答を口にした。

「三度飛脚江戸組六人を伴いまして、湯島天神に元日詣《もうで》をいたします。今年の祝詞《のりと》は、献上氷道中の安寧祈願に限っていただくよう、宮司にお願いいたします」

明瞭な物言いでこれを返答した。

「よろしくのほど」

山田は短く応じて立ち上がった。

伊兵衛が嘉永三年に浅田屋当主に就いて以来、嘉永四年から今年まで山田とは三度の新年をこの吟味部屋で向き合っていた。

思い返せば嘉永四年も五年も、部屋には火鉢と手焙《てあぶ》りが出されていた。向き合って話しているときも、時折、口の周りには白き濁りが漂っていた。厳寒のあかしである。

今年は火鉢も手焙りも用意されていなかった。それに気づかないほどに暖かだったのだ。

気を入れて「道中の安寧祈願に徹するべし」と、おのれに命じつつ立ち上がった。

十一代を拝命してからの過去二度とは、気迫のほどが違っていた。

初代から先代まで、いずれの当主も元日詣に臨むにおかれては、存分なる気迫を身の内にみなぎらせたに違いない。

が、此度《こたび》のような前例なきぬる冬と向きあわれたご先祖はおいでではないとも思った。

まだ二十八の弱輩ながら……

「これほどの重荷を元日に背負うたのは、わたしが初代だ」

この熱き自負を身の内にたぎらせて、伊兵衛は蒼い香りを放つ畳に立っていた。

厳しい一年となる予感がした伊兵衛は、その縁起でもない思いを振り払うかのように、深呼吸を繰り返した。

吟味部屋の清《す》んだ空気の美味さを堪能してから、上がり框《かまち》へと戻っていった。

二

去年（嘉永五年）は二月のあとに、閏《うるう》二月が加わった。このため嘉永六年は例年よりも季節が半月ほど後ろにずれていた。

年始の一月は、本来なら二月だった。

そんな次第で嘉永六年は江戸も金沢も、去年とは異なり、梅の二月かと勘違いしたくなる陽気の元日を迎えていた。

さらには暖かな黒潮が例年に比べて、海岸寄りを流れていた。

「湊《みなと》の近くでこんなにいわしが大漁とは、黒潮さまさまだ」

黒潮が蛇行してきた浜の漁師は、暖かさと大漁の両方に大喜びした。文字通りの初春の到来だった。しかし……

嘉永六年元日、五ツ半（午前九時）の四半刻前。紅白ののぼりを立てた二台の大八車が、浅田屋の手前、半町（約五十五メートル）にまで戻ってきた。

肩衣姿に脇差を佩いた伊兵衛が先頭。

江戸組飛脚頭の玄蔵が扇を高くかざし、大きく振りながら続いていた。

玄蔵のあとの大八車二台は、車の前引き、後押しもみな飛脚である。

元日を慶《よろこ》ぶ偉丈夫な三度飛脚を見るために、大路両側の商家前には、多数の見物人が群れをなしていた。

商家の小僧たちは、あるじから戴いたばかりの真新しい帯を締めて、これまた新品の足袋を穿いていた。

奉公人とは明らかに身なりの異なる見物人たちは、近所の住人だ。

「元日のこの行列を見てからでなければ、雑煮の美味さもいまひとつだ」

「まこと、そのことです」

足袋の濃紺が鮮やかな見物人たちが、互いにうなずき合った。

浅田屋のこの行列を見たあとで、元日の膳を楽しむ……すでに百年以上も続いている、元日の荷車列である。大路でこれを見るのが、住人たちにも新年の習わしとなっていた。

荷車が戻ってきた浅田屋の店先では、揃いの小豆《あずき》色の祝儀半纏を羽織った頭取番頭以下の全奉公人が待ち受けていた。


最初に伊兵衛が店先に立ち、扇を畳んだ玄蔵が脇に並んだ。二台の大八車は、伊兵衛と玄蔵の背後につけられた。

「初春のおつとめ、まことにありがとうございました」

頭取番頭がこれを言い、奉公人たちの人垣がふたつに割れて、伊兵衛を迎え入れた。玄蔵が続き、前田家から拝領した萬歳楽の四斗樽を飛脚たちが運び入れた。

しんがりを務める飛脚は、江戸組一番の早足、韋駄天《いだてん》の風太郎《ふうたろう》である。両手で抱え持つ桐箱には、金沢城下からの献上菓子、諸江屋《もろえや》の落雁《らくがん》が収まっていた。

伊兵衛たち一行が土間に入ったことで、浅田屋の元日が始まった。

金沢から呼び寄せられた料理人ふたりは、急ぎ板場へと駆け戻った。祝儀半纏を脱ぐなり、純白のたすきをかけた。加賀から持参した、元日調理用の木綿たすきである。

すでに下拵《したごしら》えを終えていた、雑煮と汐《しお》つゆそばの仕上げに取りかかった。

江戸のそばはカツオだしと醤油で拵えた、黒いつゆで賞味をする。

浅田屋は金沢店《だな》も江戸店《だな》も、汐つゆそばを元日の膳に加えていた。昆布と塩で味を調えた、透き通ったつゆである。

「まことに清らかなる味である」

前田家当主からも褒《ほ》められた、浅田屋秘伝の一品である。秘伝のつゆを調理するために、金沢から料理人を呼び寄せていた。雑煮に先立ち、汐つゆそばが元日の祝い膳に供されるのだ。

そばは、茹《ゆ》でたてが命。

茹で上がるなり井戸水でしめられるように、大広間脇の庭には、そば茹で支度一式が設《しつら》えられた。

すべての支度が調ったあと、奉公人たちが大広間に呼び入れられた。当主と向き合う最前列には番頭三人と、江戸組飛脚が並んだ。

飛脚の頭《あたま》は、代々がその名を襲名してきた玄蔵である。

当代の玄蔵は三十一歳で、背丈は五尺七寸（約百七十三センチ）。大柄な身体に似合った、強靭なる脚力を有していた。

二番手は風太郎、二十七歳。玄蔵より二寸（約六センチ）小柄だが、駆ける速さは江戸組随一である。仲間は敬いをもって「韋駄天の風太郎」と、二つ名で呼んでいた。

三番手は券弥《けんや》、二十六歳。江戸組では小柄で五尺四寸である。身体の軽さを活かしての、登りの強さは図抜けていた。

四番手は栄助《えいすけ》、二十八歳だ。五尺六寸の大柄だが、ひょうきん者で常に仲間を笑わせてくれる。きつい道中には欠かせない男だが、酒が入ると人が変わる。

「大事の前は栄助から酒をどけておけ」

これが仲間内の合い言葉だった。

五番手は嘉地蔵《かちぞう》、二十九歳だ。玄蔵に次ぐ年長者で、名代役《みょうだい》でもある。背丈は五尺四寸で券弥と同じだが、登りは得手ではない。その代わり、遠目が利いた。峠から見下ろした集落の、どこに井戸があるのかを見事に言ってのけたのには、玄蔵も舌を巻いたほどだ。名代には欠かせない穏やかさも備えていた。

六番手はのり助、二十四歳で最年少だ。五尺五寸の身体には、ぶっとい両腕がついている。泳ぎが得手で「かっぱののり助」のあだ名がつけられていた。

この六人を束ねるのが、浅田屋江戸店《だな》の頭取番頭、徳右衛門《とくえもん》である。玄蔵をも超える背丈があり、気性も豪胆かつ繊細だ。

江戸組飛脚六人は、それぞれが際だった気性の持ち主だ。

江戸と金沢とを、おのれの命を賭して駆け続ける三度飛脚ゆえのことだった。

そんな面々でも、徳右衛門の指図に逆らうことだけは皆無だった。命がけの飛脚任務の厳しさを、徳右衛門が大きくて深いふところに、確かに汲み取っていたがゆえである。

頭取番頭と飛脚六人の後ろには、飛脚控えが並んでいた。

七列ある最後列には小僧と女中が横並びになっていた。即座に給仕に動くために、後ろは空けられていた。

大広間正面には、五双の金屏風《きんびょうぶ》が立てられていた。浅田屋家宝の金屏風は、燭台の明かりを浴びて、元日の初日を思わせるほどの輝きを放っていた。

向かって右には梅鉢紋を焼いた大瓦が置かれており、左には松飾りが配されていた。

第十一代浅田屋伊兵衛は、当年二十八歳。月代《さかやき》の青さが、当主の若さを際立たせている。前田家年賀訪問から戻ってきたときの、堂々たる偉丈夫ぶりには、出迎えた奉公人たちも見とれていた。

その当主が金屏風を背にして座した。

広間に詰めた全員が、ただちに身体を深く折って恭順を示した。

当代伊兵衛は人を落ち着かせる響きを持った声の持ち主である。

「嘉永六年元日、明けましておめでとうございます」

当主の声は最後列の小僧にまで、はっきりと届いていた。

「明けましておめでとうございます」

徳右衛門が音頭をとるまでもなかった。広間の全員の声が、見事に揃っていた。

「慶寧さまにおかせられましては、今年も江戸にご在府の新年です」

御用人さまも元旦の佳き日の出を、大層に喜んでおられたと、伊兵衛は吟味部屋でのあらましを話し始めた。

「例年通り、てまえどもからのお年賀献上の四斗樽にも、御用人さまから厚き御礼の言葉を賜りました」

みなが力を合わせた結果であると、奉公人たちを労《ねぎら》った。

徳右衛門がこうべを垂れると、全員があとに続いて当主の言葉に感謝を示した。

広間の様子が元に戻ったところで、伊兵衛は顔つきを厳しくした。金屏風を背にしているだけに、表情の変化は細部まで伝わる。広間の気配が一気に引き締まった。

「御用人さまのお言葉では、旧臘から金沢湯涌も雪が少なく、ぬるい冬を迎えているとのことです」

手代たちの顔がさらに引き締まったが、板場の面々は驚きはしなかった。

年末に金沢から出向いてきた料理人のひとりは、湯涌が在所である。その男から、ぬる冬ぶりを聞かされていたからだ。

「前田様にとっても浅田屋にとっても、六月一日の氷室氷献上は、ともに家名にかけての一大事です」

かつてなきまでに、将軍家とのつながりが深くなっている嘉永六年は、例年にもまして氷献上は大事な儀式となっていた。

「つつがなく氷が御城に届くように、今年の浅田屋はより一層みなで取り組む必要がある」

口調を変えた伊兵衛に、緊張した全員の目が一瞬にして集まった。

「きわめて大事な今年を、浅田屋を挙げて安寧に乗り切ることを」

言葉を区切り、広間を見回した。

「元日に際して、各自には肝《きも》に銘じていただきたい」

伊兵衛が語調を強めた。

「うけたまわりました」

徳右衛門の声が即座に応じた。

嘉永六年の浅田屋の走り初《ぞ》めだった。

三

元日の祝い膳のあとは、当主が頭取番頭と江戸組飛脚を引き連れて、湯島天神への元日詣を行う。

これもまた、浅田屋江戸店《だな》の大事な縁起ごとである。

それを承知で伊兵衛は広間を出たあと、徳右衛門と玄蔵を呼び寄せた。

「親仁様《おやじ》に知恵を拝借したいことがある」

その話し合いが終わるまで、別間にて控えているようにと指図した。

「大事な元日詣を控えてのことだ」

伊兵衛は玄蔵に目を向けた。

「わたしを待っている間、酒はほどほどに留めておくように」

名指しはしなくてもだれのことを言っているのかは、徳右衛門にも玄蔵にも分かっていた。

「がってんでさ」

短く、きっぱりと答えて、玄蔵は配下が待つ別間へと向かった。

三が日は飛脚に御用はない。

祝い膳のあと、湯島天満宮への元日詣を終えれば、銘々が泊まりがけで遊びに出ることが許されていた。

今年の正月の大事さは、上屋敷を訪ねた飛脚全員が感じ取っていた。

伊兵衛を待つ間、酒は止めておこうと玄蔵は決めた。

*

「折り入って、親仁様の知恵をお借りいたしたき儀があります」

隠居部屋で向き合うなり、伊兵衛は先代への頼みを口にした。

「わしの知恵でよければ、存分に」

向かい合わせに座した先代と伊兵衛とに、それぞれ手焙りが用意されていた。

茶菓は先代好みの熱い焙《ほう》じ茶《ちゃ》と、上屋敷から拝領した諸江屋の落雁だ。

先代が茶をすすったのを機に、伊兵衛が頼み事を話し始めた。

「今年の暖かぶりは、江戸以上に湯涌がきついようです」

上屋敷で御用人から聞かされたことに、出張ってきた料理人からの聞き取りを加えて話を進め始めた。

「わたしはまだ浅田屋当主としての差配には、力不足を日々、感じております」

伊兵衛はおのれの浅い経験と力量不足を、正直に吐露した。

「尋常ならざるぬる冬がこの先も続けば、氷室の氷は惨憺たることになりましょう」

熱く語る息子から、先代は目を逸らさずに聞いていた。

「この難局を切り抜けるため、なにとぞ親仁様のお知恵を、てまえにお授けください」

両手を膝に載せ、背筋を伸ばして先代に頼み込んだ。

「話はよく分かった」

言ってから先代は、顔つきをゆるめた。

「さすがは諸江屋さんの干菓子だ。カリッとした硬さのあとには、舌でとろけるほどの柔らかさが忍び寄ってきた」

焙じ茶で甘味を洗い流してから、先代は先を続けた。

「かつて浅田屋加賀組は、前田様からお預かりした密丸を、江戸まで運んだことがある」

伊兵衛は深くうなずいた。この逸話は目の前の父と、祖父から何度も聞かされた。密丸が前田様のご内室の命を、ひいては加賀藩を窮地から救ったのだと。

「密丸が無事に届いたのは浅田屋江戸組のみなが、加賀組の差配下に入ったからだ」

大事に立ち向かい、成就をたぐり寄せるためには、持てるすべての力を集めることが一番の秘訣だ……先代の物言いが強い口調に変わっていた。

「ひとはともすれば、集めるべきときに、離れることをしでかしてしまう。古来、人心を離散させたがためのしくじりは山ほどある。たとえば首領を真ん中に置いて、周囲を仲間で固めたとしたとき」

先代は膝元の手焙りのふたを外した。向かい側に座した伊兵衛も、その場から手焙りをのぞき込んだ。真っ赤に熾《お》きた備長炭《びんちょうたん》が見えた。

「うちの料理人たちはありがたいことに、炭火には通じている。赤い熾火《おきび》を軸に沈めて、周りに炭をかぶせている」

これこそが成就の秘訣だと、先代は断じた。

「備長炭は火付けが難儀な硬い炭だが、ひとたび熾きれば桁違いの熱を長く保ってくれる。難局に立ち向かう秘訣は、熾火となる者を真ん中に埋めることだ。芯がしっかりした熾火ならば、手間がかかろうが火はかならず燃え移る」

しくじりの始まりは、熾火を見誤ることにあると、強い口調で言い切った。

「熾火が弱いと、燃え移るまえに消えてしまう。周りを固めたはずの仲間は、あてが外れたと思い、離れて行くことになる」

熾火はかならずしも頭ではないぞと、先代は意外なことを口にした。

「親仁様の申されたことが、呑み込めません」

話の肝の部分である。伊兵衛は食い下がり、さらなる説明を求めた。

「いまの江戸組を束ねているのはだれか」

「玄蔵です」

伊兵衛は即答した。歴代の江戸組頭に限って、玄蔵を襲名できたのだ。

加賀組も同じだ。頭に適任だと認められた者が、弥吉《やきち》を襲名していた。

「その通りだが、頭はこの男だけだと、考えを固めてはならんぞ」

立ち向かう難儀によっては、頭に適した者はほかにあり、もある。

「わしはいまの玄蔵には、ただの一厘の不満もない」

当代の玄蔵を襲名させたのは伊兵衛ではなく、先代だった。

「あの襲名から三年半が過ぎたが、玄蔵はますます力を蓄えておるようだ」

「まこと、さようにございます」

伊兵衛は深い同意を示した。その伊兵衛の目を見詰める先代の眼光が、光を帯びていた。

「おまえが案じておる通り、冬は尋常なぬるさではなかった」

江戸組はもちろん、加賀組もかつて肌に感じたことのない冬と、その挙げ句の夏を迎える羽目になろう……先代の物言いに、さらに力がこもっていた。

「ことによると春を素通りして、いきなり夏が来るやもしれんぞ、伊兵衛」

言い終えたあと、先代は焙じ茶で口を湿らせた。

「こんな年には、ふつうでは考えられないことが起きるものだ」

先代は経験に基づく読みを口にした。

「と申されますと……」

問われた先代も、それが何なのかには思い至ってはいない様子だった。

「とにかく今日以降、おまえは凝り固まった考えを一度ご破算にして、新たな目でものごとを吟味するに、よい折かもしれんぞ」

これを告げたあと、先代はまた落雁を口にした。そして茶を味わってから、まるで違う話を始めた。

「うちに湯涌の料理人がいるのは、まこと天の配剤かもしれん」

湯呑みを戻した先代は、背筋を伸ばした。

「今年はまだ幾度か、江戸にも雪が舞う……いや、降るはずだ。その者が逗留している間に、うちにも氷室を拵《こしら》えたらどうだ」

氷室の造り方に明るければの話だがと、先代は付け加えた。

「それは妙案です」

江戸店《だな》の奉公人のなかには、湯涌が在所の者もいた。氷室を知っている者もいるかもしれない……。

浅田屋がいままで考えたこともない話だ。しかしこれが先代の言わんとしたことだと、深く得心した。

「難局に至れば、新たな目でものごとを吟味する必要があると、親仁様は言われました」

見方を変えたことで思い浮かぶ妙案ありと言って、初めて伊兵衛は正味の笑みを浮かべて父を称《たた》えた。

先代はきまりわるそうな顔で、残りの焙じ茶をすすっていた。

四

前田家から拝領した「諸江屋落雁」は、例年通り、小僧にまで裾分けされた。

日本橋室町《むろまち》には干菓子の老舗・鈴木越後《すずきえちご》がある。江戸で一番の干菓子との評判は、長屋暮らしの庶民にまで知れ渡っていた。

しかし前田家から賜った諸江屋の落雁は、鈴木越後の職人ですら一目をおくほどに、甘味の深さが際だっていた。

拝領した数には限りがあり、小僧に配られるのは小型の落雁ひとつずつである。日頃は甘味に飢えている小僧には、落雁ひとつが千金に値した。

店先が賑やかになると、小僧たちは落雁をたもとに隠して整列を始めた。

浅田屋吉例、湯島天満宮への元日詣の整列だった。

当主の身なりは、前田家への伺候とは大きく違っていた。伊兵衛は濃紺の長着《ながぎ》の着流しに、鳶《とび》色の浅田屋半纏を羽織っていた。

着流しとはいえ、そこは前田家三度飛脚を務める浅田屋当主の長着だ。遠目には無地に見えるが、近寄れば極細の縞柄だと分かる「千筋《せんすじ》」を着ていた。

「いってらっしゃいませ」

二番番頭に手代全員、小僧が横一列に並び、当主たちの元日詣を送り出した。

時刻は正午近くで、例年に比して半刻（一時間）ほど遅れていた。出発に先立ち、伊兵衛が先代に相談ごとを持ちかけていたからだ。

元日を祝う晴天の中ほどには、ぬくもりを地上へと恵む天道《てんとう》があった。

道中、伊兵衛と顔を合わせた参道商家の手代たちは、身体を深く折るようにして新年のあいさつをした。本郷坂上では、前田家三度飛脚を担う浅田屋は、格上の存在だったからだ。

「初春早々、まことに結構なおひよりでございます」

伊兵衛はその都度、会釈で応えた。が、胸の内には穏やかならぬ思いを積んでいた。

先代から授かった知恵に従い、三が日を過ぎれば氷室普請を進める肚《はら》を決めていた。

しかし、たとえ氷室が仕上がったとしても、本郷坂上に雪が積もらぬことには、なにも始まらない。

ありがたい元日の晴天なれど、今年は素直には喜べない。手代からのあいさつに応えつつも、伊兵衛の足取りは次第に速くなっていた。

鳥居をくぐった一行が参道の端を歩いていたら、氏子権《ごん》総代（総代代理）の麴屋光三郎《こうじやみつざぶろう》が近寄ってきた。本郷で麴屋を営む光三郎は、ことさら上機嫌だった。

「この日よりが続いてくれれば、浅田屋さんの飛脚衆もさぞや奔《はし》りやすいでしょうな」

獣肉好きを公言している光三郎は、羽織の紐の結び目が一杯に張っていた。わざと周りに聞かせたいのか、ひどく大声で話した。

「ありがとうございます」

伊兵衛は如才のない受け答えをした。

「元日が今日のように飛び切りの晴天に恵まれれば、参詣客も見ての通りで、去年よりも五割り増しの盛況でしてなあ」

参詣客の多いことを盛況と言う光三郎の言辞を聞いて、伊兵衛の脇に立つ徳右衛門は口元をきつく閉じ合わせた。

光三郎は甲高い声で、さらに話を続けた。

「参詣客が増えれば賽銭《さいせん》も増えます。春早々、まことに縁起のいい限りでしょう」

宮司もほくほく顔でしょうなと、一段と声を張った。脇を通りかかった参詣客が、不快げな目を見せて行き過ぎた。

さらに先を続けようとしたとき、社務所から禰宜《ねぎ》が出てきた。真っ直ぐに向かってくるのは、伊兵衛が目当てなのだ。

光三郎にもそれは伝わったようだ。

「本年もなにとぞ、よろしくのほど」

形通りのあいさつを残すと、さっさと鳥居をくぐって境内から出て行った。入れ違いに禰宜が伊兵衛の前に立った。

「宮司が社殿内でお待ちいたしております」

浅田屋については、宮司みずから新年の祝詞を捧げるのが慣例となっていた。

氏子権総代の麴屋といえども、元日詣の祝詞は禰宜の受け持ちである。光三郎が粘っこいあいさつをしたのも、浅田屋に対して抱え持つ存念のあらわれだった。

禰宜の案内で社殿に上がった一行は、宮司の祝詞で嘉永六年の元日詣を終えた。

参集殿に移ったあとは、宮司も平服に着替えて伊兵衛と徳右衛門に向き合った。

前田家から拝領した落雁の一部と、五合の通い徳利に収められた萬歳楽は、ともに浅田屋から宮司へのお裾分けである。巫女《みこ》が用意した茶をいただきながら、宮司は落雁ひとつを頰張った。萬歳楽はあとで一緒に摂る、昼餉《ひるげ》の折の楽しみである。

「境内で麴屋さんと行き合っておられたと、禰宜から聞きましたが」

宮司の口調は、伊兵衛に子細を問い質《ただ》したげに聞こえた。

「元日の晴天を、大層に喜んでおいでの様子でした」

これだけを答えて、伊兵衛は茶をすすった。頭取番頭の徳右衛門も伊兵衛に合わせ、湯呑みに手を伸ばした。

宮司はいま一度、伊兵衛を見た。

「旧臘の十日から、麴屋さんは水戸様への出入りがかなったそうです」

宮司は正面から伊兵衛を見詰めて、話を続けた。

「水戸様はそれまでは神楽坂下《かぐらざかした》の野田屋さんから、麴を一手に仕入れていたそうです」

宮司が氏子の商いに触れるのは、めずらしいことではなかった。氏子同士が宮司の顔つなぎで商談を持つことも多かったのだ。しかし麴屋について話し始めたのは、様子が違っていた。

先代も当代伊兵衛も、麴屋の商い姿勢を了とはしていない。

麴屋のあり方を快く思っていないのは、宮司とて同じだった。

麴屋がご町内の野田屋を出し抜き、水戸家に商い口座を設けられたことに、宮司は不快感すら覚えているかに見えた。

「またなにか耳にしたときには……」

真っ先に浅田屋さんに教えましょうと、宮司は言葉ではなく表情で示していた。

宮司はこれを告げて、麴屋の話を打ち切りにした。伊兵衛は話を変えた。

「この暖かさで、今年は参詣客も増えているそうですね？」

「ありがたいことです」

即応したものの、宮司はなにかを感じ取ったようだ。

「浅田屋さんにはこのぬる冬に、なにか案ずることでもおありですか？」

「ございます」

きっぱりと答えてから、前田家国許の湯涌も旧臘からの暖冬続きで、雪が少ないことを明かした。

「それはまた、難儀ですな」

伊兵衛が言ったことの重さを、宮司は察したようだ。

前田家は梅鉢が家紋であり、天満宮も梅だ。梅つながりということで、前田家五代当主綱紀《つなのり》は、何度か湯島天神を訪れていた。

毎年六月の将軍家への氷献上当日、湯島天神では本郷から御城への道中安全を、社殿にて祈願していた。

「このぬる冬が続いては、今年は上屋敷の氷室も氷作りが進まないでしょうに」

上屋敷の氷室も氷作りが進まない……

宮司が口にするなり、若き伊兵衛は仰天した。表情に留まらず、前のめりになって宮司を見つめた。

「上屋敷の氷室は、国許からの氷を献上まで休ませるためではなく、氷そのものを作るためのものなのですか」

問いではなく詰問口調であることに、伊兵衛の驚きぶりがあらわれていた。

宮司は伊兵衛の眼光を受け止めたまま、経緯《いきさつ》を話し始めた。

「綱紀様のお相手をさせていただいた宮司が、この氷室をお見せしたことが端緒でした」

「えっ……」

伊兵衛が声を詰まらせた。さすがの徳右衛門も驚きで顔色を動かした。

「神社には供物などを蓄えておく、岩造りの氷室があります。それをご覧になった綱紀様が、当時の宮司に話をされたそうです」

前田家は氷室普請に、金沢から職人を連れてきていた。普請に使う建材も、大半は国許から運んできていた。

「ところが江戸は雪質も量も国許とは異なり、湯涌寸法の氷室は造れないと判じられたようです」

考えあぐねた綱紀は国許の氷室棟梁を伴い、妙案祈願で湯島天神に詣でた。

「その折り当時の宮司は綱紀様ご一行を、神社の岩造り氷室にご案内しました」

案内を多とした棟梁は、神社氷室を下敷きにして、上屋敷氷室を普請した。

「いかなる氷室が仕上がったのか、果たして氷作りを始めたのかなど、子細は一切聞かされてはおりません。大藩ならではのご苦労ありとしのんでおりました」

宮司の話を聞き終えた伊兵衛は、得心できていた。

三度飛脚宿の浅田屋当主ですら、上屋敷氷作りの子細は「あずかり知らぬ極秘事項」だったからだ。

湯島天神を衷心より敬う浅田屋は、創業以来百年を超える氏子である。

数々の大事を明かしてくれたのも、存分に力を貸そうとしてくださるのも、つまりは宮司が深く浅田屋を信頼してくださればこそだと感謝した。

「話してくださりましたこと、御礼の言葉もございません」

伊兵衛と徳右衛門は、揃ってこうべを垂れて礼を言った。

と、宮司は声をひそめて。

「ご内証《ないしょう》がことさら厳しい水戸様は、前田様をこころよしとはされておらないようです」

徳川御三家の水戸藩中屋敷は、前田家上屋敷のすぐ隣である。

豊かな前田家に対して水戸徳川家が抱く不興の念。

さらに重大な秘事を聞かされた伊兵衛は、浅田屋と麹屋との間柄に置き換えて思案を走らせた。

本郷で麹屋といえば格式高い老舗である。一年の商い高でも、浅田屋を上回る大店《おおだな》だ。

しかし前田家への出入りには切通坂《きりどおしざか》途中の、通用門しか許されていない。

御用で前田家参上時の浅田屋は、三度飛脚も正門潜り戸の出入りを許されていた。

伊兵衛のあずかり知らぬところで、麹屋から嫉《ねた》みを買っているのは充分に考えられた。

この暖冬は取り組み方を誤れば、前田家の屋台骨に障る凶事を引き起こしかねない。

思案の方向を変えようとした伊兵衛は、宮司の前ながら両手を突き上げた。そして上体に伸びをくれた。

飛脚が身体をほぐす動きを、伊兵衛は我知らずに真似ていた。

思ってもみなかった、綱紀公が受け入れていたであろう孤独。

伊兵衛はそれに、不意に思い至った。

夏の氷献上が例年通りつつがなく続いていたなかにあって、雪なしの変事に備え、江戸に氷室普請を考えておられた。

先代も先々代も、さらにその先々のご先祖様も……

伊兵衛はいま、気づいた。

「わたしが思い至らなかっただけで、先代もご先祖様も、生ずるやもしれぬ難儀に備えておられたに違いない」

伊兵衛はこれを、いま悟った。

そして、もうひとつ。

頂きに立つ者、孤独を受け入れるべし、と。

備えあれば憂いなし。これは至言だ。

しかし生じてもいない難儀を先読みし、備えを命ずるには覚悟がいる。

決断したあとはだれにも相談できず、責めはすべてわが身で負う覚悟がいる。

いまが平穏である陰には、先達の尊い覚悟あればこそだったと、伊兵衛は思い知った。

その上で近々……、いま向きあっている宮司に助力を頼むこともあると伊兵衛が思ったとき。

「あらためて、お話しをさせていただきましょう」

宮司から願ってもない申し出を受けた。

「ぜひにも」

伊兵衛が答えると同時に巫女が入ってきた。

「支度が整いました」

「承知した」

おごそかな物言いながら、宮司の巫女に向けた眼差しは柔らかだった。

今回の氷運びでは浅田屋も、急場しのぎに多数の人手を頼むことになる……

巫女を見た伊兵衛は、また宮司とは別のことを考えていた。

五

元日詣のあとは湯島天神近くの茶店で、親爺手作りの薄皮饅頭と、濃い番茶をいただくのが、お決まりの道順だった。

茶店はしかし、狭い。囲炉裏《いろり》を囲んで、十人ほどがやっと座れる広さでしかなかった。

いつもの年なら遅くても九ツ半（午後一時）過ぎには茶店にいた。

店の親爺も婆さんも心得ており、時分に合わせて蒸《ふ》かし上がるように饅頭の蒸籠《せいろ》を大鍋に載せていた。

ところが今年は半刻以上も伊兵衛たちが遅れたのだ。婆さんは仕方なく、客を受け入れていた。そんな次第で伊兵衛たちが茶店を訪れたときは、囲炉裏の周りが客で埋まっていた。

「浅田屋さんが見えるまでならということを、承知の客だでよう。どいてもらうまで、表で待っててくだっせ」

伊兵衛と徳右衛門、江戸組の控え二名を除いた六人が、客が出るのを縁台で待つことになった。

茶店の囲炉裏は土間の真ん中に設けられていた。形は囲炉裏だが、座る場所の上下はない造りである。四方に杉板の腰掛けが置かれており、詰めれば一台の腰掛けに三人が座れた。

あらかじめ婆さんから言われていた客の内、三台に座していた六人は素直に囲炉裏の腰掛けから離れた。

しかし一台に座っている職人身なりのふたりは、その腰掛けから動こうとはしなかった。

「先約のお客さんが見えられたでよう。約束通り、どうか腰をあげてくだっせ」

婆さんは言葉を重ねて頼んだ。

「先約てえのは婆さん、何人なんでえ」

兄貴分の男が、婆さんに問いかけた。

「八人さんで、毎年の決まりだがね」

いつまでも縁台で待たせることはできないからと、ふたりをせっついた。

「毎年の決まりだかなんだか知らねえが、おれっちもここの馴染み客だぜ」

他所ですでに新年の酒が入っているらしい。兄貴分の男は婆さんに絡《から》み始めた。

「ここまでにしときやしょう、あにい」

弟分は素面《しらふ》である。婆さんとの約束を果たそうとして、兄貴分の腕を掴んで立たせようとした。

「なんだ、てめえ」

男はいきなり弟分の手を払いのけた。

「このおれに、指図をしようてえのか」

声を荒らげたことで、さらに酔いが回ったようだ。男は婆さんから弟分へと、絡む相手を変えていた。

「そんなつもりはありやせんが、初春からあっしに絡むのはやめてくだせえ」

弟分の物言いが引き締まっていた。座ったままの男の前に立ち、きつい光を帯びた目で睨みつけた。

その目を見て、男は渋々の様子で立ち上がった。

「世話をやかせやした」

婆さんに詫びた弟分は、茶代のほかに四文銭二枚を卓に置いた。土間から出たあと、弟分は縁台に座していた伊兵衛たちに軽くあたまを下げた。

江戸組飛脚頭の玄蔵が、座したまま会釈を返した。

弟分は連れの手を引っ張るようにして、湯島天神の方角に歩き始めた。幾らも進まないうちに、参道を埋めた参詣客のなかに溶け込んでしまった。

「とんだ粗相をしちまっただ、浅田屋さん」

婆さんは詫びながら、一行を囲炉裏端に案内した。

伊兵衛と徳右衛門が並んで座り、あとの三方に飛脚たちがふたりずつ座った。これも例年通りである。

のれんの奥に引っ込んだ婆さんは、大型の土瓶を左手に提げて戻ってきた。番茶が口まで注ぎ入れられた土瓶である。

銘々の湯呑みは囲炉裏の脇に積み重ねられていた。

湯島天神に元日詣をした六人の飛脚の内では、正月で二十四歳となったのり助が一番年下だ。

婆さんから土瓶を受け取るなり、のり助は番茶を湯呑みに注ぎ始めた。茶が注がれた湯呑みを銘々が回していたところに、親爺が蒸籠を両手持ちで運んできた。ふたを外すと、薄皮饅頭が並んでいた。

蒸かしたての饅頭を柏《かしわ》の葉に載せながら、親爺は伊兵衛に詫びを言い始めた。

「酒さえ、ほどほどに留めておけば、達吉《たつきち》さんも飛び切り腕のいい大工ですがのう」

元日の祝い酒をたらふく呑んできたばかりに、つまらない一幕を見せてしまったと、親爺は事情を明かした。

「あの達吉さんは酒にだらしないとしても、一緒にいた弟分さんは」

「嘉一《かいち》さんです」

親爺は口を挟んで名を明かした。伊兵衛はうなずいてから、先を続けた。

「嘉一さんは素面のようだったし、わたしどもにまで詫びを残して行かれました」

「嘉一さんは、そういう男なんですら」

饅頭を供し終えた親爺は、伊兵衛を相手に達吉と嘉一の話を聞かせ始めた。

「蔵を普請させたら、間違いなく達吉さんは江戸で五本指のひとつに数えられる男ですら」

蔵と名がつく普請なら質屋蔵、両替商の金蔵、廻漕問屋の酒・醬油蔵など、達吉の手に負えない蔵はないと、親爺は言い切った。

「めずらしい蔵なら、湯島天神の氷室も達吉さんと嘉一さんが修繕を手がけておりますだ」

氷室を知っとりますかねと、親爺は伊兵衛に訊ねた。

「雪を固めて作った氷を蓄えておく、氷の蔵のことでしょう」

「それですら！」

親爺が声を弾ませた。

「本郷の商家のなかには、氷室のような設えを持っているところがいくつかあるようで」

そのすべての修繕を達吉と嘉一が手がけているはずだと、親爺は見当を口にした。

「どうして親爺さんは、達吉さんと嘉一さんのことに、それほど詳しいのですか？」

親爺と伊兵衛のやり取りを聞きながら、飛脚たちは茶と饅頭を賞味していた。

「ふたりとも、黒門町《くろもんちょう》の順吉《じゅんきち》棟梁の弟子だったんですら」

蔵名人と評判の高かった順吉の下で、ふたりは十五年も弟子を務めた。酒がやれない棟梁は、この茶店の薄皮饅頭が好物だった。

「棟梁が亡くなったあとも達吉さんと嘉一さんは、まだ存命の棟梁のカミさんの世話をしておりますでのう」

情の篤いふたりだと、親爺は褒め言葉を重ねた。伊兵衛と徳右衛門は、得心顔を見交わした。

ここで蔵職人と行き合えたのも、天神様のお導きだと伊兵衛は確信していた。

親爺と伊兵衛の長いやり取りを、栄助はじりじりと焦《じ》れながら聞いていた。

湯島天神への元日詣と、茶店での縁起饅頭を済ませたあとは、三日の夕刻まで、当番以外は外泊が許されていた。

初日の出を拝んだ直後のくじ引きで、栄助は当番を免れていた。

一個目の薄皮饅頭を丸ごと頬張った栄助の、こころはすでに吉原に飛んでいた。遊郭角海老《ゆうかくかどえび》には、馴染みの花魁《おいらん》がいるのだ。

三度飛脚の給金は破格の高額である。元日、二日と角海老に居続けをしても、懐工合に響くことはなかった。

今年はなぜか茶店の親爺と伊兵衛とが、話を弾ませていた。この調子では、お開きがいつになるか、知れたものではない。

親爺との会話を弾ませつつも、伊兵衛は栄助の様子を目に留めていた。早く吉原に行きたくて、ソワソワしているようだ。

氷室の大事を話しているというのに、吉原しか見えていないのか……

栄助にあきれた伊兵衛は、ぬるくなった番茶をすすった。

栄助は風太郎と背中を叩き合い、笑い転げていた。

六

三が日が過ぎた嘉永六年一月四日（一八五三年二月十一日）、四ツ（午前十時）前。

二挺《ちょう》の四《よ》つ手《で》駕籠《かご》を引き連れた風太郎が、黒門町の順吉棟梁の宿（家）の前に立っていた。

この宿が達吉と嘉一の住まいであることを、風太郎は昨日のうちに確かめていた。同時に、今朝の四ツどきの在宅も確かめを終えていた。

亡くなった順吉棟梁のカミさんおていは、この正月で六十一となっていた。棟梁に先立たれてからは、めっきり外出の回数が減っていた。

年配者は歩かなければ、ますます足腰が弱る。おていも同様で、その上時折、膝が痛むという。

そんな足の治療に、偶数日の四ツには按摩《あんま》の座《ざ》頭六《とうろく》が通ってきていた。六への応対のために、達吉と嘉一は在宅であることも、風太郎は聞き込んでいた。

宿の周囲に民家はなかった。が、順吉棟梁は黒門町のだれもが知っていた。おていについても、カミさん連中が詳しく教えてくれた。

棟梁の宿の脇には、二百坪の空き地があった。丈の低い雑草が、初春の陽を浴びて茂っている空き地だ。

昨日の下見では気にも留めずに見過ごしていたが、空き地は資材の丸太置き場だった。いまは一本の丸太もないのは、普請仕事がないのだろう。

頼むにはいい折だと、風太郎は合点した。

「おめえさんたち、すまねえが町木戸の前で待っててくんねえな」

「がってんだ」

二挺の駕籠が木戸まで一町半（約百六十三メートル）を引き返し始めた。入れ違いに座頭がやってきた。聞き込みに出てきた六である。

うっすらと見えているらしく、宿の前に立っている風太郎に、咎《とが》めるような目を向けた。

偶数日ごとに治療に向かう宿は、六には大事な得意先だ。宿の玄関には向かわず、風太郎に詰め寄ってきた。

「その身なりは、おめえさん、飛脚かい？」

按摩は風太郎をあたまから爪先まで、詮議するかのような目で見回した。やはり目は見えているらしい。

風太郎の両足には脚絆《きゃはん》がきつく巻かれており、両手には手甲《てっこう》がかぶさっていた。

脚絆は足首からふくらはぎまで、きつく締めつけている。こうすることで、奔りが楽になるのだ。

脚絆の上には三度飛脚特製の、鹿の革のわらじ紐が巻かれている。見た目にも実際にも、すこぶる丈夫なわらじだ。

が、三度飛脚はこのわらじを平地で十五里（約六十キロ）、山道続きの北国街道では十里（約四十キロ）で履き潰した。

手甲もわらじ紐と同じ鹿の革で拵えていた。腕と手の甲とを守ってくれる、軽くて丈夫な飛脚の奔り用具だ。

風太郎は手甲を撫でながら六に答えた。

「お察しの通りだ。おれは本郷坂上の浅田屋てえ飛脚宿の三度飛脚だ」

風太郎が名乗ると、六は杖を摑んだ手に力を込めて背筋を伸ばした。

「あの前田家御用達の三度飛脚さんが、なんだってここにおいでなんで？」

按摩の物言いが、ていねいになっている。風太郎を三度飛脚だと認めたようだ。

「蔵職人の達吉さんと嘉一さんに、折り入っての頼みがあって出向いてきたんでさ」

六の物言いが変わったのだ。風太郎も、ていねいな物言いで応じた。

「だったらあたしが、達吉さんの都合を訊いてきましょう」

六が玄関に向かい始めたとき、四ツを報せる鐘が響き始めた。

＊

「座頭の六さんから聞きやしたが、おたくさんは浅田屋の三度飛脚さんだそうで」

宿から出てきたのは嘉一である。当人は風太郎を見知ってはいないようだった。が、元日のあのとき、詫びてあたまを下げた嘉一を風太郎は見覚えていた。

「風太郎と申しやす」

風太郎はていねいな物言いで名乗った。

「元日の八ツどきに、茶店で嘉一さんと達吉さんに行き合っておりやす」

これを言われて、嘉一が得心顔になった。

「縁台に座っていた、あのときの……」

「その通りでさ」

嘉一と風太郎は、ともに五尺五寸（約百六十七センチ）の背丈だ。見詰め合ったとき、目の高さが同じだった。

「それで……六さんからは、折り入っての頼みがあるとか伺いやしたが？」

「浅田屋の敷地内に、蔵を普請していただきてえんでさ」

相手の目を見詰めて用向きを告げた。

「達吉さんと嘉一さんは、江戸でも五本指にへえる蔵名人だと、茶店の親爺さんから聞かされやした」

風太郎は一歩を踏み出して、嘉一との間合いを詰めた。

「細かなことは浅田屋まで来てもらったあとで、あるじと頭取番頭から話をさせてもらいやす」

町木戸の前に四つ手駕籠を二挺用意してありやすからと、嘉一の目を見詰めて伝えた。

聞き終えた嘉一も、風太郎から目を逸らさずに問うた。

「急ぎの蔵普請てえことですかい？」

「その通りでさ。次に雪が降り始めるまでに、氷室を普請していただきてえんで」

氷室の新築だと明かされて、嘉一はふうっと吐息を漏らした。

「次の雪が降るまでにと言われても、氷室は蔵だ、納戸じゃあねえ」

あまりにも急ぎ仕事の頼みだと分かった途端に、嘉一からやる気が失せたらしい。

「わざわざ本郷坂上から来てもらった風太郎さんには済まねえが、この話は受けられねえ」

嘉一は玄関前の立ち話だけで、依頼を断ろうとした。

「そうでやすかい」

伊兵衛・徳右衛門との事前の打ち合わせに従い、風太郎は無理に頼み込むことはしなかった。

「自分の仕事に矜持《きょうじ》を持つ職人であればあるほど、急ぎ仕事の依頼は断るものだ」

徳右衛門は断られたときの、風太郎の応じ方を伝授していた。

「氷室の本場・金沢の湯涌から、氷室に明るい者が来ていると明かしなさい」

これが徳右衛門の指図だった。

「湯涌の氷室がどんな造りなのかを、在所の者の口から聞き取る絶好の折なのに、断るのはもったいないと結べばいい」

ひとかどの職人なら、かならず食いついてくると、徳右衛門は読んでいた。

風太郎は徳右衛門から教わった通りに、一言も違《たが》えず嘉一に聞かせた。

まさに嘉一は矜持ある蔵職人だった。

「あにさんの前で、もう一度、いまと同じことを言ってくだせえ」

嘉一はすっかり乗り気らしい。足を急がせて玄関に戻り始めた。

ここからが勝負だと丹田に力を込めて、風太郎はあとに従った。

七

浅田屋に赴くのを承知した達吉と嘉一を乗せた辻駕籠《つじかご》は、本郷の坂下で二挺が並んで止まった。どちらも駕籠の垂れは下ろしたままだ。

人通りの邪魔にならぬよう、端の地べたに駕籠を下ろし、担ぎ棒から肩を外すと、それぞれの後棒が、伴走していた風太郎に詰め寄った。

辻駕籠では後棒が前棒の兄貴分だ。前棒に速さなどの駆け方を指図した。

後棒のひとりが、尖《とが》り気味の口を開いた。

「おめえさんの行き先は、この坂を登りきった先の、浅田屋とかいう飛脚屋だよな？」

達吉を乗せている駕籠の後棒が、あごを突き出し気味にして問うた。

「そうだが、どうかしやしたかい？」

風太郎が問うと、もうひとりの後棒もまた、間合いを詰めてきた。

「おれは疾風《はやて》の辰次《たつじ》でよう、湯島から浅草の間じゃあ、駕籠の速さで知られてるんでえ」

名乗ったのは達吉を乗せた駕籠の後棒だ。もうひとりの名は寅吉《とらきち》で、やはり走りの速さが売り物の後棒だと風太郎に告げた。

「あんたに待たされてる間に、寅吉と話していたんだが」

辰次は一歩、風太郎との間合いを詰めた。

「あんたのその身なりは、ことによると浅田屋てえ宿の飛脚かい？」

「そうだが、それがどうかしやしたかい」

風太郎は穏やかな物言いで応じた。達吉と嘉一という、大事な客の案内役である。垂れの内で耳を澄ましているふたりを思うと、駕籠《かご》舁きと揉めたくはなかったのだ。

ところが辰次は間合いを詰めたままで、さらに語気を強めた。

「寅吉が言うには、浅田屋てえのは江戸と金沢を六日で走りきるらしいが、そいつあ本当かい？」

「いや、それは嘘だ」

答えた風太郎は、一歩だけ下がった。辰次の吐く息がひどくくさかったからだ。

「なんでえ、嘘かよ」

相手を見下したような物言いである。風太郎は背筋を伸ばして辰次を見た。

「六日じゃあねえ。五日だ」

伝法《でんぽう》な口調で答えたら、二挺とも駕籠の垂れが内からめくられた。驚いた達吉と嘉一が、自分の手でめくり上げていた。

五日と聞かされたことで、今度は寅吉がぐいっと間合いを詰めた。

「なにが五日だ、ふざけんじゃねえ！」

寅吉は口から唾を飛ばしながら、声を荒らげた。風太郎は表情も変えず、顔を拭った。

「そんだけのことを言うからにゃあ、おめえっちも、かっ飛びで奔るんだな？」

「そうだ」

短く応えた風太郎は、腕組みをして寅吉を見詰めた。寅吉が息を詰めて顔を赤くしていたら、辰次が割り込んできた。

「おれは疾風の辰次だ」

どうだとばかりに、胸を張った。

「おめえの与太話を、聞き捨てにはできねえ。そうだろう、寅吉？」

「あたぼうよ」

答えた寅吉は、あごをしゃくり上げた。

「おれの足に勝てる気でいるおめでてえやつを、野放しにはできねえ」

寅吉が、ひときわ声を大きくした。

ここまで持ち場から離れずにいた前棒担ぎのふたりも、辰次と寅吉の脇に寄ってきた。四人の駕籠舁きが風太郎を取り囲んだ。

風太郎は表情も変えずに四人と向き合っていた。

「浅田屋の飛脚なら、坂上のかねやすを知らねえとは言わせねえぜ」

相変わらずくさい息を吐きながら、辰次が凄んだ。

「知っているが、それがなんでえ」

風太郎もすっかり物言いが変わっていた。

「本郷も　かねやすまでは　江戸の内」

川柳《せんりゅう》にまで詠まれているかねやすは、歯磨き粉の老舗だ。

前田家正門につながる本郷通りと、いま風太郎たちが立っている切通坂とが交わる辻に建っており、かつて江戸の町火消しを改組した大岡越前守《おおおかえちぜんのかみ》は「かねやすの辻までを江戸市中とする」と定めていた。

「おめえがどんだけの足自慢、走り自慢かは知らねえが、おれっちと駆け比べをすりゃあ、一発で分かる」

この坂下からかねやすまで、男を賭しての駆け比べをやろうと、辰次は風太郎に挑みかかった。

風太郎が返事をしないままでいたら、寅吉も前棒ふたりも、辰次の後押しを始めた。

「江戸は八百八町《やちょう》もあるがよう。辰次とおれとを走りで負かしたやつは、ひとりもいねえ」

寅吉が意気込んで言い放つと、前棒ふたりが調子を合わせて大きくうなずいた。

「黙ってねえで、なんとか言いねえ」

顔がくっつくまでに間合いを詰めた寅吉は、風太郎の分厚い胸板を人差し指で突いた。

すでに四ツ半（午前十一時）どきだ。初売り目当ての客や、湯島天神への参詣客たちが、坂道を行き来し始めている。異様な様子に、風太郎たちを遠巻きにする野次馬は次第に増えていた。

人だかりができたことで寅吉は、居丈高な物言いをさらに強くした。

「とっても勝ち目がねえと分かったんなら、素直にそう言いねえ。詫びりゃあ、それでいい。おれもひとに知られた、稲荷町《いなりちょう》の寅吉だ、あとは黙って引き下がってやるぜ」

小芝居の役者のような、見得を切った。

腕組みをほどいた風太郎は、駕籠舁きの背後で成り行きを見ている達吉と嘉一に目を向けた。が、それは一瞬で、すぐに寅吉に目を戻した。

「あんたらの駕籠に乗ってもらったおふたりは、うちの大事な客人だ」

寅吉を見る風太郎の眼が、鋭い光を宿していた。

「駆けの勝負にあんたらが負けても、駕籠は担ぐと約束するなら、勝負を受けてもいい」

風太郎は穏やかな物言いを続けていたが、言っている中身は尖っている。案の定、寅吉も辰次も、風太郎に摑みかかろうとした。

風太郎は身軽な動きで、ふたりが突き出した腕を躱《かわ》した。

「それと、もうひとつ。駆け比べは、かねやすまでで仕舞いではない」

風太郎は両足で地べたを強く踏んだ。上背が伸びて、辰次と寅吉よりも高くなった。

「かねやすが店先に吊している樫板の看板に触れたあと、ここまで駆け戻ってくるんだ」

二挺の駕籠のどちらでもいい。担ぎ棒の前棒に先に触れた者が勝ちとする。

「これを受けられるなら、あんたらとの勝負を受けてもいいが、どうする、あにさん方」

地べたを強く踏んだまま、駕籠舁きふたりを順に見た。すっかり風太郎が辰次と寅吉を呑み込んでいた。

「そうまで言い切ってよう」

辰次の前棒が、風太郎の前に出てきた。

「勝負に負けたときにゃあ、おめえっちの髷《まげ》をもらうが、それでいいな？」

前棒の声は、離れた場所の野次馬にも聞こえたらしい。髷をもらうと聞くなり、野次馬にどよめきが生じた。

駕籠宿の駕籠舁きは、行儀をしつけられている。が、辻駕籠の舁き手は真冬でも、半纏に下帯一本の尻丸出しで走る。

そんな面々が、脚絆をふくらはぎまで巻いた風太郎に嚙みついていた。

これだけの人だかりの前で髷を切り取られるのは、生き恥をさらす極みだ。

風太郎はどよめきが鎮まる前に、落ち着いた物言いで答えた。

「それで結構だが」

風太郎は前棒の髷を見詰めた。

「おれにはあんたらの髷は無用だ」

風太郎は駕籠舁き四人を順に見た。

「髷はいらないが、おれの大事な客は浅田屋まで運んでもらうぞ」

風太郎が真顔でこれを告げたとき、野次馬たちが、またどよめいた。しかしそれは風太郎の言い分に応えたわけではない。

坂上から猛烈な速さで男が駆け下りてきたからだ。

駆け下りてきたのは浅田屋の飛脚、券弥だった。

どよめいたのは、駆け下り方が速かったからだけではない。同じ側の足と手を同時に出す、三度飛脚独特の走り方を見たがゆえの驚きだったのだ。身体がねじれず、速く駆けるには理に適った走り方だが、初めて目にしたものは等しく驚嘆する。

風太郎の脇にぴたりと止まった券弥は、疾走してきたのに息遣いは乱れていなかった。

「遅いんで迎えに来やした。こんなところで、なにをやってるんでさ、風太郎あにい」

一歳年下の券弥は、ていねいな物言いで風太郎に問うた。

「あちらのおふたりさんが……」

風太郎は達吉と嘉一を指さした。

「うちにお招きした職人さんだが、乗ってもらっていた辻駕籠が、いささか面倒なことになった」

風太郎は手際のいい話し方で、ここまでの顚末《てんまつ》を聞かせた。

聞き終えるなり券弥は駕籠舁き四人を見てから、もう一度風太郎に目を戻した。

「そんな勝負を吹っかけられたのなら、受けるしかありやせんぜ」

券弥の乾いた声は、野次馬にも届いた。またも人垣が揺れて、どよめいた。

駕籠舁き四人全員が、唇を噛み締めた顔を見交わしていた。

八

坂下に群れた野次馬をかき分けて、ひとりの男が風太郎たちに寄ってきた。

「初春の佳《よ》き日に、まことにめでたき催しではありますまいか」

男は人混みにまったく動ずることなく、風太郎を見詰めて話し始めた。

喉から声を出すのではない。腹から聞こえてくる声には艶があり、響きもよかった。

「ぜひにもこの勝負、わたしに行司《ぎょうじ》を務めさせていただきたい」

男は素性を名乗りはしなかった。が、少し高めのよく通る声を聞いて、何人かが、人気役者、市川團十郎《だんじゅうろう》だと気づいた。

風太郎と券弥は異存がなさそうだった。

しかし駕籠舁き四人は、いきなり出てきた男の言い分には、承服できないらしい。

「なんでえ、あんたは」

強く食ってかかったのは辰次だった。

「なにが初春の佳き日でえ、冗談じゃねえ。おれっちはこれから、男を賭けての勝負をやるんでえ」

妙な口を挟むなと、尖った声で凄んだ。その言葉を男の声が抑えつけた。

「あいや、しばらく」と。

駕籠舁きから凄まれてもまるで気にせず、右手を寅吉に突きだして発した「しばらく」だった。

「まこと、男ぶりを賭しての勝負であるがため、勝ち負けを正しく判ずる行司が欠かせぬのは道理でござろう」

男の物言いが、いつの間にやら武家口調に変わっていた。

「わたしは行司役に慣れておりますでな。ぜひにもこれを振らせていただきたい」

男は羽織の純白の太い紐を、手慣れた手つきでほどいた。そして帯に挟んでいた扇を取り出した。

バリッ。

右手ひとつの動きで、扇は音を立てて開かれた。扇の地も羽織紐と同じ純白である。真ん中には真っ赤な丸が描かれていた。

まさに中天に浮かんだ初日である。

人垣の最前列から「うおっ」と歓声があがった。

「この扇を振り下ろすのを合図に、坂を駆け登っていただく」

男が駕籠の担ぎ棒に手を触れるなり、扇を高々と掲げ上げる。

「こうすれば、だれの目にも勝負の勝ち負けがはっきりと映りましょうぞ」

十重二十重《とえはたえ》に群れている人垣の、後ろにまではっきり声は響いていた。

行司を買って出た男は、渋る駕籠舁きたちを、大きく剝いた目で見詰めていた。

「いつまで、ぐずぐず言ってるんだ」

「疾風の辰次だの、稲荷町の寅吉だのの、二つ名の名折れだろうがよ」

「勝負を言い出したのは、おめえたちじゃねえかよ」

野次馬の内から、駕籠舁きの振舞いを咎める声が幾つも挙がり始めた。しかも声はさらに増える勢いである。

「あんたの行司に、おれたちも文句はねえ」

渋々の物言いで、辰次が承知した。

「ならば重畳《ちょうじょう》。すぐにも勝負始めといたしましょうぞ」

一度は畳んでいた扇を行司は今度はていねいに、静かに開いた。

「おれは風太郎あにいの脇を走りやすが、付き添い役で、勝負にはかかわりやせん」

券弥の申し出を行司は承知した。

券弥、風太郎、辰次、寅吉、前棒ふたり。

六人の男が横一列に並んだ。

一月四日の空の真ん中に、新春を慶ぶ天道がいた。降り注ぐ柔らかな陽が、男たちの短い影を地べたに描いていた。

行司が扇を高く掲げ上げると、人垣のざわめきが瞬時に鎮まった。

「用意」

行司の声で、男たちが身構えた。六人の息が揃ったと、行司は見届けた。

掲げられていた扇が、風きり音を生じさせながら振り下ろされた。

一斉に男たちが切通坂を駆け上がり始めた。

半町（約五十五メートル）も進まぬうちに、横一線だった列が崩れていた。

先頭を走るのは付き添い役の券弥だった。

江戸組六人衆のうちで、登りが一番強い男が券弥だ。碓氷峠《うすいとうげ》の長い登りも、券弥は調子を落とすことなく登った。

券弥に引っ張られて、風太郎も脇に並んで駆けていた。平地の走りなら、風太郎は韋駄天だと仲間から認められていた。

しかしいまは登り坂だ。券弥に引っ張られる形で走っていた。

一町（約百九メートル）を登っただけで辰次と寅吉は、はやくも風太郎から五間（約九メートル）も遅れていた。しかもまだ登り坂は続いていた。

懸命に風太郎を追っていたが、隔たりは開く一方である。

前棒のふたりは、そんな辰次たちから、さらに数間も遅れていた。

坂を登り切った券弥は、脇に逃げた。風太郎がかねやすの看板に触れやすくするためだ。

平地になるなり、風太郎の足が速さを増した。目の前にかねやすを見たところで、風太郎は速さをゆるめた。

初売り目当ての客が、店先に群れを作っていたからだ。通常は一袋二十文の乳香入り歯磨き粉が、今日に限り三割引の十四文だ。しかし、ひとり二袋までで、正午を告げる時の鐘が鳴り終わるまでという縛りがあった。

樫板の看板は人混みの奥、店先に渡された鴨居《かもい》に吊り下げられている。触るには人垣をかき分けるほかはなかった。

もしも三度飛脚の御用中なら、風太郎もためらうことなく人混みを払いのけただろう。三度飛脚には行く手を塞ぐ者を切り捨て御免にできる特権が授けられていた。

しかし、いまは、わたくしごとの勝負なのだ。

辰次たちとの隔たりも、ここでためらっていては、呆気なく失せてしまう。駕籠舁きたちの走りぶりも、相当なものだった。

「ごめんなせえ」

断りを言って人混みをかき分けた。

「なんだ、あんたは」

怒声を浴びせられてもかき分け続けて、なんとか看板の下に出た。右手で樫板に触れたら、硬い音が生じた。

看板に触れただけで、風太郎はその場を離れようとした。

買い物もせず離れる風太郎の背中に、客は怒声を浴びせた。風太郎は振り返り、客にあたまを下げてから駆け出そうとした。

その風太郎と、全力で駆けてきた辰次と寅吉がすれ違った。

風太郎は駕籠舁きの様子を見ることもせず、坂下に向けて駆け出した。往来の端で待っていた券弥が並びかけた。

「行くぜ、風太郎あにい」

目で促した券弥と横並びとなり、一気に走り出した。

辰次と寅吉は、人混みの客には一切の気遣いを見せなかった。両手を突き出した辰次は、客の群れを乱暴に払いのけた。

あとに続く寅吉は、さらに手荒な振舞いに及んだ。

「邪魔をするんじゃねえ」

こどもの手を引いていた母親を、左手で払った。不意打ちを食らった母が、こどもの手を摑んだまま、その場に転び、悲鳴を上げた。

客の様子など気にもとめず、ふたり同時に樫板をぶっ叩いた。カツンと音を発した看板は、大きく揺れた。

辰次と寅吉が駆け戻り始めたとき、やっと前棒が店先に着いた。ふたりを見た客のなかの大柄な男が、前棒たちの前に立ち塞がった。

大男の凄まじい形相に、前棒ふたりは怯《おび》えたらしい。互いに顔を見交わしたあとは人混みに近寄らず、後ろに向きを変えた。

勝負はすでについていると察したのだ。

もはや力尽きたという表情で、前棒ふたりは坂を下り始めた。半町ほど進んだところで、ひとりが思い直したようだ。

坂下では途方もない数の野次馬たちが、勝負を見ているのだ。たとえ負けは決まっていても、みっともない弃りはできない……と。

駕籠舁きの矜持を取り戻した前棒の想いは、連れにも伝わったようだ。互いにうなずき合うと、残った力を振り絞って駆け出した。

＊

坂下では行司が畳んだ扇を手にして、坂を見上げていた。

坂の途中、湯島天神の脇参道につながる辺りで、坂は大曲りをする。ゆえに駆け下りてくる面々は、だしぬけに姿を現すことになった。

その瞬間を見逃してなるものかと、行司も野次馬たちも息を詰めて坂の大曲りに見入っていた。

「来たぞ！」

大声は大曲りに一番近い場所に立つ、職人風の男が発した。

「うおおっ」

どよめきとともに、一斉に野次馬の目が大曲りに向けられた。

行司は閉じた扇を握り直して坂上を見た。坂下に向かい、往来の右端を券弥、ひとり分の間合いを空けて風太郎が駆けていた。

下り坂が身体と足を押しているらしい。ふたりは前だけを見て疾走していた。

停めてある駕籠の前棒に風太郎が触れるなり、行司は天まで届けとばかりに扇を突き上げた。

そのわずかあとに、辰次が自分の駕籠の前棒を叩いた。くやしさを隠そうとはせず、二度も三度も前棒を叩き続けた。

その辰次に、息を乱したままの寅吉が近寄り、肩に手を載せた。

「しゃあねえ、辰次。あの連中は、まぎれもねえ三度飛脚だ。相手がわるかった」

辰次の腹立ちをなぐさめながらも、寅吉のほうがさらに口惜しさを噛みしめるような表情になっていた。

眩《まばゆ》いばかりに輝く陽を浴びた三度飛脚ふたりの立ち姿である。地べたに描かれた影まで、偉丈夫ぶりを誇らしげに訴えていた。

駕籠舁き四人は汗みどろの木綿の上っ張りが、肌にへばりついている。荒い息に合わせて木綿も膨らむ萎《しぼ》むを繰り返した。

そんな六人に、惜しまず称賛の眼差しを向けている、当代切っての千両役者。

まこと錦絵もかくやの初春の眺めに、見物人はいまでは静まり返って見入っていた。

達吉と嘉一は、駕籠からわずかに離れた場所で、一部始終を見届けていた。

風太郎の勝ちが決まった刹那、達吉と嘉一は手を握り合っていた。

「浅田屋さんの仕事はおれの命と、順吉棟梁の名めえにかけて、とことんやるぜ」

「がってんでさ」

嘉一は握られた手に力を込めて、きっぱりと達吉に応えた。

*

浅田屋の板場では金沢の料理人修助《しゅうすけ》が、念入りに昼餉の支度を続けていた。

当初の段取りでは、四ツ半（午前十一時）までには風太郎が蔵職人を連れてくるはずだった。

しかし刻限を過ぎても、一向に風太郎も職人も黒門町から戻ってはこなかった。

「ひとっ走り、黒門町まで様子を確かめに行ってくれ」

徳右衛門の指図で、券弥が店を出た。

ところがその券弥もまた、未だ戻ってきてはいなかった。

蔵職人たちに、浅田屋特製の汐つゆそばを振舞い、談判を滑らかに運ぶというのが、徳右衛門の思案である。

「とにかく、蕎麦《そば》の支度を始めなさい」

徳右衛門の指図で、修助が動き始めた。

あとは職人の到着を待つだけだ。

味見の皿を戻そうとしたとき、女中が下駄を鳴らして土間に入ってきた。

「お客様がお着きです」

きびきびした女中の声を聞いた修助は、たすきに手をかけて息を整えていた。

九

風太郎は、二挺の辻駕籠の先に立って駆け始めた。もちろん券弥が風太郎の介添え役である。達吉と嘉一を乗せた駕籠が、風太郎を追って走り出すと、野次馬が喝采を送った。その様子を見届けて、あの行司も坂下から湯島天神を目指して歩き始めた。

風太郎と券弥が先導する形で、二挺の駕籠が浅田屋勝手口に横着けされた。駕籠が地べたに下ろされるなり、後棒のふたりが垂れを捲《めく》り上げた。

「お疲れさんでやした」

「いい乗りっぷりでやした」

辰次と寅吉が交互に声をかけ、しかも乗り手にあたまを下げた。

四つ手駕籠の駕籠舁きが客にあたまを下げるなど、よほど高額の酒手《さかて》（祝儀）でももらわぬ限りは、ないことだ。

　客たちが履き物を履いて地べたに立ったあとで、寅吉と辰次は風太郎の前に進んだ。そして胸を張って風太郎と向き合い、寅吉が口を開いた。

「万に一つでも折があったら、あっしらどっちかの駕籠に乗ってくだせえ」

江戸市中で飛脚が辻駕籠に乗る折など、あろうはずもない。百も千も承知で、寅吉はこれを口にした。それほどに風太郎に対する、強い想いを抱いていたのだろう。

「がってんだ、あにい」

風太郎も正面から寅吉の言葉を受け止めた。

「そんときは、ぜひともあにいの駕籠に乗せてもらいやすぜ」

勝手口の前で、風太郎と寅吉の目が絡まり合った。そのさまを、敬いを宿した目で達吉と嘉一が見詰めていた。

＊

達吉と嘉一は、ふたり揃っての「蕎麦っ食い」だった。

あの店は美味いと評判を聞いたら、片道一刻をかけてでも、その店に向かっていた。

「蕎麦は辛口のつゆが命だぜ」

ふたりは醤油とダシ、味醂《みりん》がひとつとなった黒光りしているつゆこそ、蕎麦を引き立てる要だと信じていた。両人が仕えた順吉棟梁の言い分を、そっくり引き継いでいたからだ。

そんな達吉と嘉一に、修助が念入りに味を調えた汐つゆそばが供された。

正午を大きく過ぎており、ふたりは空腹だった。にもかかわらず、用意された昼餉を見たふたりとも、箸を持とうとしなかった。

達吉は困惑した面持ちで修助に問いかけた。

「おたくさんら金沢の料理人てえひとたちは、蕎麦をつゆじゃあなしに、水で食いなさるんですかい？」

問い方はていねいだが、声の調子は尖っていた。

「水ではないことは、ひと口すすれば分かります」

修助は努めて穏やかな物言いで応じた。

「そうまで言うなら」

達吉は、嘉一の目を見た。

「食べましょうや」

渋い顔をした達吉を促した。

不承不承の様子で箸を手にした達吉は、蒸籠に盛られた蕎麦のてっぺんを摘まんだ。だ。

左手で持った蕎麦猪口《ちょこ》に蕎麦をちょいづけし、小気味よくずずずっと音を立ててすすり込んだ。

達吉の食べ方を見た修助は、感心のまなざしに変わっていた。この男は本物の蕎麦っ食いだと、食べ方を見て察したからだ。

表情が違っていたのは達吉も同じだった。

透き通ったつゆは、当然ながら水ではなかった。ないどころかダシの豊かな味と香りが、蕎麦と絡まり合って口一杯に広がった。いままで江戸の蕎麦では味わったことのない、知らなかった味覚に出くわしたのだ。

最初に舌が、そして喉が驚いた。

ふたり同時に「うめえ！」と、正味の驚き声を発した。

様子を見ていた修助の目が和らいだ。

「この蕎麦には、正味でめえっちまったぜ」

「まったくだ、あにい」

ふたりは箸を止めることなく、蒸籠に盛られた蕎麦を食べ切った。

「代わりを用意しましょうか？」

食べっぷりに気を良くした修助が、弾んだ声で問いかけた。

「ありがてえこってさ。ぜひ、もう一枚」

達吉の返事に、嘉一の声がかぶさった。

「あっしも、もう一枚頼みやす」と。

二枚目の汐つゆそばを平らげたあとのふたりは、心底、美味さを堪能したという顔つきになっていた。

昼餉を終えた頃合いを見計らい、頭取番頭の徳右衛門と江戸組頭の玄蔵が顔を出した。

「わざわざご足労をいただき、ありがとうございます」

みずから名乗った徳右衛門は、玄蔵と連れ立って場に加わった。女中が焙じ茶と、諸江屋の落雁を四人に供して下がった。

修助は土間の腰掛けに座して、話に加わった。湯涌の氷室を説明するためである。

徳右衛門が正式な氷室作事の依頼を口にする前に、達吉が口を開いた。

「浅田屋さんは飛脚さんといい、いま土間においでの蕎麦打ち料理人さんといい、飛び切りの方々を抱えておいでだ」

徳右衛門を見る達吉の目は、風太郎と修助に対する敬いの色を濃く宿していた。

「これほどのお店《たな》から蔵造作の誂《あつら》えを戴けるのは、職人冥利《みょうり》に尽きやす」

達吉があぐらを正座に座り直すと、嘉一も従った。

「精一杯の仕事をしやす」

達吉と嘉一が揃ってあたまを下げた。

「どうぞ棟梁、膝を崩してください」

徳右衛門に促されて、ふたりは元のあぐらに戻った。

昼餉に供した汐つゆそばが、佳き端緒となったようだ。その後の氷室造作の話し合いは、すこぶる滑らかに運んでいった。

様子が一変したのは、徳右衛門の問いに修助が返答したときだった。

「おまえの見立てでは、この先の江戸に雪は降るのか？」

「七草までには、大きな雪が来ます」

修助はきっぱりと言い切った。

穏やかな顔で聞いていた達吉の顔つきが、大きく変わった。が、修助は気にとめずに先を続けた。

「昨日の朝と今朝の二度、戌亥《いぬい》（北西）の空に鼠色の雲が出ていました」

修助は徳右衛門の目を見詰めて、見立てを話し続けた。

「今朝は昨日の朝より、雲の色味が濃くなっておりました」

あの調子で雪雲が大きくなれば、あと三日の内には雪が来ますと、見立てた。

修助が口を閉じるなり、達吉は得心がいかないとばかりに口を開いた。

「こう言っちゃあ、なんでやすが、空見についちゃあ、あっしもうるせえんでさ」

達吉は徳右衛門に目を移していた。

「金沢の山奥の空は、あっしは一度も見たことはありやせんが」

言葉を区切った達吉は、修助の目を見た。

「江戸の空は、がきの時分から見続けておりやすんでね。明け方の空も、からすのカアで夜明けを迎えるなり、毎朝、見ておりやす。もっとも今朝は朝寝が過ぎたもんで、空を見たのは五ツ（午前八時）を過ぎてやしたが」

達吉の目の光が強くなった。

「空のどっこにも、おめえさんがいま言ったような、鼠色の雪雲なんざ、見えやせんでしたぜ」

修助を見詰めたまま、達吉はさらに先を続けた。嘉一は黙したままでいた。

「今日もこの暖かさだ。修助さんには申しわけねえが、江戸の空見はあっしのほうが長けてやすぜ」

言葉の仕舞いでは、達吉は修助にあごを突き出していた。

「いや、雪は来ます」

土間の腰掛けから立ち上がった修助は、いささかも退かずに応じた。

「雪雲が出るのは戌亥の一角に限られており、わずかな間だけです」

修助は気負いない口調で断じた。空見についての揺るぎなき自負が、落ち着いた物言いに出ていた。

「間違いなく江戸の雪雲は、昨日よりも太っています。七草まではかならず、一寸（約三センチ）は積もる雪が降ります」

修助も達吉を見詰めて強く言い切った。

場が一気に張り詰めた。

「そんなわけはねえ」

ついに達吉は声を荒らげた。立ち上がろうとする達吉の半纏を、嘉一が引いて押し止めた。

十

順吉棟梁が存命中から七草の朝の棟梁宿は、女房のおていが拵える「七草がゆ」で、一日が始まっていた。

物故してから久しいいまでも前日六日の夕刻には例年通りに、長く付き合いのある砂村新田《すなむらしんでん》の農夫の矢三八《やそはち》が黒門町まで七草を届けに来た。

「今日はいきなり凍えがきつくなったでよう。明日の砂村は雪になるかもしんねっから」

雪空の下で味わう七草がゆなら、酒を加えて仕立てたほうが美味いと、帰り際におていと達吉に言い残した。

「もしも雪になったら、矢三八さんの言う通りに仕立てますから」

四日の修助とのやり取りを何も知らないおていは、声をほころばせた。

矢三八を表通りまで送って出た達吉は、宿に戻る途中で足を止めた。

見上げた六日の日暮れ空に月星はなかった。代わりに空の端から端まで、分厚い雲がべったり貼り付いていた。

羽織っていた半纏の前を閉じ合わせた達吉は、ぶるるっと背筋を震わせた。凍えのせいもあったが、それ以上にこころが震えたのだ。

矢三八が見立てた通り、夜半過ぎから粉雪が舞い始めた。それほどに、江戸市中の凍えは厳しくなっていた。

雪は朝になっても降り止まなかった。達吉と嘉一は搔巻《かいまき》を羽織ったままで、おていが仕上げた酒入りの七草がゆを賞味した。

「まったくもって修助さんの空見は、てえしたもんだ」

達吉はおのれの読み違いと、修助の眼力の凄さを、しっかり受け入れていた。

「雪の坂を登るのは厄介だが、先延ばししたんじゃあ、男が廃《すた》る」

早く浅田屋に出向き、修助に四日の詫びを言おうと、思いを嘉一に聞かせた。

「それでこそ、あにいでさ。あっしも行きやす」

嘉一は熱々のかゆの残りを、ゆっくりと匙《さじ》で口に運んでいた。

＊

「こんな雪模様のなか」

言葉を区切った徳右衛門は、達吉と嘉一を正面から見た。達吉は決まりわるそうに尻を動かしたが、徳右衛門は構わず先を続けた。

「あの切通坂を登ってきてくださったとは、さぞ難儀だったことでしょう」

徳右衛門は正味の物言いで礼を口にした。仕舞いまで聞き終えてから、達吉は居住まいを正した。

「頭取番頭さんから礼を言われるのは、まったくの筋違いでさ」

膝に載せた両手を強く握った達吉は、詫びの言葉を続けた。

「修助さんが今日の雪模様を、見事に言い当てられやした」

なにをさておいても修助さんへの詫びが先だと思い、駆けつけてきやした……

ここまで聞き取った徳右衛門は、表情を和ませた。

「棟梁の真っ正直で、しかも誤りを認める度量の大きさには、あたまが下がります」

浅田屋江戸店《だな》を仕切る頭取番頭が、まだ正式に仕事も頼んでいない職人にこれを言った。

しかも徳右衛門は達吉を、本気で棟梁と呼んでいた。

「なんてえことを……滅相もねえ」

慌てた達吉は高い調子の声で、徳右衛門にお手を上げてくだせえと頼んだ。

互いに気持ちのこもったやり取りを交わしたことで、座の気配がほぐれた。

達吉と嘉一は、あらためて背筋を伸ばして座り直した。

「なにとぞあっしらに、氷室の普請を請け負わせてくだせえ」

座したままだが、達吉は丹田に力を込めて頼み込んだ。

「普請をお引き受けくださりますよう、てまえどもこそ、衷心よりお願い申し上げます」

達吉の目を見詰めて、徳右衛門はこれを告げた。いま一度、達吉と嘉一は「うけたまわりやした」と応じて、話はまとまった。

ドンドンドン、ドンドンドンッ……

いきなり太鼓が轟《とどろ》いた。びくっと驚いた達吉の、徳右衛門を見詰めている目が揺れた。

「七草吉例の、走り稽古の始まりです」

教えた徳右衛門の声には、前田家三度飛脚を務める自負が感じられた。

「七草の稽古とは、なにをされるんで？」

達吉が問いを続けたとき、太鼓は鳴り止んだ。

「今日は雪模様ですから、走るのはいつもの年の半分でしょう」

およそ四里（約十六キロ）を半刻で走ると明かしたあと、口調を変えて達吉を見た。

「てまえと一緒に、土間までご一緒いただけますか？」

問うてはいたが、行きましょうと強く促していた。浅田屋から走り出す姿を見ませんかと、さらに強く誘った。

「ぜひ、ぜひ」

達吉と嘉一の声が重なった。達吉は、すでに尻を浮かせていた。

＊

江戸組頭の玄蔵を先頭に、今日のしんがりにつく風太郎まで、全員が横並びに整列していた。

徳右衛門の脇には達吉と嘉一が立っていた。飛脚たちの目は徳右衛門に注がれていた。

「今年もみなが息災なまま、七草の稽古始めを迎えられたのは重畳至極だ」

徳右衛門は玄蔵からしんがりの風太郎まで、順に見てから言葉を続けた。

「今年は雪が少ないのを案じていたが、今日はいい案配に雪模様だ」

雪沓《ゆきぐつ》の手入れに抜かりはないかと、列の中ほどに立つ栄助に質した。

真っ先に正月休みで飛び出していた栄助は、今年もまた門限ぎりぎりまで、吉原の布団を温めていた。

「あっしの沓なら、この通りでさ」

栄助は雪沓の片方を脱ぎ、底を徳右衛門に見せた。片足でも身体がびくとも揺れない。たとえ遊郭に沈んでいても、体幹稽古は怠っていない証だった。

底を見せた雪沓も、手入れに抜かりはなかった。栄助は徳右衛門に沓を差し出した。

雪道を滑らずに走れるように、飛脚の雪沓は底に豆粒大の鉄菱《てつびし》が二十個、ばらばらに埋め込まれていた。

今日は今年初の雪沓である。栄助は今朝起きるなり、沓底の手入れを済ませていた。

仕上がりを了とした徳右衛門は、栄助に沓を返し、それを栄助が履き終えたところで、話に戻った。

「こちらのおふた方は、おまえたちもすでに顔見知りとは思うが、あらためて顔つなぎをさせてもらう。おふたりとも黒門町の蔵職人で、棟梁の達吉さんと、弟弟子の嘉一さんだ」

名を明かしたあと、徳右衛門は達吉にひとことをと促した。

「へいっ」

臆することなく承知した達吉は、組頭の玄蔵に会釈してから口を開いた。

「この雪模様のなかでも、別誂えの雪沓を履いて走り稽古に出なさるという」

達吉は感嘆の吐息を漏らして、あとを続けた。

「そんなみなさんの働きぶりを、氷室造りで手伝わせてもらえるてえのは、職人冥利に尽きやす」

言葉を区切ると、嘉一を脇に呼び寄せた。

「あっしらもみなさん同様、身体と知恵を使って仕事と向き合いやす」

よろしくのほどと告げて、ふたりは深い辞儀をした。

「よろしくお願いしやす」

飛脚全員が声を揃えた。

「湯涌が雪に恵まれることを願いつつ、七草稽古に出張りやす」

締めの言葉で応じた玄蔵は、大股で土間の外へと向かい始めた。

今日は雪沓で、鉄菱が底に細工されている。三和土《たたき》は固いとはいえ、土だ。鉄菱で踏みつければ土間が傷む。

それを気遣い、玄蔵は駆けずに土間の外まで歩こうとした。

あとの飛脚も組頭に続き、大股で歩いた。

全員が店先に揃ったところで、玄蔵が走り始めた。間をあけずに配下が続いた。

往来には随所に石が敷かれている。雪沓の鉄菱が、雪をかぶった石にぶつかった。

ガチンガチンッ……

湿った音が雪道から聞こえてきた。

往来に立っている達吉は、粉雪を蹴散らして遠ざかる飛脚を見詰めた。そして先ほど聞かされた、修助の空見見当を思い浮かべた。

「おそらく二月に入ってのことですが、江戸にはもう一度、今度は大雪が降ります」

たとえ浅田屋の氷室普請は間に合わなくても、いまからできる備えはある。

「てまえも二月下旬までは、江戸店《だな》に残ることになりました」

なんなりと言いつけてくださいと、修助は正味の言葉で結んでいた。

すでにこの陽気なのに二月にも大雪が降るというのか……。そもそも蔵氷室は、ひと月で仕上がるものではない。おれと嘉一で、なにができる？

すっかり離れた飛脚たちだが、粉雪を透して背中はまだ見えていた。

「やるぜ、嘉一」

おのれに気合いを入れるかのように、大声を発した。

十一

七草の昼、一寸ばかり積もった江戸の雪は、一月九日にはすっかり解けていた。雪が解けたあとの江戸は雨なしで、ぽかぽか陽気が続いていた。

「いまさら正面切っては、修助さんに訊けねえが……」

一月晦日《みそか》（一八五三年三月九日）に、達吉は思案顔を深くして、嘉一に小声を漏らした。

明日から二月だ。しかし江戸の陽気は、とっくに季節を先取りして走っていた。

湯島天神の梅は、一月中旬には早々と見頃を終えていた。

飛鳥山《あすかやま》周辺の集落からは、桜のつぼみが膨らみ始めたとの声まで届いていた。

達吉たちの宿がある黒門町の住人のなかには、綿入れを押し入れに仕舞ったと豪語する年配者もいた。

「明日になっても、こんなぬるい陽気が続くようなら」

目の前の嘉一にではなく、おのれに言い聞かせるかの物言いで、達吉は話を続けた。

「もう一度修助さんに、空見に変わりはねえかと確かめるしかねえ」

「そうでやすねえ……」

嘉一の返事は語尾が下がっていた。


一夜が明けた二月一日は、さらに夜明けがぬるかった。明け六ツ（午前六時）の鐘が響き始める前に、達吉は起床した。まだ薄暗い井戸端へと、歯磨きに向かった。

「肚を括《くく》っての談判に臨むときは、口のなかをすっきりさせとくのがでえじだ」

これも順吉の教えである。迷いのない物言いは、きちんと歯磨きされた口をついて出る、が順吉の言い分だった。

早起きして、粗塩をたっぷりまぶした総楊枝《ふさようじ》で歯磨きをする。その後でハッカを口に含めば仕上がりだ。

教えに従って歯磨きを続けていたら、釜を抱えたおていが井戸端に出てきた。

「今日は勝負かい」

おていに話しかけられたが、達吉は歯磨きのさなかだ。返事の代わりにうなずいた。

「やっぱり今日から二月だねえ。井戸端に出ても、今朝はもう寒くはないもの」

米研ぎをしながら、おていは総楊枝を動かしている達吉に話しかけた。

「上野の寛永寺《かんえいじ》さんに、うちの隣のおよねさんが、昨日お参りしたそうだけど。桜の枝についたつぼみが、はっきり膨らんで見えたらしいわよ」

おていは仕上げの水を厚底の釜に注ぎいれた。

「湯涌の料理人さんには、わるいけどさあ。この陽気じゃあ、もう雪はないと思うわよ」

これを告げて、おていは井戸端を離れた。氷室の普請を浅田屋から請け負った達吉は、修助の空見に対する慧眼《けいがん》ぶりを、余さずおていに聞かせていた。

空見の大事さを、おていは順吉から聞かされ続けていた。七草の雪を言い当てた修助には、おていも感心して、一目をおいていた。

が、二月となった今朝、おていは水仕事の米研ぎを、まるで苦にしてはいなかった。

おていに言われるまでもなく、達吉も修助の空見は外れたのではないかと考えていた。しかし、その思いは自分の胸に深く仕舞っていた。二度と修助の空見に異は唱えないと、決めていたからだ。

今日の昼下がりに浅田屋を訪れて、修助と向き合うつもりでいた。しかし修助の空見を疑うのではなかった。

二月になっても、こんな陽気が続いている。それでも空見は変えないのですねと、確かめるために向き合うのだ。

たとえ空見を修助が変えたとしても。それは外れたのではない。新たな空見なのだと、達吉は自分を得心させていた。そして修助が口にする新しい空見に、全身で従おうと固く決めていた。

達吉は、口に含んだ粗塩混じりの水を、ぐちゅぐちゅっと音をさせたあと、威勢よく井戸端の溝に吐き出した。

＊

尋常ならざる暖かさと、雨なしの日々が続いていた一月の江戸・本郷で。

修助は毎朝、明け六ツを告げる鐘が響いている内に、浅田屋自前の火の見やぐらに登っていた。

朝日が昇り行く東の空、富士山真上の空、江戸城遥か向こうの空、そして板橋宿の方角の空に、大きく見開いた両目を凝らした。

四方の夜明け時の様子を、大福帳のような帳面に書き留めた。

こんな念入りな空見を元日から一月晦日まで、毎朝欠かさず続けていた。夜明け直後から朝日が昇り始めたあとまで、江戸の東西南北四カ所の空見を、である。

夜明け直後の薄明かりのなかで、今朝も同じことを書き留めた。そのあとで一月の空見結果を、帳面をめくって確かめた。

やぐらの上で、修助は得心の深いうなずきを見せてから、火の見やぐらを降りた。

二月一日の九ツ半（午後一時）前に、修助は板場の板の間で達吉・嘉一と向き合った。

硬い表情のまま口を開こうとした達吉を、修助は右の手のひらを立てて抑えた。

「達吉さんが言いたいであろうことは、分かっています」

これを告げたあと、修助は表情を引き締めて達吉を見詰めた。丹田に力を込めてひと息をおき、口を開いた。

「二月四日に雪が降ります」

迷いのない物言いは、順吉が大事に付き合っていた八卦見《はっけみ》（易者）の口調と同じだった。

「二月四日に雪……ですね？」

確かめた達吉に、修助はきっぱりとうなずいた。

「分かりやした。そのつもりで、雪かきの支度を進めておきやす」

あとは雑談もせず、達吉と嘉一は浅田屋の板場を出た。

二月四日は、わずか三日の先である。切通坂を下るふたりの背を、二月一日の陽が照らしていた。

坂道を急ぎ足で登ってくるお店者《たなもの》と、ふたりはすれ違った。達吉も嘉一も、同時に手代風の男の顔を見ていた。その男は、ひたいにうっすらと汗を浮かべていた。

「もしもこんな調子のままいて、四日がいきなり雪になったりしたら、修助さんてえひとは、空見なんてえもんじゃねえ」

飛び切り上等の八卦見だと、嘉一は漏らした。しかしその口ぶりは、修助の空見を本気にはしていないようだった。

「おめえがなにを思おうが勝手だが」

達吉は大きな黒目で、嘉一を睨みつけた。嘉一は息が詰まったような顔に変わった。

「おれの前で修助さんを疑うような物言いは、二度とするんじゃねえ」

静かな口調で言い置いた達吉は、先に立って坂道を下り始めた。羽織った半纏の屋号が柔らかな陽を浴びて、くっきりと浮かんで見えていた。

十二

二月三日の八ツ（午後二時）どき。湯島天満宮境内に十重二十重の人垣ができていた。舞台から撒かれる福豆目当ての人垣だ。

例年にもまして群衆が多いのは、今年の豆まきに市川團十郎が出張ってくると報されていたからだ。

一月初旬の浅田屋飛脚と辻駕籠との駆け比べに出くわした團十郎は、みずから行司を買って出ていた。

その顚末を周りから聞かされた宮司は、福豆まきの主役になってほしいと、團十郎との直談判に出向いた。

＊

訪れた屋敷では、さほどに待たされずに宮司は團十郎と向き合うことができた。

「本年二月三日の福豆まきには、ぜひにも親方に主役をお務めいただきたく」

祝詞奏上で鍛えた声で、宮司は豆まきの張り出し舞台に上がってほしいと頼んだ。

若い者が供していた煎茶で口を湿らせて、團十郎は短い返答をした。

「わたしで役に立つなら」と。そして、

「お受けするには、ひとつの大事なお願いがあります」

舞台で見得を切るときの目と声で、宮司に迫った。千両役者から「大事なお願いがあります」と言われたのだ。神職ながら宮司は一瞬にして、顔をこわばらせてしまった。

「いやいや宮司、さほどに無理なことをお願いするつもりはござらぬ」

声音を和らげて、宮司の張り詰めた表情を解《ほぐ》そうとした。

「あの駆け比べでは、見事な走りを披露して観衆を魅了した、浅田屋さんの三度飛脚が主役です。ぜひにも宮司みずから浅田屋さんと談判をいただき、飛脚衆を豆まきの舞台に招き上げていただきたい」

聞いていた宮司の顔が、大きく安堵していた。浅田屋は天満宮の氏子で、代々の当主と頭取番頭は天満宮の神事手伝いを惜しんではいなかった。

「浅田屋さんの一件は、しかとうけたまわりました」

ほかにはなにかと訊ねたあと、宮司のほうから謝礼のことを切り出した。

「関取衆や吉原の花魁《おいらん》などを招いたときは、乗物代を包むのが慣例です。親方のような高名なお方に、福豆まきをお願いするのは今回が初めてです」

宮司の言い分に、團十郎は素顔の澄んだ眼で聞き入っていた。

「謝金の相場を存じませぬゆえ、なにとぞ忌憚《きたん》なきところをご教示賜りますように」

宮司が言い終わったあとで、團十郎はもう一度、湯呑みを手に持った。静かにすすったあと、茶托に戻して宮司を見た。

「世間では役者のことを、陰で河原者とさげすんでおります」

言われても仕方のない手合いも多数おりますと、團十郎は落ち着いた物言いで話した。

「ところで、飛脚衆を舞台に招き上げるとき、宮司はいかほどの謝礼を用意されるおつもりか」

不意に問われた宮司は、束の間口ごもった。が、すぐさま背筋を伸ばして答えた。

「浅田屋さんはてまえどもには、大きに力を貸してくださっておいでです」

福豆まきは、天満宮の大事な神事の一。

「浅田屋さんは謝金など、受け取るわけがありません」

飛脚衆が福豆まきの舞台に上がることには、先様から神社にご奉納を賜るかもしれませんと結んだ。

「その言、そのこころざし、まこと前田様の御用を務める飛脚宿です」

相変わらず静かな物言いだが、團十郎の目には強い光が宿されていた。

「謝金無用は、てまえも浅田屋さん同様です。大事な神事に招いていただきながら、宮司から金子《きんす》などいただける道理がない」

わずかですが薦被《こもかぶ》りを一樽、奉納させてもらいますと告げた。若い者を呼び入れた團十郎は、灘の下り酒一樽の奉納を言いつけた。

團十郎屋敷を出た宮司は天満宮には帰らず、浅田屋に向かった。そして頭取番頭徳右衛門に、團十郎とのやり取りを余さずに話した。

「千両役者と、てまえどもの飛脚とが、同じ舞台に上がれるとは、この上なき誉れです」

江戸組の全員、控えの者まで、都合八人を上がらせますと引き受けた。

「團十郎親方を両側から取り囲む福豆まきは、さぞや人気を呼ぶこと請け合いです」

声を弾ませた宮司は、飛脚全員の名を一覧に記してほしいと徳右衛門に頼んだ。

「舞台の手すりには、柄のついた提灯《ちょうちん》を引っかけます」

提灯の内には昼間でも明かりが分かる、五十匁《もんめ》（約百八十八グラム）の大型ロウソクが灯される。

提灯には梅鉢の紋に続いて、飛脚銘々の名が記されることになる。

「神事のあとは、名前の記された提灯を持ち帰っていただけます」

宮司に告げられた徳右衛門は、まるで自分が提灯を手にしたかのように顔を上気させた。

「夜道を駆けるときには、五十匁のロウソクは格好の明かりです」

お招きをいただき、ありがとう存じますと、徳右衛門は深くこうべを垂れた。

この年の浅田屋からの奉納は、團十郎に合わせて灘酒一樽に留めた。

福豆まきは八ツ（午後二時）から始まった。

團十郎と三度飛脚が舞台に上がることを、天満宮は読売《よみうり》（瓦版）を使って本郷から黒門町にかけての町々に報せた。

「あの團十郎が豆を撒くてえんだ」

「でけえ風呂敷持参で行こうぜ」

瓦版の広目（広告）は、宮司の予想をはるかに超えて行き渡っていた。八ツから始まりだというのに、四ツ（午前十時）には天満宮につながる女坂にも男坂にも、無数の参詣客が押し寄せていた。

「とっても例年のような、一度だけの豆まきでは収まりません」

凄まじい群衆に仰天した禰宜は、入れ替え三交代の豆まきを宮司に具申した。そうでもしない限り、この群衆には対処できませんと、禰宜は嗄《しわが》れた声で訴えた。朝から声を張り上げ続けていたからだ。

事情を聞かされた團十郎は、三交代すべてを務めることを快諾した。

「境内からのひとの出し入れは、あっしらも手伝いやしょう」

大柄な飛脚たちが境内で指図を下せば、大きな手助けになるだろう。

「なにとぞ、よろしくお願い申し上げます」

禰宜は身体を二つ折りにして喜んだ。

豆まきに大満足の見物人たちは、怒濤《どとう》の如しの群れとなって境内から出ようとした。

その群衆をてきぱきと仕分けたのが、大柄の三度飛脚衆だった。まだ昼間なのに、銘々が口には呼子をくわえ、明かりの灯った長竿提灯を手に摑んでいた。

坂につながる往来から人の波が溢れ出しそうになると、境内から出る群れの前に立ち、呼子を吹き竹竿を高く掲げて押し止めた。

群衆は笛の音と提灯の動きに従った。

團十郎の脇に立つ総髪《そうはつ》の男は、感に堪えぬのつぶやきを漏らした。

「仕切り人足では、到底この群れさばきはできません」

團十郎もうなずきで称賛の意を示した。総髪の男は見事に場を仕切る飛脚衆を見詰め続けていた。

神事の後片付けが始まった七ツ（午後四時）どきから、氷のような寒風が吹き始めた。

いきなり風が北風へと変わった。天満宮からの帰り客は、一様に首をすくめて北風をやり過ごそうと努めていた。

＊

節分の豆まきは黒門町でも行われていた。町内の鳶《とび》や大工、左官などが鬼の面をかぶってこどもたちと向き合った。

職人の多い黒門町は、子だくさんの町としても知られていた。町内に神社のない黒門町の肝煎衆は、節分の豆まきを大事にしてきた。

有り余るほどに仕入れた豆を、こどもたちは鬼めがけて投げ続けた。

町内の路地一杯に撒き散らされた豆を求めて、夕暮れの手前まではカラス、雀《すずめ》、野鳩などが群となって舞い降りてきていた。

野鳥とこどもの両方から、黒門町の鬼たちは陽が落ちるまで追われ続けた。

達吉と嘉一が節分の鬼を受け持つのは、この八年ほど毎年のことだった。逃げ回り、足が上がらなくなるほどの疲れを感ずるのも、毎年のことだった。

しかし今年の達吉は、いつもの年に比してくたびれ度合いが深かった。節分明けの明日を思うと、身体以上に気持ちが滅入ってしまうからだ。

七ツどきは、こどもたちの鬼退治の真っ只中の刻限だった。朝から続いていた暖かさが、この刻をきっかけに様相を変え始めた。

強い凍えをはらんだ北風が、裏店《うらだな》が密集している路地を吹き抜け始めた。

しかし陽の沈んだ空を見上げても、雲の様子を察することはできなかった。

鬼の面を外し、半纏を羽織った達吉は、町会所の打ち上げ宴席へと向かった。達吉が顔を出したときには、宴席はすでに盛り上がっていた。

「今年もまた、七ツ半ころまで真面目に鬼を務めてくれたんでやすね」

達吉よりも年下の大工が、徳利を差し出した。逃げまくっていた達吉は、すっかり喉が渇いていた。

「いただきやす」

盃の熱燗を一気に呑み干すのも、達吉のお決まりだった。

徳利を差し出されるたびに、達吉は一気に呑み干した。たちまち徳利一本をカラにしたが、気持ちは晴れなかった。

ついに修助さんも見立て違いをしでかしてしまうのか……

重たい屈託にのし掛かられた達吉は、どれほど盃を重ねても気分は晴れず仕舞いだった。

五ツ（午後八時）の鐘が響き始めたとき、達吉は会所で酔い潰れていた。

「あっしが連れてけえりやす」

達吉の腕を肩に回した嘉一は、宿までおのれの肩を貸して連れ帰った。

「しっかりしねえな、あにい」

搔巻の袖を通そうとしても、達吉は暴れて拒んだ。

「だったら好きにしてくだせえ」

搔巻をかぶせて寝かしつけてから、嘉一は自分の寝部屋へと移った。

達吉が目覚めたのは、二月四日と日付が変わった丑三《うしみ》つ時（午前二時頃）だった。かぶせられていた搔巻を蹴飛ばしてしまい、寒さで目覚めたのだ。

「なんてえ寒さだ」

身体が凍えており、小便が溜まっていた。宿のかわやは建屋の外だ。においを嫌った順吉は、かわやを建屋から離していた。

半纏一枚を羽織り、建屋からかわやへ出ようとした達吉は、息を呑み込んだ。

しばし動けず、かわやに見入っていた。

地べたが雪で真っ白に塗り替えられていた。

「うおおおっ」

丑三つ時も忘れて、達吉は歓喜の雄叫びを挙げた。

際限なしの勢いで、丑三つ時の空から牡丹雪が降っていた。

十三

「五ツ（午前八時）の鐘が鳴り終わったら、浅田屋さんに向かう支度を始めるぜ」

「がってんでさ」

達吉のことばに、嘉一は引き締まった返事を投げ返した。

これからは今までにもまして、修助さんの空見に従おうと、ふたりともいま一度、おのれの肝に銘じた。

「あんたらふたりとも、これから長い坂を登る身だからね。お茶と甘いものをしっかり摂って、身体を温めておくれ」

おていは熱々の番茶に、町内のうさぎや名物のどら焼きを添えて、ふたりに供した。

五ツの半刻（一時間）過ぎに、ふたりはおていの鑽《き》り火《び》を浴びて宿を出ていた。坂上の浅田屋までなら、たとえ氷雨降りでも四半刻（三十分）少々で行き着いただろう。

ところがこの朝は様子が違った。

季節外れの牡丹雪に邪魔された通行人の手助けで、何度も坂道を上り下りしてしまった。

浅田屋勝手口につながる路地の手前で、四ツ（午前十時）の始まりを告げる、三打の捨て鐘を聞くことになった。

不意に足を止めた達吉に、下を向いて後に続いていた嘉一がぶつかりそうになった。

「どうしやしたんで」

立ち止まった達吉を避《よ》けてから、嘉一は口を尖らせた。しかし達吉は、気にとめてもいなかった。

「いま鳴り始めたのは四ツの捨て鐘だ」

嘉一を見て、これを口にした。

「飛脚衆が走り稽古に出るのは、どんな空模様でも決まって四ツだと、おめえも徳右衛門さんから聞かされたはずだ」

嘉一も思い出したらしい。牡丹雪をあたまに浴びながら、小さくうなずいた。

「飛脚衆の姿を見てから、勝手口に向かうぜ」

「へいっ」

嘉一が素直な返事をしたとき、雪の日の走り装束を整えた飛脚衆が通りに出てきた。

雪は一向に降り止む気配はない。ないどころか、さらに牡丹の花びらが舞う群れを増やしていた。

嘉一は顔に雪をまともに浴びながら、空を見上げた。鉛色一色の空から本郷の通りに、舞うようにして雪は降り落ちていた。

ゴオオーーン……。

鳴り続ける鐘を伴奏にして、控えを加えた江戸組飛脚衆八人が、横一列に並んだ。

羽織っているのは雪避け細工が施された、加賀あかね色の合羽《かっぱ》である。雪深くて白一色に染まった金沢のご城下でなら、五町（約五百四十五メートル）先からでもわかる鮮やかさだ。牡丹雪が白ににわか染めをした本郷でも、羽織った合羽は目立っていた。

列の先頭にいたのは、江戸組のあたまではなかった。

一月四日の駕籠舁きとの駆け比べで、見事な走りを見せた、あの風太郎である。江戸組頭の玄蔵は、今日の稽古ではしんがりを務めていた。

先頭の風太郎は呼子を首から提げていた。全員の息遣いが調ったのを見定めると、風太郎は呼子を吹いた。

ピイイッ。

鋭くて短い呼子の音と同時に、風太郎が駆け出した。

本郷坂上の大路には、二寸（約六センチ）近い雪が積もっていた。その雪を踏んでも、飛脚衆の履き物はいささかも滑らない。

こんな雪模様でも本郷坂上の大路は、多数の荷車が行き交っている。大半は前田家上屋敷への納品車だ。

先頭を走る風太郎は大路の左端を進み、荷車の邪魔にならぬ気遣いを見せている。その走り方を見た達吉は、感心顔を嘉一に向けた。

浅田屋の飛脚は、前田家の家紋を挟箱《はさみばこ》（書類などを収め、肩に担ぐ箱）に印して走る、御用飛脚だ。江戸市中でも街道でも、車のほうが端に寄って飛脚を避けるのが通例とされていた。

ところが風太郎は、雪のなか、前田家上屋敷への納品で行き来する車の邪魔にならぬように道の左端に進路を取っていた。

「あの風太郎てえひとは、てえした気遣いのできる飛脚さんだぜ」

感心しきりの達吉には構わずに、江戸組八人は、舞い落ちる牡丹雪が拵えたとばりの彼方に消えていた。

勝手口から入った浅田屋の裏庭には、雪国もかくやの景観が広がっていた。

庭の一隅に氷室を新築すると決めたあと、百坪の空き地を設けていた。

裏庭に置かれていた資材、備品などはすべて大型の納戸内に移された。自前の火の見やぐらと石灯籠、そして庭木が残され、三寸の雪がすべてを覆い尽くしている今朝は広大な雪国の庭園を思わせた。

浅田屋の石灯籠は薦被りだ。初めてこれを見たとき、達吉は違和感を覚えたが、いま、一面の雪景色のなかに置かれた石灯籠は、薦にまで数寸の雪がかぶさっている。

これほどの美景を、加賀では雪の季節中、毎日愛《め》でていられるのか……

裏庭の景観に見とれていたら、修助がふたりを呼び入れに出てきた。

「まこと、てえしたものでさ」

達吉は心底から出た、感銘に満ちた物言いで修助に応じた。

「いい眺めですね」

応じた修助の前に、達吉と嘉一は進んだ。

「てえしたもんてえのは、景色のことじゃねえんでさ」

達吉が言い終わるなり、嘉一があとを受け持った。

「修助さんの空見の凄さを、今朝は骨の髄まで思い知りやした」

ふたりが交互に、修助を称えた。

「こんな大雪をあの陽気のなかで言い当てるなんざ、まさに神業でさ」

気を昂ぶらせた達吉がしゃべると、威勢よく口から出た湯気が白く濁った。

褒められればだれでも嬉しいはずだ。しかし修助の顔は晴れてはいなかった。

「どうかされやしたんで？」

思わず問いかけた達吉に、修助は曇り顔のままで話を始めた。

「いまは大げさに降っていますが、この雪では氷は造れません」

話を中断した修助は、腰を屈めて地べたに積もった雪をすくい取った。手のひらの温もりで、雪はたちまち解けて水となった。

「ここではなんですから、板場へおいでください」

庭をぐるりと回るように、ゆっくり歩いてきてほしいと言い足した。

「がってんでさ」

達吉と嘉一は声を揃えた。そして指図された通り、ゆっくりと横並びになって回った。

三人は板場の戸口で履き物の雪を払い、女中が差し出した手拭いで濡れた髷を拭った。

まだ朝餉《あさげ》と昼餉の間の、四ツの休みどきだ。へっついの大鍋からは湯気が立ち上ってはいたが、板場の気配はゆるんでいた。

三人は板の間に上がり、掘炬燵《ほりごたつ》に足を入れた。氷室についての子細を、修助から教わるのが目的である。

三人が足を投げ入れるなり、女中が番茶と蒸かし芋を運んできた。芋は蒸かしたばかりだし、茶も熱々で強い湯気を立ち上らせていた。

「こいつあ、みなさんのでえじなお茶菓子でやしょうに」

「いいんですよ、そんなことは」

女中はやわらかな物言いで応えた。

「おふたりには、もてなしを大事にするようにと、頭取番頭さんから言いつかっています」

女中は明るい声で答えた。

「ありがとうごぜえやす」

達吉と嘉一は声を合わせて、女中と修助に礼を言った。

顔をほころばせた女中が下がると、修助はあらかじめ炬燵の卓に載せていた画板を引き寄せた。

固く閉じた紐を解き画板を開くと、数枚の半紙に描かれた普請図（建築設計図）が収まっていた。

「棟梁が受け持ってくださる浅田屋の氷室普請に、これらの普請図を、どうぞ役立ててくださ い」

取り出した普請図を、修助は達吉の前へと押し出した。普請図はその現場を請け負った棟梁の、命も同様の貴重品だ。

「滅相もねえことでさ」

達吉は図を見ることもせず、修助に押し返した。

「普請図がどんだけでえじなモノかは、あっしも嘉一も、骨身に染みて承知してやす」

勝手に見ることすら、はばかられやすと重たい口調で応じた。

「きちんと湯涌村の肝煎に許しを得て運ばせた、写しです」

頭取番頭も達吉たちが図を見ることを承知していると、画板を開いた次第を明かした。

これを聞いて達吉も嘉一も大いに安堵した。

「そういう次第でやしたら、ありがたく拝見させていただきやす」

あらためて手元に引き寄せた普請図を、今度は嘉一ともども子細に見詰め始めた。

修助が湯涌村から取り寄せた普請図は、三枚である。

一枚目には氷室小屋の寸法子細が描かれていた。

二枚目、三枚目は氷室普請に使う建材と、その寸法が一覧で記されていた。

一枚目の図を念入りに検分している途中で、板場に鈴の音が響いた。四半刻の四ツ休み終了を告げる鈴だった。

「どうぞ持ち場に戻ってくだせえ」

達吉は修助を気遣った。が、当人は腰を上げようとはしなかった。

「今日の昼餉に、わたしの出番はありません」

存分に氷室についての知識を伝授するようにと、徳右衛門から言いつかっていた。

「明日には、加賀からの飛脚が江戸に着きます」

天保《てんぽう》年間に入ったあとの冬場・十二月〜翌年二月の三カ月は、三度飛脚が模様替えとなっており、毎月二度の定期便へと変更されていた。その他の月は従来通り、毎月三度の行き来をする三度飛脚だった。

「明日は加賀組飛脚のかしら到着ですから、てまえも忙しくなりますが、今日は八ツ（午後二時）までなら大丈夫です」

なんなりと聞いてくださいと、背筋を伸ばして達吉を見た。

「そういうことでやしたら……」

達吉も座り直して、あとを続けた。

「修助さんもご承知の通り、あっしも嘉一も順吉棟梁の下で鍛えられた蔵職人でさ」

「存じております」

静かに応じて、修助は先を促した。

「ところがこの普請図を見た限りでは、氷室てえのは蔵じゃあ、ありやせん」

建屋は木造で、どこにも漆喰《しっくい》壁はない。

屋根は茅葺《かやぶ》きで、漆喰もなければ本瓦も使われていない。

「言い方が乱暴で申しわけありやせんが、少々できのいい掘っ立て小屋にしか、あっしらには見えやせん」

こんなやわな普請で、固めた雪は本当に夏まで保つのかと質した。

乱暴な物言いである。しかし蔵職人の矜持にかけても、目の前の普請図には達吉も嘉一も得心できなかった。

ふたりが放つ強い眼光を浴びながら、修助はいささかも慌てずに答える口を開いた。

「氷室普請で一番大事とするのは、納めておく雪を固く固く締めておくことです。蔵に漆喰を使って温《ぬく》みをさえぎることとは、まるで造作が異なります」

雪氷の固さを保つためには、二十倍の雪の量がいる。氷室の壁の厚みのあるなしではなかった。

「厚み一寸（約三センチ）の雪氷を拵えるには、二尺（約六十一センチ）の乾いた雪が入り用です」

修助は画板の脇に置いてあった矢立《やたて》と、しわの寄った半紙の反故《ほご》紙を卓に広げた。

「普請図にも描かれている通り、氷室の内には地べたを深く掘って納めた、深さのある木桶が据え置かれています」

達吉は図に描かれた桶に目を向けた。

「桶は間口二間（約三・六メートル）で、奥行きは六間（約十・八メートル）あります」

修助が諳《そら》んじた寸法は、図にも明記されていた。

「この普請図では、桶の深さは六尺（約一・八メートル）としてありやすが、この桁違いの寸法はまことなんで？」

「その通りです」

即答したあと、修助はゆんぼ（長柄の先に分厚い円形板のついた、木製の地ならし道具）の柄を掴む人足を描いた。

「氷室の脇の納戸には、こんな大きさのゆんぼが十台納まっています」

小屋があるのは川べりの、山肌に寄り添った北向きの土地である。

「十二月の初雪が根雪となったあと、氷室周辺には毎年、六尺から一丈（約三メートル）の雪が積もります」

雪は乾いた粉雪である。この雪が充分に積もったのを見極めると、近在四カ村の村人が総出で氷室に雪を納め始める。

「最初はとにかく氷室の桶に、ひたすら雪を掻きいれます」

雪が二尺ほど桶に積もったら、ゆんぼを持って下りる。そして全力を託して、ゆんぼで雪を押し固めるのだ。

「五月二十四日の氷室開きで切り出すのは、厚み五寸（約十五センチ）弱の雪氷です」

ゆんぼで固めた雪が五寸の厚みになるたびに、籾殻《もみがら》、おがくず、笹の葉などを敷き詰める。こうすることで、氷が溶けるのを遅らせるのだ。

「おがくずと笹の葉は、雪氷に佳き香りもつけてくれます」

これだけの作業を、深さ六尺の桶が満杯になるまで続けるのですと、修助は説明した。

「間口二間で奥行きが六間、しかも深さが六尺もあるとすりゃあ、途方もねえ大きな木桶でやすぜ」と達吉の声が驚きでかすれていた。

「しかも修助さん……」

達吉に代わって、嘉一が口を開いた。

「いまの話だと雪氷を作るには、二十倍の量の雪が入り用てえことでやすね？」

「そうです」

修助はあっさりと返事した。

「江戸じゃあ考えも及びやせんが、湯涌てえ村には、そんな桁違いの雪が降りやすんで？」

問いかけながらも嘉一は、信じられないという物言いをしていた。

「金沢の御城にも、同じ大きさの氷室がもうひとつあると聞いています」

乾いた加賀の雪質なればこそ、氷室で雪氷ができます……言葉を区切ったときの修助はしかし、自慢顔ではなかった。

物言いもどこか沈んでいた。

「どうかしやしたんで？」

修助の様子を気遣い、達吉が問いかけた。

「今年の湯涌はいまも、氷室に搔きいれる雪が足りていません」

沈んだ修助の物言いをからかうかのように、江戸では牡丹雪が舞っていた。

「そんなに心配しなくても、昨日までは春だった江戸が、この雪模様ですぜ」

達吉は炬燵に突っ込んでいる足を、たどんに近づけながら話した。修助を元気づけるために、自分の足を温めて気力を満たそうとしていた。

「今年の湯涌に舞うのは、いつもの粉雪ではありません」

修助はため息をついて、あとを続けた。

「いま外で舞っているような、べちゃっとした牡丹雪だそうです」

修助は窓の外を見るかのように、大きく顔を向けた。

つい今し方、達吉と嘉一が履き物の跡を残した裏庭が、修助の目の先に広がっている。

気を取り直したような表情で、修助は達吉のほうに振り返った。

「てまえの空見を棟梁は褒めてくれました」

「まさにあれは、神業でやした」

達吉が言葉を挟んだが、修助は浮かない顔のまま、あとを続けた。

「棟梁はそう言われますが、あの空見は外れです」

言ってからもう一度、修助は今度は深いため息をついた。

「わたしが読んでいた雪は、もっと乾いている粉雪でした」

湿り気の多い牡丹雪では、すぐに解けて水になってしまいます……修助が言い終えたときも、まだ雪は降り続いていた。


浅田屋を出た二人は、口を固く閉じた顔を見交わした。苦悩と決意の両方が顔に出ていた。

修助が湯涌から持参してきた氷室の普請図を見て、達吉は言葉を失った。小屋の内に深い穴を掘り、底からの冷気で氷を保つ。屋根は茅葺きで、壁はよしず囲いでいいのも、土地の厳寒ぶりが味方するから……

どれも雪国ならではの造り方で、ぬるい江戸で活かせるものではなかった。

十尺（約三メートル）を超える豪雪と向きあうなかで生まれた氷室である。江戸者が逆立ちしたところで、仕上げられるわけがないと思い知った。

ふたりとも名人順吉直系で、江戸では名を知られた蔵職人だ。ここまで手がけてきた蔵は、順吉にも勝る仕上がりと称賛された。

そんなふたりでも湯涌仕様の氷室を、雪の少ない江戸で仕上げるのは不可能だと分かった。

ふたりはまた、三度飛脚衆の動きを間近で見ていた。降りしきる牡丹雪の壁を突き破り、滑りやすい雪道を、まるで平地のようにずんずんと走る後ろ姿を目の当たりにした。

修助も三度飛脚衆も、まだ見たこともない湯涌の氷室衆も……

相手の目を見詰め合っている達吉と嘉一は、同時に同じ言葉を口にした。

「だれもがひたむきだ」と。

ふたりが仕えた順吉親方は、ひとつのことを言い続けていた。

「職人の本分は仕上がりが上手か下手かじゃねえ。ひたむきに向きあったか軽く流したかを、てめえに問い続ける気概をなくさねえことだ」

いま達吉と嘉一の身体には、順吉が降り立っていた。

「浅田屋さんのためにおれっちにできることを見つけて、なんでもとことんやり抜くぜ」

「がってんだ、あにさん」

嘉一の鼻息が、舞い落ちる雪を吹き飛ばしていた。

十四

江戸御府内を純白に染め替えた雪は、夕刻七ツ（午後四時）には降り止んだ。しかも牡丹雪の去り方は呆気なかった。

雪が降り止むなり鉛色一色だった西空の一角に、雲の切れ間ができた。

沈みゆく途中の夕陽は、まだ空の低いところに居残っていた。天道のあかね色の光が、雲の切れ目から本郷の通りを照らし始めた。

そして雪空から明けた、嘉永六年二月五日（一八五三年三月十四日）。

前日の夕焼けが請け合った通り、江戸の町は晴天で明けた。本郷坂上にも夜明けから、朝日が恵む春のぬくもりが届いていた。

じわじわと解け続けた雪が、日をまたいで残っていたのは、日の当たらない北向きの路地に限られていた。

本郷坂上に四ツ（午前十時）の鐘が流れているなかで、浅田屋の飛脚衆は店先に出ていた。

加賀組頭、弥吉の到着を待ち受ける列だった。

弥吉はこの日の早朝に、蕨宿《わらび》を出ていた。そして板橋宿の浅田屋出店《でだな》で、国許から運んできた前田家書状等をすべて下ろした。

街道を駆けてきたままの、汗まみれの身なりで上屋敷には入れない。飛脚が挟箱に収めて運んできた品々は、板橋出店にて漆箱《うるし》に移し替えられた。その漆箱を板橋出店の浅田屋番頭は、町人に許された最上位の乗物、宝泉寺駕籠《ほうせんじかご》にて本郷の前田家上屋敷まで届ける段取りである。

これが御用飛脚宿、浅田屋の仕上げだ。いかに御用飛脚・三度飛脚とはいえ、上屋敷出入りには、欠かせぬ作法があった。

板橋にて御用を終えた飛脚は、だれに限らず定められた刻限に到着するよう浅田屋を目指した。

宝泉寺駕籠が上屋敷通用門前に横着けされる刻限もそれと同時刻だった。

今回、弥吉は金沢浅田屋頭取番頭・庄左衛門《しょうざえもん》の指図を受けて、信濃《しなの》の追分《おいわけ》宿に先乗りしていた。

その弥吉が御用を済ませたいま、本郷を目指して駆けていた。追分での顚末《てんまつ》は、本郷浅田屋の徳右衛門にあまさず話せと、庄左衛門から言いつかっていた。

江戸に向かうのは久々である。

今夜は一年半ぶりに、江戸組頭の玄蔵と盃を交わせるのだ。

そう思うと、つい足が速くなる。調子を落としながらも、弥吉は本郷を目指していた。

予定通りの刻限に到着した弥吉は、江戸組全員の出迎えを受けた。

「道中、ご苦労さまでやした」

江戸組頭の玄蔵が、弥吉に両腕を開いて近寄った。弥吉も同じように両腕を開き、玄蔵と向き合った。あとは互いに腕をきつく締めて抱き合い、久々の邂逅《かいこう》を喜び合った。

「まずは湯につかってくだせえ」

玄蔵の言葉と同時に、江戸組控えの音《おと》っぺが弥吉の前に進み出た。

「湯殿に案内させていただきやす」

先に立った音っぺは、弥吉を風呂場まで案内した。今年の正月明けに、湯船を入れ替えた風呂場である。湯殿の戸を開くなり、檜《ひのき》の香りが漂い出てきた。

手早く着衣を脱いだ弥吉は、大股で湯船に近寄った。そしてゆっくりと湯船に身体を沈めた。

檜の縁まで、存分に張られた湯である。弥吉がつかるなり、ザザザッと大きな音を立てて湯が溢れ出した。

「この音を立ててくれる湯船が、浅田屋の値打ちだ」

ご機嫌な弥吉の言い分に、音っぺは大きなうなずきで応えた。

「おかしらが湯につかっている間に、着替えを調えておきやす」

弥吉に深い辞儀をくれて、音っぺは風呂場を出た。その足で板場に向かい、女中に弥吉の着替えを頼んだ。

昼餉《ひるげ》の支度に追われている女中なのに、笑顔を音っぺに向けた。

「おまかせください」

明るくて明瞭な声の返事が返ってきた。

これほど大事にされるのが、三度飛脚なのか……と、音っぺはあらためて痛感した。

湯船から、ザザザッと湯を溢れさせる、豪勢な湯殿の支度ぶり。

浅田屋に帰り着いた飛脚は、檜の香り豊かな湯殿で、豪快に湯をこぼして一番湯につかることができるのだ。

おれも早く一人前の三度飛脚になる！

まだ控えの音っぺは、あらためて胸の内でおのれに誓っていた。

＊

「この冬が尋常ではなかったのは」

着替えを済ませた弥吉は、広間の床の間を背にして話を始めた。

「金沢のご城下もおんなじだ。地べたが土の色を剝き出しにした一月の町を、おれは初めて目にした気がする」

広間に詰めた江戸組の飛脚全員と、湯涌《ゆわく》が在所の修助を前にして、弥吉は話を続けた。

江戸組頭の玄蔵もそうだが、弥吉が話す声は大きくはない。が、座にいる全員の胸に、ストンッと落ちる不思議な強さがあった。

加賀組の飛脚を差配する弥吉が、走りの順番も変えて、なぜ本郷浅田屋まで出張ってきたのか。

その子細を話し始めた。

「金沢の御城にも氷室はある。湯涌の氷室に不都合が生じたときへの備えだ」

弥吉は座にいる修助を見た。目が合った修助は、強く深くうなずいた。

「まさに今年がその年となったが、生憎《あいにく》のことに共倒れとなった」

金沢の奥座敷と称される湯涌は、城下の何倍も雪深いとされていた。

その湯涌が今冬は雪飢饉に襲われたのだ。いかに御城の氷室が万全の普請で待ち受けていたとて、雪がなければ「ただの室《むろ》」にすぎない。

図らずも今冬は湯涌も御城も、雪のない氷室をさらす羽目となった。

「江戸はどうだ、玄蔵」

話を止めた弥吉は、江戸の事情を質《ただ》した。

「見ての通りだ、組頭」

玄蔵はそれ以上の説明は省いた。

昨日降った季節外れの牡丹雪も、今日はすでに方々で解けていた。土と残り雪とが描き出した、まだら模様の江戸。尋常ならざる事態を、雪解けの町々が声高に描き出していた。

きつい成り行きである。座に集まった江戸組の飛脚衆が押し黙っていた。

重たい気配を振り払うかのように、弥吉は修助に目配せをした。

直ちに立ち上がった修助は、板場に向かった。そして熱々の焙《ほう》じ茶《ちゃ》を満たした、大型の土瓶を提げた女中ふたりと戻ってきた。

手伝いを買って出た音っぺが、大型の湯呑みを飛脚衆の膝元に置いて回った。

すべての湯呑みが満たされたのを見極めてから、弥吉が口を開いた。

「ここまではうっとうしい話が続いたが、いやなことばかりじゃない」

弥吉は目元をわずかにゆるめていた。

「焙じ茶と諸江屋の落雁《らくがん》でひと息をついて、あとの話を違う心持ちで聞いてもらおう」

「がってんだ」

飛脚衆が声を揃えて応じた。あちこちから、落雁を前歯でかみ割る音が生じている。小気味のいい、カリッという音だった。

＊

弥吉は三日前に追分宿に投宿していた。三度飛脚の行程によっては、追分は中継ぎの宿泊地だ。

中山道《なかせんどう》を使う折の参勤交代では、前田家当主も追分投宿を了としていた。本陣の設備が整っていたし、集落の住民たちもこころから前田家の投宿を喜んでいるのを、藩主も承知していたからだ。

長い坂を登った先の追分は、季節と天候に恵まれていれば、絶好の投宿地である。本陣では障子戸を閉じていても、野鳥のさえずりが居室にまで響いた。周辺には、季節の花が咲き乱れる野原もある。

金沢にはまだ、じっとりと汗ばむ蒸し暑さが残っている晩夏でも、追分は乾いた涼風が本陣の客間に流れ込んできた。

夜ともなれば虫の音が、快眠へと誘ってくれる。しかも季節ごとの恵みは本陣に限らず、旅籠《はたご》でも満喫できた。

これほどに魅力に富んだ宿場だが、冬場は雪も多く積もり、ほとんどの旅人は追分から先は迂回してしまう。

追分から上州につながる長い登り坂は、大半が雪に埋もれていた。日当たりがよくて、たとえ土が剝き出しになっていても、見た目を信用できないのが峠である。

固く凍結している峠道では、雪国に応じた拵《こしら》えでない履き物は、数歩も進まぬうちに、ひどい転倒を引き起こした。

そんな次第で冬の碓氷峠《うすいとうげ》に、わざわざ立ち寄るのは酔狂な旅人に限られていた。

弥吉が聞かせる説明には、飛脚のだれもが得心のうなずきを示した。みなが冬場の中山道の厳しさを、身体に刻みつけていたからだ。

「ところがその追分が、今年に限っては加賀藩に恵みをくださる観音様となるんだ」

いま口にしたことが飛脚みなの胸に染み通るように、弥吉はわざと口を閉じた。そして面々を順に見回した。

だれもがモノ問いたげな目で、弥吉を見詰め返していた。

頃合いやよしと判じた弥吉は、続きの口を開いた。

「金沢店《だな》の庄左衛門さんが、御城の氷室差配様からお呼び出しを受けたのは、一月下旬のことだった」

弥吉は膝元の茶で口を湿した。

金沢城にも氷室が用意されている。湯涌も合わせて二室の差配は、足軽に委《ゆだ》ねられていた。

およそ百年前から、足軽小野五七が差配を拝命している。いまは五代目小野五七が、差配役に就いていた。

「庄左衛門さんへの話は、ほかでもない。このぬる冬で、湯涌も御城も氷室がカラに近いという難儀への、取り組み方の相談だった」

弥吉が口を閉じると、あちこちから吐息や咳払いが漏れた。座のだれもが、息を詰めて話に聞き入っている証左だった。

「信濃追分の追分屋という旅籠を使ったことがあるかと、小野様は庄左衛門さんに問うたらしい」

庄左衛門は存じませぬと即答した。

三度飛脚も行程と季節によっては、追分に投宿することはある。その折の定宿は加賀組も江戸組もこの数十年は、宿場中程のよろずやだった。

「番頭さんの返答を聞いた小野様は、次に金沢を発する三度飛脚の行程では、ぜひ追分投宿を組み入れるようにと、強く指図されたそうだ。そして旅籠は定宿のよろずやではなく、追分屋とするようにと命じた。あんたらのなかで、追分屋を知っている者はいるか？」

弥吉の問いかけには、玄蔵を含むだれも手を挙げなかった。よろずや以外の旅籠など、知るはずもなかったからだ。

ところが音っぺが、遠慮気味に手を挙げた。

「なんだって、おめえが追分屋なんてえ旅籠を知ってるんでえ」

尖《とが》った声で問うたのは、隣に座していた風太郎だった。

「四年前の夏に笛の師匠について、追分屋に泊まったんでさ」

音っぺが子細を話し始めた。

「飛脚見習いになる前、あっしは笛の師匠について稽古に励んでおりやした」

追分屋はその師匠の定宿で、旅籠の裏手に広がる原っぱで稽古をつけられていた。

「一階はメシを食う八畳間と風呂があり、二階には六畳間が四部屋ありやした」

音っぺは旅籠の拵えまで明かした。

「あんたの言う通りで、追分屋はいまも同じ造りだ」

音っぺの説明を了とした弥吉は、あるじの追分屋鶴吉《つるきち》に言い及んだ。

「鶴吉さんは金沢城の小野様の遠縁にあたるひとだ。いまも夏場には、小野様が追分屋に逗留されることもあるそうだ」

ひとしきり追分屋の説明をしたあと、弥吉は音っぺに目を向けた。

「あんたが笛の師匠と逗留したのは、夏場のことだよな？」

「へいっ」

音っぺは即座に応じた。

「嘉永二年六月十一日から四泊しやした」

六畳間はどの部屋も五人が定員だったと、音っぺは続けた。

「旅籠の脇に氷室はあったか？」

「ありやした」

あるじが自慢げに説明してくれやしたと言ったところで、弥吉は右手を突き出してあとの口を抑えた。

「追分屋は、追分宿でただ一軒、氷室を構えた旅籠だ。冬場には他の旅籠の面々も手伝って、雪を固めて雪氷を拵え、避暑客で賑わい始める五月十八日に、氷室開きを執り行う。切り出した雪氷で締めた鯉《こい》の洗いを、泊まり客に供するらしい」

開かれた氷室の内で雪氷が保てる、わずか四日間だけのもてなしである。

「氷室開きをあてに、毎年延べ二百人もの客が、追分屋と周りの三軒に押しかけるそうだ」

どの宿も相部屋にもかかわらず、ひとり一泊四百文の旅籠賃である。

「おれっちがよろずやに払う宿賃の、倍以上じゃねえか」

酒と美味いものが大好きな栄助が、正味の怒り声を発した。

「そんな途方もねえ高値を承知で、毎年毎年、追分屋とやらに客は来るんで」

尖った口調のまま、栄助は問いかけた。弥吉は静かにうなずいた。

「来るどころじゃない。次の年の部屋を頼み、宿賃の半額を払って帰るのが大半らしい」

それほどの人気があるのも、つまりは五月の四日間、雪氷が口にできるからだった。

鯉の洗いに使った氷は、そのあと砂糖を加えて「砂糖氷水」として供されていた。

「そんな生臭せえ砂糖氷水なんざ、ごめんだぜ」

栄助の言い分には、風太郎も同意していた。

「まったく、なんてえ旅籠でえ」

栄助が言葉を吐き捨てた振舞いを、弥吉はやんわりと諫《いさ》めた。

「ここから先が、話の肝《きも》になる。先走って、追分屋をわるく言うのは控えてくれ」

栄助に口を閉じさせてから、弥吉は話の肝へと進めた。

「去年の十二月下旬から、追分屋はすでに雪氷作りを始めていた」

金沢も江戸もぬる冬だったが、追分の雪は例年以上に降り積もったという。

「おれが訪れた三日前でも、旅籠の周りは雪だらけだった」

囲炉裏《いろり》をはさんで、弥吉は鶴吉と談判を重ねた。今年は氷室開きは取り止めにしてもらいたい……この談判だった。

「氷室には雪氷が、御城の氷室ひとつ分は蓄えられているそうだ。費《つい》えには限りをつけない。ありったけの雪氷を、今年は浅田屋に譲って欲しいと頼んだのだ」

玄蔵が弥吉に問うた。

「いまの話だと、すでに今年の氷室開きの投宿を、頼んでいる二百人がいると思うが」

「そのことさ」

弥吉は胸元に畳み込んでいた半紙を取り出して広げた。そして裏返しにして、飛脚衆に見せた。

「追分屋と他の三軒に、いますでに宿を頼んでいるのは八十七人だそうだ」

毎年、氷室まつりの四日間に投宿するのは、間違いなく二百人を超える。

幸いなことに今年に限っては、まだ八十七人に留まっていた。

「追分屋の鶴吉さんとの談判で、すでに半金を払っている八十七人全員に、詫びのあかしとして旅籠賃を倍にして返すなら、今年の氷室は浅田屋に譲ると請け合ってくれた」

聞き終えた風太郎、栄助、音っぺは、拍手で弥吉の談判を称えた。

ところが、まだ先があった。

「八十七人みなの住まいに出向き、取り止めの詫びを言って回る必要がある」

すべてを浅田屋がこなすのだと、気負いのない物言いで明かした。

すでに宿を頼んだ客が、どこに住んでいるのか。そのすべてを回るのは、尋常なことではない。カネでは片付かない難儀だ。

広間が静まり返っていた。

十五

上屋敷からの召し出しを受けていた徳右衛門は、九ツ（正午）の鐘が響いているさなかに、宝泉寺駕籠で戻ってきた。

朝早くから上屋敷に出ていたため、徳右衛門はまだ弥吉と顔を合わせてはいなかった。

「飛脚衆はみなさんが、広間にて寄合を続けておいでです」

二番番頭は飛脚を敬う物言いで、徳右衛門に伝えた。

「金沢の弥吉も一緒か？」

問われた二番番頭は、弥吉さんが寄合の主役ですと答えた。

「わたしも広間に出向こう」

徳右衛門は羽織姿のまま広間に向かった。ふすまは閉じられており、内から漏れてきたのは玄蔵の声だった。

戸の滑りをよく保つため、浅田屋のふすまの敷居には、絶えずロウが塗られている。徳右衛門はわずかな力で、ふすまを開いた。

床の間を背にして座していた弥吉が、素早い動きで立ち上がった。江戸組の玄蔵も弥吉に倣《なら》い、飛脚全員に加えて修助も立ち上がった。

板場にいるはずの修助を見た徳右衛門は、束の間、いぶかしげな顔になった。が、わけあってのことだろうと思い直し、表情を戻して床の間の前へと足を運んだ。

「お帰りなせえ」

玄蔵の音頭で、広間の全員が徳右衛門に辞儀をした。弥吉は玄蔵の隣に移っていた。素早い動きで立った音っぺは、徳右衛門のために新しい座布団を運んできた。こなれた所作で、徳右衛門は床の間を背にして座布団に座った。

「お久しぶりでございやす」

あぐら組のまま、膝に両手を置いて弥吉は徳右衛門にあいさつした。

「おまえたちの寄合の邪魔になるかとも思ったが、あえて顔を出した」

徳右衛門が話し始めるなり、女中が茶を運んできた。

ひと口をすすり、乾いた口を湿らせてから話を続けた。

「上屋敷の山田様から至急の召し出しを賜《たまわ》ったもので、朝から出張っていた」

江戸組の飛脚たちは当然のことに、徳右衛門を名指して召し出しの使いがきたのを承知していた。徳右衛門は事情を知らぬ弥吉の方を見て、話しはじめた。

「今年の将軍家への氷献上についてのご思案を、山田様からお伺いすることが、お召し出しのご主旨だった」

ここまで言ってから、徳右衛門は修助に目を向けた。やはり気がかりだったのだ。

「おまえがここにいる限りは、飛脚のだれも中食《ちゅうじき》を摂ることができていないはずだ」

すでに正午の鐘が響き終わってから時が過ぎていた。

寄合の行きがかりで、修助は板場に戻らず、広間に同席していたに違いない。

中食を供するようにと命じるのは、徳右衛門の役目だった。

「おまえたちの寄合もまだ続くようだし、わたしからも話がある。今日の中食は、この広間に支度しなさい」

「うけたまわりました」

一礼して修助は広間から出て行った。

場の気配が大きくゆるんだ。だれもが昼飯どきだと思っていたのだろう。

「あっしも支度の手伝いをさせてもらいやす」

威勢良く立ち上がった音っぺは、徳右衛門に向かって辞儀をしてから広間を出た。

＊

金沢の弥吉を迎えての中食である。浅田屋自慢の汐つゆそばはもちろん、甘辛く仕上げた揚げに五目寿司を詰めた、江戸店《だな》特製のいなり寿司、しじみの味噌汁が添えられた。

金沢で一緒である修助は、弥吉の好みが分かっていた。

中食のあと、水菓子に遠州《えんしゅう》みかんと、熱い焙じ茶が供された。徳右衛門も中食のあとでは、熱々の焙じ茶を好んだ。

箱膳が下げられたあとは、銘々の前に煙草盆が出された。江戸組も加賀組も、飛脚は全員が煙草吸いである。

徳右衛門は三服《さんぷく》を吸って、キセルを煙草盆に戻した。飛脚たちも従い、煙草が終わった。

一同が背筋を伸ばしているのを確かめてから、徳右衛門は本題を話し始めた。

「昨日一日の雪を、上屋敷では中屋敷・下屋敷の足軽まで集めて氷室に納めようとなされたそうだ」

優に十万坪を超えるという、前田家上屋敷の敷地である。山も谷も随所にあり、庭木の森まであった。

「お屋敷内の場所によっては、雪は四寸（約十二センチ）も積もっていたそうだ」

加賀藩の大名行列は、人数の多さと華麗さが、諸国に知れ渡っている。

提灯《ちょうちん》などを高く掲げ持つ足軽も、江戸上屋敷だけで二百人を数えていた。

それらの者全員が屋敷内に散らばり、積もった雪を集めて、桶《おけ》に詰めた。

「ところが昨日の雪は、湿り気の多い牡丹雪だった。足軽衆は敏捷な働きぶりで雪を集めたらしいが、雪がよくなかった」

桶に詰めるなり間をおかずに、牡丹雪は解けて水となった。

「昨日の子細を話された山田様から、どうしたものかとご相談を賜っていたとき、弥吉が運んできた御城からの文書が届いた。御城の氷室差配の小野様は、追分宿の旅籠当主とご遠縁だと山田様からお伺いできた」

徳右衛門はここで話を区切り、弥吉を見た。

「山田様からお伺いしたことだが、おまえは追分にて、小野様ご遠縁の旅籠当主と、談判をしてきたのか？」

「へいっ」

弥吉は明瞭に答えて、あとを続けた。

「その談判の子細を、徳右衛門さんが帰ってこられる前に、江戸組のみんなに聞かせていたところでやした」

「それはご苦労だったが、いま一度、わたしに談判の委細を聞かせてもらいたい」

「がってんでさ」

弥吉は、追分屋鶴吉と交わしたやり取りを、ひとつも省かずに話し終えた。

「追分屋さんの言い分は、至極もっともだ。その言い分を引き出したおまえも、まことに佳《よ》き働きをしてくれた」

徳右衛門は言葉を惜しまず、上首尾に談判を終えてきた弥吉を褒《ほ》めた。

そのあとで、弥吉が持ち帰ってきた投宿予定客の半紙をつぶさに見た。

半紙から顔を上げたときは、顔つきが引き締まっていた。

「追分屋さんほか三軒にお支払いする詫び代金は、もちろん、言われたままの金額をお支払いする」

すでに半金を支払っている客には、詫びのあかしとして、旅籠賃二泊分を返すとする。

氷室まつりの「雪氷の鯉の洗い」と「砂糖氷水」を求めてやってくる客には、

「お引き取り願うしかない」

徳右衛門はこの分の負担も浅田屋が負うと、肚を括《くく》っていた。

「これらのことは、大きなことを言うようだが、カネで片付けられる」

ここで徳右衛門は目の光を強くした。

「重荷であるのは、この半紙だ」

徳右衛門は八十七人が暮らす町の一覧を、飛脚衆に掲げて見せた。

「この仕事は江戸組加賀組が総出となって取り組むほかはない」

三度飛脚の御用を務めながらだと、徳右衛門は付け加えた。

広間の面々が、ぎゅっと音がするほどに顔を引き締めていた。

徳右衛門は帳場の手代に、弥吉が追分屋から持ち帰ってきた「投宿一覧」の写しの作成を言いつけた。

浅田屋の手代は仕事柄、書き物の写し作成には手慣れている。四半刻《しはんとき》（三十分）もかからずに、八十七人の名前と在所の写しを仕上げた。

「いま一度、御用人様に面談をお願い申し上げてくる」

広間に居並ぶ飛脚衆に、これを告げた。

飛脚御用を務める浅田屋の頭取番頭は、いついかなるときでも、上屋敷用人・山田琢磨との面談はかなった。今回の追分案件は、火急の用だ。

「山田様より、まずは口頭にてご指示を賜り、急ぎ持ち帰る。わたしが戻るまでには、早くても二刻（四時間）。お屋敷から戻るまでの間、おまえたちは持てる知恵をすべて出し合い、いかにすれば、八十七人との投宿取り消し談判を的確に進められるかを、存分に論じ合ってもらいたい」

ここまでで、徳右衛門は口を閉じた。

「駕籠が参りました」

急ぎ呼ばれた宝泉寺駕籠が浅田屋前に横着けされたと、手代が報《しら》せてきた。

上屋敷を訪れるには、いかに火急の用とて、また門番と顔見知りであったとて、徒《かち》では迎え入れてはもらえなかった。

「話し合いを続けますゆえ、お見送りはいたしやせん」

江戸組頭の玄蔵が断りを口にした。

「もとより承知だ」

見詰め返した徳右衛門の目には、飛脚を束ねる玄蔵への篤い信頼が込められていた。

＊

広間には四八《しはち》（四尺×八尺／約一・二×約二・四メートル）幅の薄い杉板が持ち込まれた。籐椅子《とういす》三台に載せて、高みに置かれた。

板には特大の雑紙《ぞうし》が貼り付けられている。飛脚たちが行程などを話し合うとき、全員に見えるように書き記すための雑紙だ。

書記役は筆達者な風太郎である。

「まずは八十七人の在所と人数を呑み込んでもらいたい」

一覧を手に持った弥吉は、順に人数と在所を読み上げ始めた。

「追分屋と近所の旅籠に、今年五月十八日から四日の間の泊まりで、すでに前金を払って部屋を約束している八十七人はみなが、中山道の宿場町に暮らしている。旅籠のあるじが言うには、どの泊まり客も町人身分で、扱いが面倒な武家だの僧侶だのはいねえとのことだ」

武家はいないと分かり、安堵の気配が広間をおおった。

「宿場は分かっているが、客たちが暮らしている町名は、この一覧には書かれてはいねえ」

手にした紙から顔を上げた弥吉は、飛脚衆を見回した。

「おれたちは飛脚だ。町名など分かってなくても」

弥吉は自分の鼻に手をあてた。

「鼻を利かせりゃあ、造作なく行き着ける」

言い切った弥吉に、だれもが同意のうなずきを示していた。

一覧に目を戻した弥吉は、宿場名と人数とを読み上げ始めた。

「中山道第八宿の熊谷宿《くまがや》が、二十三人。十番目の本庄宿《ほんじょう》が三十三人、十三番高崎宿《たかさき》が十一人、十五番安中宿《あんなか》が十八人」

これで都合八十七人だと告げた弥吉に、栄助が手を挙げた。

「どうかしたか？」

「おかしらがいま言った人数では、数があいやせん」

風太郎が記した宿場と人数を、全員が凝視した。検算すると、弥吉が挙げた人数は八十五。ふたり不足していた。

一覧を読み返した弥吉は、すぐさま抜かりに気づいた。

「すまねえ、みんな。栄助の言う通りだ」

説明するのに気負っていたばかりに、第一宿・板橋のふたりを飛ばして読んでしまったと詫びた。

「板橋宿だとう？」

宿場名を聞いた飛脚たちは、隣同士で小声を交わし始めた。中山道第一宿の板橋から追分まで、氷室の氷を食べに出向く酔狂者がいたのか、と。

弥吉は両手を大きく突き出して、ざわめきを鎮めた。

「おまえたちが言うのも、もっともだが、板橋のふたりというのは間違いじゃねえ」

弥吉は手に持った一覧を玄蔵に向けた。

「板橋平尾宿、豊田《とよだ》様とだけ書かれてあるが、あんたなら、平尾宿の豊田てえ名には心当たりがあるだろう？」

「あるどころか、大ありでさ」

年長の弥吉に答える玄蔵はていねいな物言いで応じた。

「かつて享保《きょうほう》二年四月に、ご帰国道中の前田綱紀《つなのり》様は、板橋宿本陣に投宿なされやした」

江戸組頭の玄蔵には、襲名の折にかならずこの逸話が語り聞かされていた。

「その折、宿場名主で力を貸してくださったのが、当主の豊田市右衛門《いちえもん》様でやした」

すでに百三十六年も前の話だ。江戸組頭とは異なり加賀組の弥吉には、板橋宿の子細は受け継がれていなかった。

「板橋の平尾宿がかかわっているなら、豊田様との談判……いや、お願いには、あっしが出向きやす。あとの宿場は、どこも江戸から離れておりやすし、加賀組の助けも必要でさ」

玄蔵の言い分を了として弥吉は大きくうなずき、口を開いた。

「どの宿場の客も、毎年、追分講を構えてやってくるてえ話だ」

世話役を決めて、その指図に従って泊まりがけの旅をするのが講である。

「そいつあ、おれたちには好都合だ」

玄蔵が声の調子を明るくした。

個人の旅ではなく、どの町も講だというのだ。今年の投宿取り消しのお願いも、世話役ひとりを相手に談判できるかもしれない。それができれば、大いに助かる。

杉板の前に立っていた玄蔵は、弥吉の脇に移って座った。

「徳右衛門さんが帰ってこられたら、あにさんの話を聞かせて、段取りを思案しやしょう」

ここまで言ってから、玄蔵は不意に口を閉じた。

しばし思案を続けたあと、玄蔵は弥吉に目を戻した。

「平尾宿の豊田様も他の面々と同じように、定員の相部屋でやしょうか？」

問われた弥吉は答えに詰まった。

豊田市右衛門の宿は追分屋だった。しかし弥吉は、市右衛門が相部屋か否かは聞かされていなかった。

しばしあと、弥吉は口を開いた。

「追分屋のあるじは、氷室まつりの四日間は、すべての客が定員での相客だと、何度も言っていたが」

それがどうかしたかと、玄蔵に質した。

「取り消し頼みの談判は、まず平尾宿の豊田様から始めるのが得策だと思いやす」

玄蔵は立ち上がり、杉板の前に進んだ。玄蔵を追って、書記役の風太郎も立ち上がっていた。

「宿場名主を務めるほどのお方が、定員で詰め込まれて相部屋となるんでさ」

相客に我慢ができなければ、次の年には泊まりを取り止めるはずだ。うるさい相部屋など、二度とごめんだと。

ところが市右衛門は今年の宿を、去年のうちに申し込んでいた。

「あにさんから聞かされた、氷に載った鯉の洗いもいいでしょうが」

立ったまま玄蔵は弥吉を見た。

「それ以上に豊田様は、相客を気にしねえほど、この催しを気に入っているのだと思いやす」

宿場名主ほどの男が相部屋を我慢して毎年出向くのは、並大抵のことではないと玄蔵は断じた。

「言われてみれば、その通りだ」

弥吉が相槌を打ったとき、手代が広間に顔を出した。

「頭取番頭がお帰りになりました」

手代に告げられた玄蔵は、いぶかしげな目になった。出がけに言われた二刻には、まだ大きく間があったからだ。

「はええじゃねえか」

玄蔵が応じているさなかに、徳右衛門が広間に入ってきた。

いつになく、気負いが顔に出ていた。

十六

雑紙が貼られた杉板に一瞥《いちべつ》をくれてから、徳右衛門は用意された座布団に座った。

鼻をひくっと動かしたあと、玄蔵に問うた。

「前田家におかれては、六月一日の将軍家への氷献上は、なにを措《お》いても成就させねばならぬ大事であると、山田様は仰せられた」

言葉の重みが飛脚の身体に行き渡るまで口を閉じてから、徳右衛門は続きを話し始めた。

「雪深い諸国からは、我が藩からも氷献上の許しをいただきたいとの願い出が、幾つも幕閣のもとに寄せられているそうだ」

手元の茶で渇きを落ち着かせた徳右衛門は、話に戻った。

「御用人の山田様は、慶寧《よしやす》様が、強く乞われて国許から呼び寄せられたお方だ。当年まだ二十八とお若いが、慶寧様は全幅の信頼をお寄せになっている」

しかし慶寧と深い山田をやっかむ者は、重役にも少なからずいた。たとえこの冬暖かのせいであったとて、氷献上をしくじれば。

「山田様にすべての責めを押しつけるのは、間違いない成り行きとなる」

徳右衛門は背筋を伸ばして飛脚たちを見た。

「本日の面談で、はっきりと分かったが」

徳右衛門はひと息をあけて続けた。

「山田様は命を賭して氷献上を成し遂げる覚悟を決めておいでだ」

六月一日に江戸城に氷が届けられぬ時は、腹を召されるお覚悟だと明かした。

「その山田様にお仕えするのだ。投宿の約束をしている面々との談判には、山田様のお命がかかっている」

と、ここで徳右衛門は語調を変えた。

「金子《きんす》で済む話ならすべて受け入れよと、旦那様も当初から肚《はら》を決めておられた」

徳右衛門が明かすと、全員が生唾を呑み込んだ。

「いま一度、はっきりと申しわたす」

徳右衛門はさらに背筋を伸ばした。

「なんら揉め事のタネを残さず、かならず相手から取り消し承知を取り付けること。それ以外のことは考えず、とにかく八十七人から承知を取り付けてもらいたい」

委細、呑み込めたかと徳右衛門が問うた。が、飛脚たちは黙したままだった。答える代わりに、玄蔵が手を挙げた。

「どうかしたのか、玄蔵」

考えてもみなかった玄蔵と飛脚たちの様子に、徳右衛門の声は尖り気味だった。

「徳右衛門さんが留守の間に、弥吉あにさんから幾つもの、好都合な話を聞かされやした」

尻を動かして座り直してから、玄蔵は先を続けた。

「泊まり客の八十七人は、四つの追分講だと分かりやした」

熊谷、本庄、高崎、安中の四宿だと告げて、それぞれの講の人数も伝えた。

聞き終わるなり徳右衛門は喜ぶ前に、人数が足りないことを指摘した。頭取番頭は、なにを聞くときでも、数をあたまに叩き込んでいた。

「まさにそのことが、大事でやして」

板橋平尾宿の宿場名主、豊田市右衛門がひとりで板橋宿の二人分の前金を払っていると明かした。その豊田を説得できれば、あとの客の取り消し承知も得やすくなるのではないか……

思わぬことの成り行きに、徳右衛門は深い満足を隠さなかった。


広間で子細を聞き取った徳右衛門は、小鈴を振り手代頭を呼び寄せた。

「ほどなく英悟郎《えいごろう》も、上屋敷の御用を頂戴して戻ってくる」

広間には江戸組全員に加えて、加賀組の弥吉まで居た。張り詰めた気配に満ちた広間だった。

「英悟郎にはここに顔を出すよう、おまえから伝えなさい」

「うけたまわりました」

座にいる飛脚衆に会釈して、手代頭は広間から下がった。

英悟郎とは、浅田屋板橋出店《でだな》の番頭である。板橋で加賀組から受け取った書状を、英悟郎は上屋敷に届ける。そして金沢への帰り便に託する江戸発の書状を、本郷浅田屋に持ち帰る。

これが毎月三度、英悟郎に課せられた月次《つきなみ》の業務だった。

英悟郎が上屋敷からお預かりする伝書は、明朝六ツ半（午前七時）に本郷を発つ弥吉に託される段取りである。

今後、上首尾にことを運ぶためには、平尾宿名主との談判が肝となる。

折も折、板橋宿の番頭が本郷店に立ち寄る運びである。飛脚衆に向き直った徳右衛門は、しみじみ間がいいことを噛み締めながら話を続けた。

「おまえたちは英悟郎から、宿場名主の人となりを聞き取っておいてくれ。取り急ぎわたしは」

徳右衛門は丹田《たんでん》に力を込めた。

「前例のないことを承知で、再度、山田様をお訪ね申し上げる」

戻ってきたばかりの徳右衛門である。しかも一日のうちで三度目だ。いかに浅田屋は出入り御免を頂戴してはいても、これは異例中の異例だ。

徳右衛門を見詰める飛脚衆の表情が、こわばっていた。

徳右衛門は言葉を続けた。

「豊田様との談判には、もちろんわたしも平尾宿まで出向く。談判の折には、どこまで氷室のこと、献上氷のことを宿場名主に話していいのか。山田様のご裁可を賜っておかなければ、英悟郎を交えての話もうまくは進まない」

六月一日の氷献上は、前田家にはなにを措いても上首尾に成し遂げてもらわねばならない。

「大事に向けての手配りには、米粒ほどの抜かりも許されぬでの」

言い終えるのももどかしいとばかりに、徳右衛門は立ち上がった。まこと、寸刻を惜しんでの行動である。

飛脚全員、あとを追って立ち上がった。

「よろしくお願い申し上げやす」

揃った声に背中を押されて、徳右衛門は広間から出て行った。

玄蔵は音っぺを呼び寄せた。

「帳場に出向き、あと十枚の雑紙と、矢立《やたて》を五つ、用意してもらってくれ」

徳右衛門と英悟郎を待っている間に、玄蔵は今後の段取りを詰める気でいた。

「がってんでさ」

立ち上がった音っぺが、広間を出ようとしたとき、ふすまが勢いよく開かれた。

英悟郎が上屋敷から到着したのだ。

「玄関先でたったいま、徳右衛門さんとすれ違いになりました」

板橋から英悟郎が乗ってきた宝泉寺駕籠を、そのまま使ったと英悟郎は明かした。

徳右衛門がいかほど上屋敷に出向くことを急いでいたのか、聞かされた面々は深く思い留めていた。

立ち上がった風太郎は、徳右衛門が座していた座布団を裏返した。

「どうぞ、そこに座ってくだせえ」

玄蔵が座布団を勧めたが、英悟郎は首を振って拒んだ。

英悟郎の目を見下ろして、玄蔵は続けた。

「序列だの作法だのは、いまの大事の前ならどうでもいいもんでさ」

平尾宿の宿場名主の子細を聞かせてくだせえと、強く訴えた。

「どういうことでしょうか」

事情の分からない英悟郎は、さらに座布団から後ずさりした。

「こいつあ、あっしのほうが手抜かりをしやした」

詫びた玄蔵は、口調をあらためた。

「徳右衛門さんが急ぎ上屋敷に向かったのも、平尾宿場名主の豊田様にかかわりがあってのことでやす。英悟郎さんとここで子細を話し合うことは、徳右衛門さんも承知しておいででさ」

玄蔵は英悟郎を見る目の光を強めた。

「どんなことでも、この広間では隠しっこなしで、言い切ってもらって構わねえ。あっしらはみなが身内でさ。前田様の御用に身体を張っておりやす」

玄蔵がきっぱり告げたことで、英悟郎も肚をくくったようだ。

「ここに座れる身分ではありませんが、そこまで言われては断れません」

徳右衛門が座っていた座布団に、腰を浮かせ気味にして英悟郎は座した。

玄蔵は風太郎に目配せした。

「へいっ」

ここまで書き記してきた紙すべてを、風太郎は英悟郎の前に広げた。

「英悟郎さんも承知でやしょうが、この冬の江戸は、雪の積もり方がからっきし駄目でやした」

「それは板橋も同じでした」

深くうなずいた英悟郎に目を合わせてから、玄蔵は話を先へと続けた。

「雪が足りねえのは、金沢も同じでやす」

御城内はもとより、雪深い里であるはずの湯涌でも、今年は雪がないことを明かした。

英悟郎の表情が一気に曇った。

「そんなことでは……」

英悟郎はあとの言葉に詰まった。想っていることを、口にするのを恐れていた。

「その通りでさ。このままでは、六月一日がえらいことになりやす。御城の氷室差配様から指図を受けて、弥吉あにさんが追分へと飛びやした」

ここまで話してから、玄蔵は弥吉に先を委ねた。引き取った弥吉は、先ほどまでの話を丁寧になぞって聞かせた。

「そこで伺いたいんでやすが」

玄蔵が口調をあらため、背筋を伸ばして英悟郎に問いかけた。

「宿場名主の豊田様てえおひとは、どんな気性をお持ちなんで？」

問われた英悟郎もまた、背筋を伸ばして玄蔵と向き合った。

「ご当代は……」

続ける前に、英悟郎はひと息をおいた。

「ひとことで言うならば、まことに気むずかしいお方です」

奉公人が気に障《さわ》る言辞を口にしたり、女中が粗雑な振舞いに及んだりしたときは、その場で暇を申し渡した。

桂庵《けいあん》（口入れ屋）の周旋で働き始めたその日のうちに、暇を出された奉公人もいた。

「おまえの代わりなど、葭町《よしちょう》の千束屋《ちづかや》に言えば、幾らでもいるというのが、ご当代の口癖だとうかがっています」

英悟郎の説明を聞いた飛脚のなかには、顔をしかめる者もいた。その気配を察した英悟郎は……

「てまえの申し上げようが、よくなかったようです」

慌てて口調を変えた。

「今年で四十五となられたご当代は、五尺六寸（約百六十九センチ）の偉丈夫です」

江戸に出る折りの大半は、徒歩で向かった。

「四つ手駕籠《よでかご》はご当代には小さくて窮屈ということもあるようですが、たかが宿場名主だ、宝泉寺駕籠を使う身分ではないと公言しておられ、その言い分を豊田家の番頭からうかがうたびに、てまえは首をすくめております」

前田家相手の御用ゆえ、英悟郎は板橋から本郷までは宝泉寺駕籠を使っていたからだ。

「地べたを自分の足で踏んでこそ、生きている実感がわらじの底から伝わってくるというのが、ご当代の信念だそうです」

豊田家の奉公人を周旋する折りは、健脚であることが一番の条件らしい。

「ご当代の言い分には、飛脚は心底、うなずくことができやすぜ」

玄蔵は正味の物言いで応じた。

つい今し方、当代の人柄に顔をしかめていた面々も、いまは玄蔵が言ったことにうなずいていた。

「いまの英悟郎さんの話を聞いて、ひとつ、大きな得心がいきやした」

弥吉が話を受け取った。

「追分への峠道は、あっしら飛脚でもときには難儀に感ずることがある」

寝不足気味だったり、天気が雨模様だったりしたときは、あの長い峠を登るのが億劫《おっくう》に思えることもある……

弥吉の言ったことには、控え身分の音っぺ以外の全員が同感のうなずきを示した。

「平尾の宿場名主が毎年毎年、追分屋に出向くのは、ただ氷に載った鯉の洗いが目当てなだけじゃあねえはずだ」

健脚を活かして峠をずんずん登るのが楽しみだからという部分もあるはずだと、弥吉は推し量りを口にした。

「まさに、そのことです！」

英悟郎が思わず声を張って応じた。

「さきほどうかがった話にもありましたが、五月の追分行きは、今年で四十九になった番頭さんもご一緒です」

英悟郎は当代の健脚ぶりを話し始めた。

＊

番頭の名は久兵衛《きゅうべえ》。当代に仕えて二十三年目である。

気むずかしい当代にこれだけ長く奉公できている理由は、ふたつあった。

その一は大柄なことだ。並ぶと久兵衛がわらじ二枚分だけ、背丈は低かった。が、同じ目の高さで話ができることを、当代は大いに気に入っていた。

もうひとつは健脚であることだ。当代より四歳年長だが、脚力では互角だった。

追分までの行き帰り、ふたりは毎度早足を競った。当代の体調がいまひとつと感じたとき、久兵衛は歩みを加減したことがあった。

いつもの当代は、久兵衛には穏やかな物言いで接していた。ところが久兵衛が歩みを加減したあのときは、相手を凍り付かせるような目になった。

「勝負においての手加減は、無礼千万と心得られたい」

当代の叱責は、小声だった。が、久兵衛を縮み上がらせた。

以来、すべての早歩きを本気で競っている。去年も追分行きが近くなると、当代も久兵衛も、早足歩きの鍛錬を重ねていた。

＊

「英悟郎さんの話を聞いた限りでは」

玄蔵は思案が定まったという顔だった。

「ご当代には真正面からぶつかるのが一番だと思いやす」

「あっしも同じでさ」

弥吉も心底、玄蔵に同意していた。

「ここから先は、上屋敷からけえってこられる徳右衛門さんの判断次第でやすが、追分屋の氷が、前田様にとってどれほど大事なのかを隠さずに話せば、ご当代は今年の追分行きを見合わせてくれる気がしやす」

玄蔵の長い言い分が終わると、飛脚たちは、しかとうなずいた。

「断じてやっちゃあならねえのは、宿場名主に偽りを言うことでさ」

「まさにその通りだ、玄蔵」

弥吉が深い同意を示したとき、小僧が広間のふすまを開いた。

「頭取番頭さんがお帰りになりましたあ」

小僧の声が、明るく響いた。

十七

座に就いた徳右衛門は背筋を伸ばして玄蔵と弥吉を見据えた。

徳右衛門に見詰められた江戸組と加賀組のあたまが、あぐら組のまま背筋を張った。ふたりとも顔つきがこわばっていた。

上屋敷ではさらに厳しいお指図を、頭取番頭さんは受けたに違いない……座のみながそれを感じていた。

「いかに火急の事態勃発とはいえ、一日のうちに三度も山田様にお目通りを願うとは、あまりにも非礼千万な振舞いだった」

徳右衛門は肩を落とし気味にして、吐息を漏らした。飛脚衆の表情がさらにこわばった。

「それでもお目通りをお許しくだされた山田様は、いささかもご不興の表情を示されることなく、わたしの話を仕舞いまでお聞き届けくだされた」

ここで徳右衛門は、膝に載せた両手をこぶしに握った。そしておのおのを順に見回した。

「山田様は威厳に満ちた声音で」

徳右衛門の両目が玄蔵を見詰めて、強い光を帯びた。他の面々は息を詰めて、徳右衛門を凝視していた。

深呼吸を三度繰り返した徳右衛門は、目を弥吉に移して言葉を発した。

「すべての差配を……」

いきなり破顔した徳右衛門は、諧謔《かいぎゃく》に富んだ口調に変えて、あとを続けた。「浅田屋に委ねるとおおせられた」

徳右衛門が口を閉じたあと、束の間、座は静まり返った。そのあと、「うおおっ」と歓声が挙がった。

「わたしがこの座について、今年で五年目となった」

頭取番頭に対しては、だれもがこうべを垂れて、言い分には逆らわない。

「命がけで地べたを走り、山道を上り下りするおまえたちですら、わたしの指図には従ってくれている」

それあってこそ、三度飛脚の御用をうけたまわる飛脚宿の規律が保たれていて、上屋敷にも信頼していただける。すべては飛脚みなのおかげだと礼を言った。

「さりとて……」

徳右衛門は口調を柔らかにした。

「おまえたちを含めて店《たな》のみなに、わたしの話すことをかしこまって聞かれ続けることには、いささか倦《う》んでいた」

徳右衛門は再び座のおのおのを見回し、あとを続けた。

「一度限りでいい。あえて重々しい顔と物言いを示したあとで、おどけ顔を見せてみたいと願っておった」

今日こそ、願望がかなう折を得られたと言い終えたあと、相好を崩した。

座の面々が喝采した。玄蔵は右手を差し出し、喝采を鎮めた。そして徳右衛門を見た。

「まさに今日のこの広間には、前田家と浅田屋の行く末を決めるほどの大事が横たわっておりやす」

徳右衛門は目元を引き締めて、玄蔵の言い分に聞き入っていた。

「ひともあろうに謹厳居士《きんげんこじ》のあの徳右衛門さんから、まさかの落ちを聞かされて、とことんのところ、身体の凝りがほぐれやした」

玄蔵があぐらを正座に直すと、弥吉を含めた全員が座り直した。

両手を膝に載せて、玄蔵は徳右衛門を見た。飛脚衆も同じ姿勢となった。

「おつとめ、ご苦労さまでやした」

飛脚衆に合わせて、英悟郎も言葉を発していた。

＊

「山田様は、確かな相手なれば、なにを話してもよいとのお指図を下された。一切の小細工なしで、真正面から談判いたせとの仰せであった」

徳右衛門が力を込めてこれを言ったのも無理はない。小細工なしの談判を許可するのは、前田家上級家臣に対しても滅多にないことだ。浅田屋頭取番頭に限ってのことなら、まだしもだが、山田は飛脚衆にそれを許していた。

追分屋ほか三軒に投宿する客は、弥吉が持参してきた一覧で観る限りは、どの客も町人身分である。

例外は平尾宿の宿場名主だが、人数はわずか二名に過ぎない。つまりは前田家の命運を握るに等しい大事の談判を、飛脚と町人に「小細工なしで、存分にいたせ」と委ねていた。

徳右衛門が三度目の面談を願い出たあと、浅田屋に戻ってくるまでに要したのは、たかだか一刻（二時間）少々だ。詰まるところ、山田はおのれの腹を賭して徳右衛門に委ねたに違いない。

三度飛脚衆は命の限りを尽くして走ることで、先々を読む。

頭取番頭徳右衛門は拝領小柄《こづか》を帯に挟んで、御指図をうけたまわっている。

常に一命を賭して御用を務める浅田屋の者なればこそ、山田の本気さが肌に染み通った。

徳右衛門は表情をいつもの厳粛な真顔に戻して、一同を見回した。

「これより、今後の指図を与える」

徳右衛門が告げると座の気配が、さらに引き締まった。

「英悟郎が上屋敷よりお預かりしてきた各種文書の送達は、今回に限り加賀組に委ねる」

本郷から弥吉が受け持ち、蕨宿で加賀組二番手の留次《とめじ》が受け継ぐ手配りができていた。

追分屋談判を弥吉に命じたのは、金沢本店《ほんだな》頭取番頭の庄左衛門である。

「明朝から、三度飛脚の御用は上り下りのすべてを加賀組が受け持つこととする」

庄左衛門の指示は、弥吉が持参した本店からの通達に明記されていた。

「明朝、本郷を立つ弥吉に随行する形で、江戸組は控えを除く飛脚衆が板橋宿に向かうこととする」

英悟郎には今夜のうちに板橋に帰り、明日の宿場名主との談判に備えるようにと申しつけた。

「わたしもおまえと共に、今夜のうちに板橋宿に向かうことにする」

徳右衛門は言い終えるなり、小鈴を振った。手代が出張ってきた。

「暮れ六ツ（午後六時）に宝泉寺駕籠を二挺《ちょう》、板橋宿まで手配りしなさい」

辞儀をして受け止めた手代は、急ぎ足で広間から出て行った。

「平尾宿名主の子細については、明日の談判を申し入れる前に、英悟郎、おまえから聞き取るつもりでいるが、談判には、わたしと玄蔵とで臨むこととする」

英悟郎と風太郎は控えとし、残りの三度飛脚は板橋宿浅田屋にて待機。

「いつにても名主屋敷に出張ることのかなうよう、気を張って待機いたすように」

山田様のみならず、浅田屋の命運もこの談判にかかっている……徳右衛門の静かな物言いが、みなの胸に深く染み渡っていた。

十八

明日の段取り打ち合わせが一段落したところで、修助が広間に招じ入れられた。

「ここに座りなさい」

前に呼び寄せた徳右衛門は、修助を見ながら話を始めた。

「おまえに長逗留してもらえたことで、江戸店《だな》も大いに助けられた」

雪を言い当てた空見のこと。

汐つゆそばを江戸店で仕上げてくれたこと。

氷室を新造するための貴重な知恵を、達吉と嘉一に伝授してくれたこと。

そして適宜、甘い物を用意して飛脚たちの張り詰めた気持ちをほぐしてくれたこと。

これらについて、頭取番頭が直々に修助に礼を伝えた。

「おまえの江戸逗留も、もはや長いことではないが、残りの日々をよろしく頼むぞ」

気持ちのこもった言葉に、修助は座したまま上体を折って謝意を示した。

「おまえも承知だろうが、明日は明け六ツ半（午前七時）に、飛脚は本郷を立つ段取りだ」

「うけたまわっております」

修助は、はっきりとした物言いで答え、さらに続けた。

「飛脚衆には精を付けていただけますように、今夜はシシ鍋を用意しております」

修助の言い分には、飛脚の何人もが手を叩いて喜んだ。

「あとは国許の萬歳楽《まんざいらく》を一合ずつ、供することを段取りしております」

一合の燗酒であれば、偉丈夫揃いの飛脚衆には百薬の長となりますと結んだ。

「いつにも増しての、行き届いた心遣いだ」

存分に手を尽くして、シシ鍋の支度を頼むと、徳右衛門が結んだとき。

手代頭が広間に急ぎ足で駆け込んできた。

「市川團十郎様付きの講釈師を名乗るおひとが、これを頭取番頭様にと」

手代頭は巻紙の封書を差し出した。

「それではてまえは、支度がございますので」

修助は断りを告げて板場へと戻った。

分厚い書状だったが、徳右衛門はまるで息継ぎすら惜しむかのように、一気に仕舞いの一行まで読み終えた。

「いまはなんどきだ？」

書状を届けてきた手代頭に質した。

「七ツ半（午後五時）が近いかと存じます」

時を確かめた徳右衛門は、手代頭ではなく飛脚衆に向かって声を発した。

「夕餉《ゆうげ》は半刻先の暮れ六ツから一刻といたそう。わたしと英悟郎も同席させてもらう」

板橋宿に向かう宝泉寺駕籠は、五ツ（午後八時）に変更すると告げた。

「夕餉まで、おまえたちは湯を存分に味わっておきなさい」

飛脚を下がらせたあと、徳右衛門は手代頭への指図を続けた。

「二挺とも、駕籠の手配を六ツから五ツに変更しなさい」

続いて徳右衛門は、講釈師への応じ方に言い及んだ。

「わたしは旦那様にご相談申し上げることがある」

手代頭は息を詰めて、あとの言葉を待った。

「旦那様はお若いにもかかわらず、判断が素早い。長くても四半刻（三十分）もあれば、お指図をいただけるだろう。その間、上客の客間にてお待ちいただきなさい」

茶菓の塩梅《あんばい》は修助に任せればいいと、指図を終えた。

立ち上がろうとした手代頭に、講釈師の風体を質した。

「あたまは総髪《そうはつ》ですが、きちんと床屋の手が入っております」

着流しながら、黒羽二重の羽織を着用していることも言い足した。

封書を羽織のたもとに仕舞った徳右衛門は、確かな足取りで伊兵衛の居室へと向かっていた。

*

頭取番頭による伊兵衛の居室出入りは、いつなんどきでも木戸御免である。ふすまの前に座したあと、入室の許しを請うた。

「どうぞ、お入りください」

いまだ伊兵衛は徳右衛門にていねいな物言いで応じていた。

「失礼いたします」

廊下に座したまま、ふすまを開いた。伊兵衛の脇には、大旦那が座していた。

「今日は一日、まことにご苦労さまでした」

伊兵衛は正味の物言いで徳右衛門をねぎらった。徳右衛門が今日一日のうちに、三度も上屋敷に出張っていたことは、伊兵衛ももちろん当人から知らされていたが、山田との三度目の子細は、まだ報告を受けてはいなかった。

上首尾だったがゆえに、徳右衛門は簡単に口頭で伝えただけで広間に向かっていたからだ。

「浅田屋ののれんに対する山田様の信頼が篤きことで、すべてをお任せくださるとの仰せでございました」

大旦那同席のもとで、首尾よく運んだ子細を聞かせた。

ひとしきり明日の平尾宿での段取りを話し合ったあと、伊兵衛が問うてきた。

「番頭さんの様子には、まだほかに話されたいことがありそうですね」

勘働きの鋭い伊兵衛が、水を向けてきた。

「まさに……それがございまして、お目通りをお願いしました次第にございます」

徳右衛門が差し出した書状を受け取った伊兵衛は、大旦那に断ってから読み始めた。

徳右衛門以上の速さで、伊兵衛は行末まで読み進んでいた。

十九

「すべてのことの始まりは、今年正月の駆け比べにあります」

市川團十郎付きの講釈師を名乗る宝井馬風《たからいばふう》の書状は、この書き出しで始まっていた。

「市川團十郎親方は、飛脚と駕籠《かご》舁き双方の、男気のぶつかり合いに、大いにこころを動かされ、ことあるごとに楽屋や屋敷で、この出来事を話しておられました」

馬風は市川團十郎に願い出て、駆け比べの子細を講釈に書き下ろす許しを得た。

團十郎がつけた条件は、ただひとつ。

「團十郎の舞台が先だ」

このことだった。遵守するのはもちろんだが、芝居の時期は相当に先のことだった。

「年内の演《だ》し物《もの》は、十二月の忠臣蔵が大一番となる」

その手前、冬に差し掛かった時季の十一月興行で、舞台にかけたい。

「講釈はあんたにまかせるぜ、馬風先生」

團十郎の口約束はもらえていた。

講釈に取りかかるため、今もさまざま聞き込みを続けていた。聞き取りなどを進めれば進めるほど、講釈は面白くなると確信を深めていた。

できれば桜のころの高座にかけたいが、團十郎親方に先んずることはできない。

どうしたものかと思案を重ねていたとき、本郷の商店何軒もから、六月一日の「氷室氷の将軍家献上」の話を詳しく聞き込んだ。

真夏に金沢を出た飛脚が、昼夜を突いて江戸まで運び続ける。

途中の難儀をものともせず、大身《たいしん》・前田家の誇りを担いで、走り続ける飛脚。

このようなぬる冬でも、六月の飛脚は任務遂行に命を賭して走る、走る。

こんな苦労をしてまでも、お家の名誉を守るは、美談のなかの美談。

すべてをカネで片付けようとする昨今にあって、名誉のために命を賭せるのは、まさに百万石大名をおいて、他にはない。

前田家の命運を、文字通り肩に背負い、炎天下を命がけで走り続ける飛脚。

「てまえは切通坂の駆け比べの題材は、すべてを棄てました。それに代わり、夏に命がけで氷を運ぶ飛脚に徹して、講釈を紡ぎ出します」

馬風の熱い筆は、まだ先があった。

「聞き込みで得た概要を市川團十郎親方に話したところ、上体を乗り出してこられました」

忠臣蔵は当たり狂言には違いないが、別の演し物も欲しい。

「真冬に真夏の飛脚なら、大化けするのは間違いない」

その場で團十郎は飛脚のしんがりを演ずると断言した。

ぜひにも早々に浅田屋殿に面談を申し入れて、十二月狂言の許しをいただくように。

「市川團十郎親方からの強い指図を受けて、本日こうしてまかり出て参りました」

馬風の熱い筆は、この一行で結ばれていた。

＊

伊兵衛が読み終えたあと、大旦那も目を通した。読み終えた書状を徳右衛門に戻したあとで、大旦那が口を開いた。

「神仏のお告げという言い伝えがあるが」

大旦那は膝元の湯呑みを手に取り、ひと口をすすった。勢いよいすすり方は、いま読了した書状の熱気を浴びて、ひどく喉が渇いていたかららしい。

「まさにわたしは昨夜の夢で、神仏のお告げをこの身に受けたようだ」

得心顔で大旦那に向かってうなずいたあと、伊兵衛は徳右衛門に向き直った。

「大旦那さまは、いま口にされた夢の話をしにお越しくださっていたのです」

伊兵衛は大旦那に代わり、昨夜見たという夢の話を徳右衛門に聞かせ始めた。

「大雨のなか、まるで似合わない古着のような紋付を着た男が、浅田屋を訪ねてきたそうです」

傘は持っていたが、蛇の目は穴だらけで柄漏りがひどい。総髪のあたまは、雨でぐっしょりと濡れていた。

古着のような紋付羽織も、肩からたもとまで、たらいに浸したかのように濡れていた。

男と顔を合わせたのは大旦那だった。

「ここに書いてあることを守れば、お家繁盛間違いなしだ」

総髪の男は、まるで老人のような声でこれだけ言って、すうっと姿を消した。

伊兵衛が言い終わると大旦那が口を開いた。

「奇妙な夢だったが、あのひとは浅田屋に仇《あだ》を為《な》す者には見えなかった」

なんとも不思議な夢だったと伊兵衛と話していたところに、徳右衛門が入ってきた。

「おまえが分厚い書状を差し出したときには、思わず息が詰まりそうになった」

夢の子細を聞かされたあとでは、徳右衛門も喉の渇きを覚えていた。

すっかり冷めた茶で口を湿してから、伊兵衛と大旦那に目を合わせて話し始めた。

「これを持参の客人は」

ひと息をあけて、あとを続けた。

「総髪の御仁とのことです」

「なんと！」

髪型を聞くなり、大旦那が驚きの声を漏らした。そのあとで。

「客人とは、わしが会おう」

大旦那の言い分にうなずいた伊兵衛は、引き締めた顔を徳右衛門に向けた。

「この一件は、大旦那とあなたとで進めてください」

これしか言わずとも、大旦那も徳右衛門も伊兵衛の考えを察した。

未曾有の暖冬への対処こそ、いまの浅田屋には一番の大事である。

総髪の客人には気を惹かれはしたが、当主たる伊兵衛には為すべき大事があった。

「うけたまわりました」

答えた徳右衛門。黙したまま、当主の指図を受け止めている大旦那。

両人の顔には「これこそ浅田屋当主がいま下すべき指図」と満足した色がうかがえた。

「その御仁からは、わしと徳右衛門とで用向きの子細を聞かせてもらおう」

「お願いします」

応じた伊兵衛を大旦那は、満足げな表情で見詰め返していた。

＊

「当主多忙であるがゆえ、隠居のわしと頭取番頭とで話をうかがいましょう」

大旦那の物言いからは、長らく浅田屋を差配してきた誇りと風格が感ぜられた。

大旦那と向かい合わせに座した宝井馬風が、思わず背筋を伸ばし、息継ぎのあとで名乗った。

「宝井馬風です」

講釈で鍛えた喉で馬風は応じた。初対面では大半が「佳いお声ですな」と褒めた。

大旦那はさらりと聞き流した。そして夢だったとは断らず、いきなり話を始めた。

「破れ傘の柄漏りがひどく、全身がずぶ濡れの男が、不意に訪ねてきましてな」

大旦那は何らの前置きも口にせず、唐突に始めた話である。馬風の受け止め方を、徳右衛門は見詰めていた。

「総髪で若く見えるお方だが、ひどくしわがれた声で、わしに話しかけてきました」

「こんな声でしたか？」

馬風は声色で答えた。

「まさに……まこと、その声でした」

あの大旦那が手を打って、驚き顔となった。

「講釈師は七色の声を使い分けます」

馬風は声色で大旦那と徳右衛門を一気に惹きつけた。尻を動かし、座り姿勢を正した馬風は、あらためて大旦那の目を見詰めた。

「湯島天満宮豆まき後に、三度飛脚の飛脚衆が見せてくださった、見事な人の動きのさばき方……」

馬風は前のめりになって大旦那を見詰めた。

「あれこそ真の本物、芝居で言うなら千両役者だけが見せられる極みの技でした」

馬風は口を閉じた。話の先を早く聞きたい聴衆を焦《じ》らす、馬風の技である。

前のめりの身体を元に戻したあと、声の調子も並とした。

「『ひむろ飛脚』なる外題で、金沢から江戸まで氷を運ぶ飛脚衆を描きます」

ここで馬風は、客間の畳に両手をついた。

「舞台と講釈両方の『ひむろ飛脚』台本執筆を、わたくしめにお許し下さりますように」

渾身の願いであることは、大旦那も受け止めた。が、返答できる立場ではなかった。

「どうぞ、お手を上げてくだされ」

馬風に姿勢を戻させた大旦那は、落ち着いた物言いで先を続けた。

「最初に申し上げた通り、十一代目当主は多忙、いまも前田家御用にかかりきりです」

大旦那の物言いがていねいになっていた。

「ここ両日のなかで折を捉《とら》えて、いまうかがったことをかならず聞かせます」

さまざま壁はあろうが、願い出はかならず前田家にも伝えるよう、十一代に頼んでみると、大旦那は約束した。

「ありがとうございます」

また畳に両手づきとなった馬風は、張りのある地声で大旦那に謝辞を奉じていた。

二十

「折り入ってのお願いごとがございまして、本郷浅田屋の面々がてまえどもの板橋出店《でだな》にて控えております」

ご当主の都合をうかがっていただきたいと、英悟郎は久兵衛に申し入れた。

嘉永六年二月六日、四ツ（午前十時）前のことである。この時季の板橋宿は例年、晴れが続いた。英悟郎と久兵衛が向かい合った六畳間にも、春の穏やかな陽が差し込んでいた。

「旦那様にお伝えするには、いま少し詳しく伺っておく必要がある」

豊田市右衛門に仕える番頭としては当然である。英悟郎は座り直して説明を始めた。

「加賀藩前田家にかかわりのある大事につきまして、ご当主にお願いの儀がございます」

三度飛脚の御用を務める本郷浅田屋の頭取番頭徳右衛門、江戸組飛脚頭玄蔵、韋駄天《いだてん》走りの風太郎が待機していると明かした。

顔ぶれを聞かされた久兵衛は五尺五寸の身体の背筋を伸ばし、英悟郎を見た。

「頭取番頭さんが出張ってこられたことで、ことの大事さには察しがつくが、飛脚のあたまと韋駄天さんまで一緒だということには、察しをつけようがない」

前のめりだった上体を元に戻し、英悟郎の目をのぞき込んだ。相手の胸中を読み取ろうとするかのような、強い光を帯びていた。

英悟郎はその光を正面から受け止めたまま、口は固く閉ざしていた。

「あんたとは長い付き合いだが」

久兵衛は口調を改めて続けた。

「この先のことはわしではなく、旦那様にじかに話そうと決めておるようだな」

「申しわけございません」

詫びは口にしたが、あとは黙した。

久兵衛とて豊田家の奉公人である。英悟郎がこの先は話せないだろうと察した。

「暫時《しばし》、ここにてお待ちなさい」

英悟郎をその場に待たせた久兵衛は、あるじの元に報告に向かった。

市右衛門はすぐさま浅田屋の面々を呼び寄せるようにと、久兵衛に命じた。

「頭取番頭が出向いてきたことで、前田家の大事にかかわることだと察しはつくが」

市右衛門も久兵衛同様で、頭取番頭のみならず、飛脚の同席を求めていることには、察しようがなかった。

粗相の無いよう、茶菓を調えさせよと指示したあと、さらに付け加えた。

「願い事なるを聞き終えたころには、昼の時分時となろう」

面談には本陣の間といたせと追加の指図をくれた。

豊田家で最上級の客間で、狩野《かのう》派のふすま絵と、庭の大銀杏《おおいちょう》との取り合わせが自慢の客間である。

　当主の胸中を推し量りつつ、久兵衛は英悟郎の待つ客間へと戻っていった。

＊

　徳右衛門たち三人が待機している浅田屋板橋出店から豊田家屋敷は、およそ四町（約四百三十六メートル）の隔たりである。その間を走り通して、英悟郎は戻ってきた。

「ご当主がお会いくださるとのことです」

　報せを聞くなり、あの徳右衛門が、真っ先に立ち上がった。宿を出たあとは英悟郎が先導役となり、徳右衛門・玄蔵・風太郎があとに続いた。

　石神井《しゃくじい》川と農地がすぐ近くの、板橋平尾宿である。浅田屋から豊田家までの道筋には、本郷にはない農村の香りが漂っていた。

　屋敷に入ったあと、英悟郎は玄関へと三人を案内した。おとないの声を発するまでもなく、女中三人が玄関で待っていた。

　玄蔵と風太郎が編み上げのわらじを脱ぐと、女中二名が飛脚を上がり框《かまち》に座らせた。

「おみあしを載せてください」

　しゃがんだ女中の膝に飛脚の足を載せて、足袋《たび》の土ぼこりを布で拭き取った。

　徳右衛門と英悟郎には女中ひとりがつき、同じように足袋を拭った。

　市右衛門の指示は徳右衛門たちよりも飛脚に手厚かった。

　玄関から上がった四人は、久兵衛の案内で本陣の間へと向かった。

　磨き上げられた長い廊下を進み、純白無地のふすまの前で、久兵衛は足を止めた。そして入室の許しを乞うた。

「よろしい」

返事の声は細いが響きがいい。幼少時分から発し慣れてきた、上《うえ》つ方《かた》ならではの声音だった。

招じ入れられた本陣の間には、土圭《とけい》が置かれていた。市右衛門と向かい合わせに座したとき、土圭は四ツ半（午前十一時）の鈴を響かせ始めた。

市右衛門はもったいをつけず、先に本陣の間にて一行を待ち受けていた。

豊田家当主の正面には徳右衛門の座布団が用意されていた。西陣織の座布団だが、徳右衛門のものは柄も色味も他と違っていた。

徳右衛門を左右から挟む形で右に玄蔵、左に風太郎の座が設けられていた。

走りの障りにならぬよう、正式の場にあっても飛脚にはあぐら組が許されている。もちろん市右衛門とて、それは承知である。

当主に一礼をくれてから、玄蔵と風太郎はあぐら組で座布団を使っていた。

仲立ち役の英悟郎は本郷の三人の左端に、わずかに離れて座した。

通常なら客を代表して、英悟郎が面談許可の御礼言上から始める。

ところがこの面談では英悟郎を抑えて、市右衛門みずから口を開いた。

「用向きは存ぜぬが、本郷から来駕《らいが》いただいたとは、よくせきの用向きと拝察いたす」

言い終えた市右衛門は玄蔵を見た。

「そなたが江戸組頭領の玄蔵どのか？」

「玄蔵にごぜえやす」

当主を見詰めて応じた。市右衛門の目が風太郎に移った。

「あんたは韋駄天走りを得手とする、風太郎さんだと聞いているが」

市右衛門の目が風太郎に答えを求めていた。

「走り自慢なのは間違げえありやせん」

気負いのない物言いで答えたことに、風太郎の自負があらわれていた。

飛脚両名の返答を了としたあと、初めて市右衛門は浅田屋頭取番頭に目を向けた。

「かつて前田家五代目藩主・綱紀公が当地にご逗留くだされました折り、お世話役を仰せつかりました当時の豊田家当主は、いかに感銘を覚えたのか、その子細を日誌に太文字で書き残しをしております」

日誌記載の内容には、市右衛門は一言も触れなかった。しかし前田家への敬いには当時もいまも、いささかも変わりがないことは、その物言いからも察せられた。

「いかなる用向きなれど、ことが前田家へのお手伝いなれば、遠慮は無用」

真向かいの徳右衛門を見詰める当主の眼が、強い光を帯びた。

「前置きなどの無駄も一切無用。先を急ぐ三度飛脚も同席しているいま、直ちに用向きの肝を聞かせてもらいたい」

市右衛門が口にする言葉が、宿場名主の物言いに変わっていた。

目で促された徳右衛門は、足裏を組み替えて口を開いた。

「今冬の暖かさは江戸のみならず、前田家国許の金沢でも同様にございます」

本来ならば雪深いことで知られている湯涌も、今年は雪不足の異常事態に陥っていると、市右衛門に明かした。

「それゆえに……」

あとを続けようとした徳右衛門の言を、市右衛門は右手を突き出して抑えた。

「徳右衛門さんの用向きは、その雪不足にかかわることか？」

「お察しの通りです」

徳右衛門が答えると、市右衛門は目を閉じて思案を巡らせ始めた。

浅田屋の四人は口を閉じ、息遣いの音まで抑えて当主を見詰めていた。

しばし間をおいて、市右衛門は目を開いた。その目を徳右衛門ではなく、玄蔵に向けた。

「今年の金沢と湯涌には、献上氷のもととなる雪が、氷室には無いということか？」

「お察しの通りでさ」

玄蔵は真っ直ぐな言葉で投げ返した。


徳右衛門は、加賀組頭の弥吉から聞き取った追分屋の子細を記した心覚えに幾度も目を落としながら、言い間違えることなく市右衛門と同席の久兵衛に話した。

「つまり、いまこのとき、氷室に氷が貯めてあるのは信濃追分の追分屋ただ一軒であると」

話を聞き終えた市右衛門は、正面の徳右衛門を見た。

「それに間違いはないのか」

「ございません」

徳右衛門はきっぱりと請け合い、さらに言葉を続けた。

「加賀組頭の弥吉が、本郷到着前に追分屋さんにて確かめております」

今年の投宿帳面を書き写し、それを江戸まで持参していた。客から承知を取り付けられたあとは、追分屋が六月の氷献上まで、命がけで氷室と貯蔵氷を守るとの確約も得ていた。

「それはすでに聞かせてもらったが」

市右衛門は大きな疑念を抱いていた。

「追分屋の氷室まつりは五月中旬のはずだ。今年の予約もそうなっている」

当主の指摘に、久兵衛も深くうなずいた。

「ところが将軍家への氷献上は、六月一日と決まっているはずだ」

市右衛門の口調が厳しさを帯びていた。

「いかに追分屋主人が命がけで守るとは申しても、五月下旬まで追分で氷が保ったことはないはずだ」

言いながら、市右衛門の眼光は強さを増していた。

「まつりの客を今年は思い留まらせることに、わしが音頭取りとなるのは、いま、この場で引き受けようぞ。しかし、徳右衛門さんは氷を確実に保つための秘策をお持ちなのか？」

徳右衛門は虚をつかれ、しばし絶句した。市右衛門がなにを問うているのかを考えた。そして行き着いた答えを思い、居住まいを正した。

「たしかに追分屋さんは例年の催しからあとの陽気を、いまは心配しておられません」

市右衛門から指摘を受けるまで、浅田屋も前田家の山田琢磨も追分屋に氷ありを喜ぶあまりに、抜かりに気づいてはいなかった。

追分屋の氷室まつりのあとでは、高地にある追分とて夏は本番へと突き進むのだ。五月中旬まではなんとか氷室内で持ち堪えられた氷でも、下旬までは分からない。

弥吉が持ち帰った話を聞いた全員が、この大事に気づかぬままだった。

命がけで氷室を守ると請け合った追分屋の言い分を、ただただ鵜呑みにしていた。

「ご指摘いただきましたことは、直ちに本郷に持ち帰りまして、前田家御用人様と話し合いをさせていただきます」

徳右衛門の絞り出すような返答を了とした市右衛門は、表情をわずかに和らげた。

「いかなる思案とて、天気が相手では確かな答えは得られぬ」

表情は和らいでいたが、口にし始めたことは厳しい内容だった。

「差し出がましいとは存ずるが。最善の解決策は今年に限り、氷献上を早められることではなかろうかの」

市右衛門が口にしたことは、徳右衛門には思案の埒外《らちがい》だった。

氷献上の期日は、例年六月一日である。

その期日にいかなる理由があるのかは、徳右衛門は承知していなかった。しかし将軍家の公式行事の一であるのは間違いなかった。

前田家に倣《なら》い、夏場の氷献上を目論んでいる他藩もある昨今、期日変更を願い出るなどは、前田家も浅田屋も考えてもみなかった。

が、しかし、である。

今年に限り、氷献上の期日を早める……

まさに「新たな目でものごとを吟味する」とはこういうことか。

先代伊兵衛が当代に授けたということばが徳右衛門をとらえた。あたまの内では知恵の限りが疾走を始めていた。

二十一

座の全員が押し黙っており、重たい気配が各自の身体にまとわりついていた。

そんななか、韋駄天の風太郎が座したまま両腕を大きく突き上げた。そして三度の深呼吸を繰り返した。

「やるの、韋駄天」

目元を緩めた市右衛門が、風太郎に声をかけた。無作法を咎《とが》められたと思ったのか、風太郎は急ぎ両腕を下ろした。

「三度飛脚は肝が太くなければ務まらぬだろうが、そなたと江戸組頭とは、特大の肝を持っておるようだ」

市右衛門は玄蔵の名も挙げた。風太郎が両腕を突き上げていたとき、玄蔵は気にも留めずに茶を呑み干していた。

玄蔵はあぐら組の膝頭に手を置いて市右衛門に目を合わせた。

「わしら飛脚は脳味噌ではなしに、身体を使って知恵を編み出しやす。これをやることで漆黒の闇がかぶさった山道でも、豪雨で先が見えないなかでも走り続けることができやす。先へ進むための知恵も生まれやす。この居間に居座っている重たい気配を追い払うには、腕を伸ばして深い息遣いを繰り返すのが一番なんでさ」

玄蔵の返答を了とした市右衛門は、風太郎に目を移した。

「いまの深い息で、妙案は浮かんだか？」

問われた風太郎も玄蔵同様、膝頭に両手を置いて口を開いた。

「お天気ばっかりは、御公儀のおえらがたが束になったところで、どうにもなりやせん。だったらいっそのこと、氷献上の日にちを変えてもらうには、お天気を逆手に取りゃいいんじゃねえですかい」

「逆手に取るとは、どういう意味だ」

呑み込めない市右衛門は、さらに問うた。

「御公儀のおえらいさん方も、思案に詰まったときは易断《えきだん》に頼むことがあると聞いたことがありやす」

その通りだと、市右衛門は深くうなずいた。

「今冬の暖かさは、御公儀も承知しておいででやしょう。雪国の諸藩からも、今年の雪不足は聞き取っておいでのはずでさ」

話の途中で風太郎は、徳右衛門を見た。

「前田様上屋敷に出入りがかなう易者は、名の通った面々でやしょう？」

「もちろんだ」

徳右衛門が即答すると、風太郎は思案の続きを話した。

「その易者に因果を含めて見立てを書かせやす。それを前田様の御用人から御老中に見せて、日にちの前倒しを頼むんでさ」

今年の六月には災いが重なる、五十年に一度の厄日となる……この易断を前田家から老中に提出するというのが、風太郎の思いつきだった。

「わしらが命がけで加賀から江戸まで運ぶ氷てえのは、詰まるところ、御上の御安泰を願い、息災を祝う目的でやす。お天気を易断の言いわけにすれば、御老中も得心されるでやしょう」

風太郎が話し終えても、玄蔵以外は表情をこわばらせて、静まり返っていた。そして——

「いけるぜ、おめえの思案は」

玄蔵が小声で風太郎に応えた。それを受けて、徳右衛門が市右衛門に目を向けた。

「まこと風太郎が申しました通り、今年の雪不足は尋常ならざるものにございます」

幕閣もこの異変を実感しているいまなれば、風太郎の思案が実を結ぶことは大いに期待できましょうと、市右衛門に答えた。

「わしも周りからは突飛で尋常ならざることを言い出すと、煙たがられておるが」

当主に見詰められた久兵衛は、苦笑いを浮かべて、その言い分を受け止めていた。

「こんなわしでも、易断をダシに使う方便は思いつかぬでの」

さすがは三度飛脚だと、正味で褒めた。

そのあとすぐに真顔に戻して徳右衛門に問いかけた。

「前田様の御用人様は、御老中と談判できるような太い伝手《つて》をお持ちか?」

「山田様なれば、確かなものをお持ちと心得ております」

昨日、三度も面談した山田琢磨について、徳右衛門は子細なことも省かずに話した。

「御年二十八歳の若さなれども、御老中首座の阿部《あべ》正弘《まさひろ》様にも随時に、お目通りがかなうお方です」

今回の追分屋との談判のすべてを、山田様はご自身の一命を賭されて、浅田屋にお任せくださっていますと、背筋を伸ばした。

「山田様のおこころを承知しておりますがゆえ、てまえどもとて、迷うことなく一命を賭しております」

徳右衛門が結ぶと、飛脚ふたりも英悟郎も樫板が通っているが如くに背筋を伸ばした。

ひと息をおいて、市右衛門は応じた。

「命がけでことに当たると、ひとは言う。しかしその大半は、単なる言葉のあやだ」

市右衛門も浅田屋の面々に負けぬ勢いで、背筋を伸ばした。同席の久兵衛も同じだ。

「正味で一命を賭している相手と向き合えるのは、生涯にいくたびもない」

市右衛門はふたりの飛脚、英悟郎を見たあとで、徳右衛門に目を戻した。

「そなたらが発する命がけの思いが、わしの胃《い》ノ腑《ふ》を目がけて突き刺さっておる」

前田家の氷献上を上首尾に運ぶために、わしもこの身体を賭すと言い切った。

「このうえなき、ありがたきお言葉を頂戴いたしました」

徳右衛門と英悟郎が畳に手をついた。

飛脚ふたりも正座に直り、こうべを垂れた。

＊

市右衛門の指図で昼餉が支度された。

「宿場名主という職務柄、うちへの来客は顔ぶれも多彩だが」

市右衛門は玄蔵と風太郎に目を向けた。

「あんたらのような、本寸法の三度飛脚と膝を突き合わせて話をしたのは今日が初めてだ」

市右衛門は玄蔵に問いかけた。

「今日の昼餉は、うちの久兵衛が今年の正月に思いついた餅入りうどんだ。走り続けるためには食べものも肝要だ。このうどんは美味さと腹持ちを兼ね備えておるので、わしも気に入っておる」

江戸と加賀とを行き来する三度飛脚が、毎日の飯になにを食べているのか。

「差し障りがなければ、ぜひ献立を聞かせてもらいたい」

市右衛門が言い終わると、久兵衛も玄蔵を見詰めた。玄人《くろうと》の走り屋が毎日、なにを食べているのか、心底知りたいと顔に出ていた。

玄蔵は徳右衛門と目を見交わした。飛脚の行動を話してもいいものかと、目で問うていた。

徳右衛門が確かなうなずきで応えると、玄蔵は市右衛門に向き直り、口を開いた。

「豊田様の番頭さんは、わしら飛脚と同じものを思いつかれておいでです」

長い走りに欠かせないのは、身体の内に力を蓄えてくれる食物でさ……玄蔵は久兵衛を褒めて、あとを続けた。

「シシ肉、鶏肉などは美味さは抜きんでておりやすが、腹持ちはよくねえんでさ」

江戸から金沢を目指す道中では、三度の飯の場所は定まっている。

「夕飯と翌日の朝飯は、投宿した宿が用意してくれやす」

夕餉は胃ノ腑のこなれがよくて、翌朝に軽くなる獣肉が主体である。

「ひと晩眠っている間に、身体に滋養を行き渡らせてくれるのは、シシ肉が一番でさ」

さりとて毎晩がシシ肉やら鶏肉では、胃ノ腑が飽き飽きして食が進まなくなる。

「わしらの旅籠は決まっておりやすんで、それぞれの板場が案配よく献立を考えてくれておりやす」

江戸組・加賀組とも、飛脚のなかには下戸もいる。

「呑めねえ飛脚には飯のあとに季節の水菓子やらまんじゅうなどの甘味が少量用意されておりやす」

たとえ宿場名主とて、三度飛脚の食事を細かに聴ける折りなど、あるはずもない。

玄蔵が口にすることを市右衛門は身を乗り出して聞き入っていた。久兵衛に至っては、脳味噌にしっかり書き留めているかに見えた。

「飛脚それぞれに、宿場ごとにひいきの按摩《あんま》がおりやす。夕餉で呑んだ一合の酒が身体を走り回り、按摩のほぐしを手助けしやす」

朝餉はどの宿場でも、明け六ツ（午前六時）と決まっていた。

「肝腎なのは腹八分目の朝餉でやすが、かゆは禁物でさ」

こなれが早すぎるからだ。朝餉を終えたあと、わずかな食休みで走り始める。四ツ（午前十時）まで、半刻につき四里の速さ（時速十六キロ）を保って走り続ける。

「峠やら宿場外れの茶店で、四ツの休みを取りやす」

ぬるめの番茶に、粒あんをかぶせたぼた餅二個が、どこの茶店でも決まりである。

「わしらの昼飯も久兵衛さんと同じで、餅入りうどんでさ」

飛脚たちは江戸組・加賀組とも、うどんの名を「ちからうどん」と呼んでいた。

「久兵衛さんとの違いは、わしらは」

玄蔵は昼餉のどんぶりを手に持った。

「これよりも、ひと回り大きなどんぶりで、餅は大きな三切れがへえってることでさ」

うどんも餅も、食った分だけ走りに力を貸してくれる。腹持ちもいい。

「八ツ半（午後三時）の茶店は、その日の泊まりまで五里（約二十キロ）の内と決めておりやす」

しっかり休みを足と身体に与えて、残りの五里を奔《はし》り切る。

「これがわしらの一日のあらましでさ」

季節の寒暖、天気の晴雨、走路の平坦・傾斜などで、奔れる距離に差が出る。

「段取り通りの走りが無理だと判じたときは、ひとつ手前の宿場に投宿しやす」

天気・道・身体の調子を勘案しながら、飛脚は走りを続ける。

「前田様のでえじな文書や小物を託されているという、ことの重さが、あっしらに次の一歩を踏み出させるんでさ」

その気力の源となる日に三度の飯は、一食たりとも雑にはできやせん……言い終えた玄蔵は、また正座に座り直した。風太郎も倣った。

「こちらでいただきやした、ちからうどんを身体で燃やしながら、熊谷から順に講の肝煎《きもいり》をお訪ねして、今年の取り止めをお願いしてめえりやす」

飛脚走りの子細と今後の段取りを話した玄蔵は、しっかりと市右衛門を見た。

「手数をかけやすが、熊谷・本庄・高崎・安中の肝煎に宛てて、あっしらを顔つなぎする一筆を、豊田様に認《したた》めていただきてえんで」

玄蔵が頼みを口にし終えたところで、市右衛門は穏やかに言った。

「足を崩しなさい。長い先を奔るあんたらだ。正座で足に負担を負わせてはならない」

あぐらに戻ったふたりを見て、市右衛門は「承知した」と明言した。

「本庄の肝煎とは毎年相部屋で、気心の知れた間柄だ」

他の宿場の肝煎衆とも追分屋逗留中には、何度も行き来を繰り返している。

「加賀様一大事の御役に立てるなら、どちらの講も進んで中止を受け入れるに違いない」

早速にも一筆を認めると言い置き、市右衛門は書斎へと移った。

戻ってきた市右衛門は、黒塗りの文箱《ふばこ》を手にしていた。

風太郎は挟箱《はさみばこ》を肩に担いで来た。市右衛門が手にしてきた文箱は、挟箱に収まる大きさだった。

先に文箱を開き、市右衛門は口を開いた。

「どの文書にも、承知の場合は請書《うけしょ》をあんたらに差し入れてほしいと記してある」

前田家の大事解決のために、尽力してほしいとの頼みである。

「よもや中止を承知しない肝煎など皆無のはずだとは思うが」

言葉を区切った市右衛門は、徳右衛門に目を向けた。承知しない肝煎が出たときへの、格別の腹案はあるのかと目で問うていた。

「来年の追分屋氷室まつりにつきまして、今年参加予定だったみなさんの一泊投宿代金を、てまえども浅田屋で負わせていただきます」

ご承知いただいたことへの御礼ですと、徳右衛門は言い切った。

市右衛門の両目に、徳右衛門への称賛の色が濃く浮かんでいた。同席の久兵衛は、この上もないほどに背筋が伸びていた。

あぐら組のまま、玄蔵は身体を徳右衛門に向けた。

「それぞれの肝煎から、確かな請書をいただいてめえりやす」

玄蔵はもう一度市右衛門に身体を向け戻した。市右衛門の表情が和んでいた。

「文箱に肝煎衆からの請書をぎっしりと詰めて、軽い足取りで戻ってきなさい」

「がってんでさ」

玄蔵と風太郎が、確かな返事の声を重ねていた。

健脚自慢の市右衛門だからこそ、駆けていく飛脚の後ろ姿に魅せられた。

腕と足の動きが同じゆえ、背と腰とがねじれない。我知らず飛脚の動きを真似しながら、遠ざかるふたりを見送っていた。

二十二

平尾宿名主・豊田市右衛門との面談を終えた翌日、嘉永六年二月七日、五ツ半（午前九時）。徳右衛門は前田家上屋敷にて、山田との面談を得ていた。

昨日の首尾子細を、徳右衛門は文書に起こして持参した。山田が読了し、口頭での問い質しを終えたところで、豊田市右衛門から山田に宛てられた一通の文を差し出した。

氷献上の上首尾成就を願う思いが綴《つづ》られた文には、前田家を想う市右衛門の心情が一語一語に滲み出ていた。

「宿場名主の尽力に対し、衷心よりの謝辞を伝えていただきたい」

徳右衛門に口頭で告げたあと、風太郎の思いつきにも感心したと正味の物言いで応えた。

「風太郎の思案をかたちにするには、迅速なる対処が肝要であろう」

山田は今日のうちに上屋敷御用達《どようたし》の野本易断を呼び寄せると告げた。

「八ツ（午後二時）なれば面談に割ける」

予定綴りの隙間は八ツから八ツ半（午後三時）までの、わずか半刻しかなかった。これほど多忙な山田だが、徳右衛門の面談願い出には上屋敷在邸の限り、いかなる調整をしてでも隙間を設けていた。

「易者との面談子細は今宵五ツ（午後八時）に、そなたに聞かせよう」

「うけたまわりました」

急に願い出たこの朝の面談は、四半刻で終了した。

＊

報告を聞き終えた伊兵衛は徳右衛門を誘い、庭に出た。八卦見《はっけみ》の見立てで辰巳《たつみ》の角に建立したお宮に手を合わせた。

上首尾に運んだことへの御礼言上である。深々と一礼をしてから、伊兵衛の居室に戻った。

すかさずふたりに諸江屋の干菓子が供された。

「あなたが乗った宝泉寺駕籠が店を出るなり庭に出て、お宮に手を合わせていたが……」

伊兵衛好みにいれられた熱い焙じ茶を、噛み締めるかのようにすすり、徳右衛門を見た。

「あれはふたつとなき妙案だと、わたしも膝を打ったが」

伊兵衛は湯呑みを膝元に戻して、続けた。

「ありもしない易を下すなど、いかに前田家山田様の言いつけとて、真っ当な易者ならば拒むに決まっている。それを承知で山田様が動いてくださるとは、いかほど深く此度《こたび》の冬暖かなるを憂えておられたのかが察せられる」

両手を膝に載せたまま、伊兵衛は静かながら硬い物言いを続けた。

「あの山田様が、ここまでの決断を下されたいまとなっては、ことの上首尾を願うだけだ」

「まことに旦那様の仰せの通りでありますと、てまえはいま、あらためて呑み込みました」

伊兵衛と徳右衛門は、心底、山田と易者との談判が首尾よく運ぶことを願っていた。

「いま一度、お宮にお参りをしよう」

かならずや上首尾に運ぶとの強い確信を、当主と頭取番頭は再び願い、お供えを新たにした。

*

前田家上屋敷に参じたのは野本易断である。本郷の坂下に敷地二千坪の屋敷を構え、御府内の大名諸家御用達である。

易断首領は世襲で、当代首領が授かった第一子が、男女を問わず次代首領とされた。

初代・野本紅雲《こううん》は南朝初代の後醍醐《ごだいご》天皇に従い、京から吉野へと移った。足利尊氏《たかうじ》の軍勢に追われての、京からの逃避道中だった。

初代の見立て通り、豪雨に襲われて、足利軍が一時的に追撃を中止して山を下りた。雨が去ったあとの西空を見て、逃避隊列が思わず行軍の足を止めた。目にも鮮やかな紅色に染まった雲が、進路前方の空に重なり合っていたからだ。

「いまこのときより、紅雲を名乗るがよい」

後醍醐天皇が初代の命名者となった。

以来、五百余年の長きにわたり、野本易断は時代時代の権力者、武将、豪商の御用達易者を務め続けていた。

初代が後醍醐天皇に従っていたことも、野本易断が重用される一ではあった。それ以上に、首領の易断がよく当たった。

「野本の首領は千里眼に違いない」

見立ての的中を得た大名・武将の用人は、野本易断の首領を、衷心より畏怖した。

前田家と野本易断との付き合いが緊密になったのは、五代藩主綱紀《つなのり》の時代である。

「八代将軍吉宗《よしむね》様とは、いかほどの間合いを保つべきであるのか」

綱紀の諮問に対し、第三十一代・野本大雲《たいうん》は翌日夕刻、みずから前田家に出向いた。

「まことによろしき易を得ましたがゆえ、てまえの口にてご報告申し上げます」

大雲は書面の提出前に、口頭にて見立てを告げた。

吉宗様が断行されるであろう、数々の制度改めにおいて、前田家は大きな手助け役を任ずることになる。吉宗様在位は長く、綱紀様との付き合いも長くなる。

口頭で告げた内容は、見立書として綱紀に提出された。そして大雲が見立てた多くが、現実となった。

神田駿河台《するがだい》下にいた野本易断を、本郷の坂下に移らせたのも綱紀である。

水戸藩の財政逼迫を察知していた綱紀は、まず大雲に転居の意思はあるかと質した。

「適切なる土地がありますれば」

大いにその気ありを知った綱紀は、本郷の水戸藩中屋敷の一部敷地の借地を提案した。

「水戸藩では、およそ二千坪を使い切れず、雑草の生えるままに放置しておる」

中屋敷の長屋塀を内に下げて、二千坪の土地を創り出す。その土地を借地として借り受ければ、野本易断もさらなる箔《はく》が付く……

綱紀の提案を多とした大雲は、翌日までの返答を約束した。

終夜、大雲は護摩《ごま》を焚《た》いた。そして翌日未明に易を得た。

「借地の一件、なにとぞよろしくお取り計らいを賜りますように」

大雲の返答を得た綱紀は、直ちに動いた。用人を水戸藩上屋敷に差し向けて、借地の一件を提案した。

「借り受けるのは野本易断。借地期限は二百年。借地代金は一年二千両。契約期間中は値上げなし。途中解約も、値下げ要請もなし。支払いは三井両替店振出の為替手形とする」

水戸徳川家にとって、一年二千両の借地代が向こう二百年も保証されるのだ。

御三家用人は、なにごとにも表情を動かさぬ鍛錬を積んでいる。しかしこのときは正直に、顔を崩した。

聡明で知られた吉宗は、妙案を提示した綱紀に謝意を示した。

将軍みずからの下知《げち》に従い、水戸藩中屋敷を囲む長屋塀は、二千坪と大路造成分だけ内に下げられて、いまに至っていた。

＊

山田に指定された刻限には、野本易断次席の大川健城《けんじょう》が出向いていた。

「案内つかまつりまする」

言われて立ち上がった大川は、息を大きく吸い込んだ。この先に控える難題を、すでに察しているかの表情となっていた。

二十三

山田は執務室にて、大川の来室を待っていた。案内されて入室した大川は、山田を見て表情を引き締めた。

たとえみずから呼び寄せた易断次席との面談とはいえ、前田家用人が着座にて待っているなど、法《のり》にないことである。

山田の着座を見るなり、大川は出がけに聞かされた野本趙雲《ちょううん》の言葉を思い浮かべた。

呼び出しに応じて出向こうとした大川は、首領御座前に伺候した。第三十六代首領野本趙雲は当年十八ながら、すでに幾つものお告げを授かっていた。

「本日の山田殿は、着座にてお待ちである」

趙雲の目には、着座にて迎え入れる山田の姿が見えていた。

山田様ではなく山田殿。易断首領の趙雲には用人とて、山田は対等な相手だった。

まこと首領様は慧眼至極と、あらためて思い知りつつ、大川は易断作法に則《のっと》り、山田に一礼したあと、あぐら組で座した。

着衣の長裾が、あぐらの両足を隠していた。

「急な呼び立てに応じていただき、篤く感謝いたす次第にござる」

口上をのべる山田を、大川は黙したまま見詰めていた。これもまた、易断の作法だった。

腰元が茶菓を大川の横に置かれた膳に供したあと、足音も立てずに執務室を出た。

ふたりだけになるなり、山田は背筋を伸ばした。そして茶に口もつけず、用向きを切り出した。

「昨冬の異変にちなみ、折り入っての相談……いや、頼みがござる」

これを告げてから、山田は初めて湯呑みを手に持った。

山田の動きに倣い、大川も湯呑みを手にした。ふたを外し、薄焼きの九谷焼《くたにやき》湯呑みに口をつけた。

もとより、すする音など立てはしない。落ち着いた所作で茶をすする大川は、またしても首領の慧眼に胸の内でひれ伏した。

前田家上屋敷に向かおうとした大川に、趙雲は用向きの見当を明かしていた。

「山田殿からは九分九厘、気象にかかわる尋常ならざる頼み事をされる卦《け》が出ている」

分厚い座布団に座した趙雲は、灰色の瞳で大川を見て見当を伝えた。

趙雲は明かした見当に加え、明瞭な指図も大川に与えていた。

「いかなる難題解決の易を求められようとも、断じて拒んではならぬ」

ひとたびは持ち帰り、首領みずから易に臨むと返答いたすようにと、命じられていた。先に湯呑みを膳に戻したのは山田である。

「毎年六月一日、前田家は将軍家に対して氷の献上を続けております」

本題を話し始めた山田の口調は、大川に対してもていねいだった。

大川はあぐら組の丹田に力を込めて、山田の言い分の続きを待った。

「ご承知の通り、今年のぬくさは異様です。国許の雪処・湯涌ですら雪がありません」

例年ならば二月末にても積雪十尺（約三メートル）という集落が、今年は地べたが剝き出しとなっていると、状況を明かした。

「将軍家に献上する氷とは、氷室に雪を固めて蓄えたものです」

大川を見詰めたまま、山田は献上氷の子細を聞かせ始めた。氷室から切り出したあと、いかなる手立てで江戸まで運ぶのか、極秘の子細を省かず明かすのは、野本易断を信頼していればこそである。

夏の炎天下、五日も金沢から走り続け、溶かさぬまま江戸城に届ける、献上氷。

子細を聞かされるうちに、大川の息遣いが乱れた。氷を溶かさずに走り続けるという過酷さは、飛脚ならずとも想像できたからだ。

今年は湯涌にも、金沢城内の氷室にも、万一に備えての江戸上屋敷内の氷室にも、蓄えの氷はないと、危機的状況を山田は隠さずに明かした。

江戸上屋敷にても氷室での製氷あり。

山田は初めて明かした。浅田屋にすらつまびらかにはしていいいいいいいいいない秘中の秘である。

易断を頼みとせざるを得ない山田が、いかに深くて重たき苦悩を抱えているか。

大川への言動に顕著だった。

前田家が直面する一大事の子細を、大川はつぶさに聞かされたのだ。

尋常ならざる難題の解決を求められるかもしれぬと、大川は出がけに聞かされていた。心構えはしていたつもりだったが、ことの深刻さは大川の想像を超えていた。

「しかし、このぬる冬でもただ一カ所、信濃の追分宿追分屋の氷室には氷が蓄えられております」

「なんと！」

思わず声を出した大川は、上体を伸ばした。解決の糸口ありと感じたようだ。

様子の変わった大川を見ながら、山田は核心部分へと話を進めた。

「ただし追分屋の氷は、毎年五月中旬に切り出したあと、宿にて賞味いたしております」

五月末まで、追分屋の氷室で氷を保っておけるか否かは不明。ましてや江戸まで運べるや否やとなれば、欲目なしに判ずれば、到底、不可能としか思えないと、山田は静かな口調で断じた。

思わず大川から吐息が漏れた。

「大川殿をお招きしたのも、理由はひとつ。この難局を切り抜けるために、ぜひとも力添えを願いたいがためです」

見詰められた大川も、背筋を伸ばして身構えた。

「今年に限り、六月一日の氷献上は取り止めといたし、期日を前倒しするのが最善である旨の易断を、お願いしたいのです」

山田の鋭く尖った眼光が、大川の心ノ臓を射貫いた。

首領に言われたことも忘れてしまうほどに、山田が口にしたことは激しく大川の身の内で破裂した。

「山田様は……わが易断に対し、虚偽の見立てをいたせと申されるのか」

大川は怒りに押されて、ついわが身の立ち位置すら見失っていた。

「異存はございましょうが、なにとぞ前田家のために、力をお貸しいただきたく」

山田は真正面から大川を見詰めた。鋭く尖った眼光を、穏やかな光に変えて頼んだ。

山田の様子を見て、大川も気を鎮めた。落ち着いたとき、趙雲の言葉が思い返された。

わが首領様は、この状況をもすべて看破なされておいでだった……

それに思い当たると、怒りにまかせて振る舞ったおのれの浅慮さに責め付けられた。

「礼を著しく失したてまえの振舞い、なにとぞご容赦を賜りますように」

大川が先に口を開き、衷心より詫びた。

「気遣いも斟酌《しんしゃく》も無用です」

大川を見詰めて山田は明瞭にこれを言った。

「もしもてまえが大川殿の立場で、てまえが口にしたことを頼まれたとすれば、あなた以上に激昂したはずです」

お互い、仕えるものが大事であればこそですと、山田は理解を示した。

「易に臨みますのは第三十六代首領、野本趙雲にございます」

出がけに首領から指図されたことなど、すべてを省かずに山田に明かした。

「恐るべき慧眼、眼力を備えておいでですね」

聞かされた山田は、心から感服したという物言いで応じた。

「勝手極まりなき頼みにござるが、ぜひにも首領様に易断をお願い申し上げる」

すべてを頼み終えた山田は、いつもの用人の口調に戻っていた。

「しかとうけたまわりました」

あぐらの両膝に手を載せて、大川は確かな口調で受け止めていた。

二十四

戻った大川から、趙雲は子細を聞き取った。

目を閉じて聞き取るのが趙雲の流儀だ。閉じた目の内で話の情景を思い描いているのだ。

そんな趙雲を見詰めて、大川は次第を話し続けていた。

六月一日の氷献上を、今年に限り前倒しできる易断を……

山田がこれを明かした段に、大川の報告が及んだとき。

趙雲の両目が開かれた。灰色の瞳が、大川を見詰めた。大川は息遣いを止めた。

なにか問いがあるのかと思われたが、そうではなかった。山田の頼みは、さすがの趙雲の読みをも超えていたようだ。

息遣いも物言いも止まっていた大川に、先を続けよと趙雲は命じた。

深い息遣いを繰り返してから、大川は報告に戻った。

趙雲の前で顛末報告を始めたとき、部屋の土圭《とけい》が八ツ半（午後三時）過ぎを指していた。報告を終えたとき、七ツ（午後四時）を告げる音が響いた。

首領が口を挟まぬからと、報告を省くのは御法度である。報告を漏らしたり、言い忘れたりしたことすべて、趙雲は感じ取っているからだ。

＊

趙雲の代になり、易断内で前途を嘱望されていた者二人が、一夜のうちに屋敷から追い払われたことがある。

「首領様は閉じた目の内で、われらの動きを見ておられるというが、まことなのか」

それを確かめてみようと示し合わせて、ふたりは趙雲と向き合った。

「ご報告申し上げます」

ふたりが報告に及んだ場には、次席の大川も同席していた。

両名が出向いた先は、日本橋室町の呉服問屋・結城屋《ゆうきや》だった。

「来年の上州仕入れ行脚《あんぎゃ》の旅立ちは、二月がいいのか三月がいいのか、日どり易断をお願いしたい」

併せて、同行者を三番番頭か手代頭がいいのかも、ぜひとも見立てていただきたいと頼まれた。

店を出た先で、三番番頭与右衛門《よえもん》がふたりに近寄ってきた。

「済みませんが、少しの間、そこに」

与右衛門は路地にふたりを引き入れた。

「この歳になると、仕入れの長旅はつらいものです」

手代頭を推す易断をお願いしたいと、与右衛門は頼み込んだ。そして一分金一枚ずつを握らせようとした。

「そんなことは、受けられません」

きっぱりと断り、ふたりは日本橋の船着き場に向かった。

「この一件は、首領様には言わずにいよう」

どこまで若い首領が見抜けるのか、試すには絶好の折りだと、ふたりは納得しあった。

目を閉じて報告を聞き終えた趙雲は、開いた灰色の瞳で両名を見た。

「言い残したことはないか」

趙雲は二度、質した。

「ございません」

ふたりが口を揃えたのを見て、趙雲は易に使う火鉢にもぐさをくべた。いつにない強い煙が立ち上った。室内には風もないのに、煙はふたりに向かって流れた。

煙を吸い込んだふたりは、同時に咳き込んだ。咳が鎮まるのを待って、趙雲は口を開いた。

「そなたらが言い漏らしたのは、わたしを試そうとしたがゆえの愚行であろう」

カネを受け取らなかったことに免じて、回状《かいじょう》を回すことはしないと言い、即刻屋敷から立ち去りなさいと命じた。

回状とは、諸国の易断に両名を破門したと報せることである。一分金受け取りを断ったことで、趙雲は破門とはしなかった。

その場に居合わせた大川は、あらためて首領に仕える心構えを律した。

＊

すべてを聞き終えた趙雲は、直ちに斎戒沐浴《さいかいもくよく》の支度を始めた。屋敷内には、沐浴場が設けられていた。

沐浴を終えたあと、趙雲は護摩焚き場へと移った。夜通しの護摩焚きに臨むのだ。

大恩ある前田家からの頼みとはいえ、偽りの見立てを告げるのは、易断の本分への背信行為である。

さりとて、拒めば前田家の一大事となるのは必定だった。

偽りではなく、今年に限り、六月は厄として避けるべし。前倒しするが吉。この易断を導くための、夜通しの護摩焚きとなったのだ。

幾つもお告げを授かってきた趙雲だが、夜通しの護摩焚きは、まだこれで三度目である。介添え祈禱師《きとうし》として、大川も同座した。

暮れ六ツ（午後六時）から始めた祈禱は、一夜を過ぎた翌朝の明け六ツ（午前六時）で終了となった。

夜通しの祈禱で、まだ十八歳の趙雲とて、体力を激しく消耗していた。護摩焚き場を出た趙雲の顔色は、血の気がないと思われるほどに青ざめていた。

「四ツ（午前十時）にわたしの前に」

言い置いた趙雲は、寝所に向かった。顔色は蒼白だが、足取りは確かだった。

＊

「まことに驚嘆いたしたが」

趙雲は言葉を区切り、大川を見た。あの灰色の瞳が、正味の驚きゆえか、大きく見開かれていた。

「本年六月初旬は、天下を根底から揺るがすほどの災厄が襲いかかる」

「なんとしたこと」

大川は短く言うのが精一杯だった。そんな次席を見据えて、趙雲はあとを続けた。

「わたしはいままでそなたも承知の通り、幾つもの災厄を見立てて、事前に手立てを講ずるようにと易断してきた」

「まことに御意のままにございます」

大川は深く同意した。趙雲の易断に従い、手立てを講じて難儀を逃れられた顧客は、江戸だけでも多数いた。

あの結城屋も、その顧客のひとつだ。

「来年は結城屋当主には、上州への長旅はよろしくない。水難に遭うと見立てられる」

趙雲の易断を受け入れた当主は、行脚を夏前まで先送りした。

二月、三月の春先は豪雨が続き、利根川が大暴れした。命拾いをした当主は、趙雲を生き神様と、いまでも敬っていた。

それほどに先を見立てられる趙雲が、いまは何度も言葉に詰まっていた。大川は黙したまま、首領が口をひらくのを待った。

座した趙雲の胸が膨らむほどの深呼吸をくれてから、見立ての告げに戻った。

「しかし六月に生ずる災厄の目は、すでに動き出している」

「えっ……」

驚きのあまり大川は、無作法も忘れ、首領の面前で短い言葉を漏らした。

「いまだ遥か遠く離れた場所にありながらも、それは確かな足取りでこちらを目指して向かってきている」

趙雲は、ここで口を閉じた。

「おたずねするのも畏《おそ》れ多いことですが……」

大川にしてはめずらしく、首領に問いを発した。遠くから近寄ってくる災厄とは、なんのことでしょうか、と。

「わたしにも、定かには見えない」

趙雲は、確かな見え方ができなかったことが、もどかしげだった。

「わたしが未明に感じたのは、海を走る災厄だった」

「ならばそれは、津波でしょうか？」

大川は間をおかずに問うた。

「いや……津波などではない」

地震とともに生ずる津波が、いまこのとき、遥か離れた場所に起きているはずがないと、趙雲は強く打ち消した。

「船であるのかとも考えたが、これも理屈には合わない……」

打ち消している途中で、趙雲はなにかに思い当たったという顔になった。

「近年、諸国の海岸近くを異国船が走り行く姿が見られている」

易断を依頼される際、異国船襲来は何度も話題に上っていたと、趙雲は明かした。

「わたしが感じたのが異国船なら、遠く離れた場所にいるのも、六月には襲い来るというのも得心がいく」

趙雲は大川に指図を始めた。

「山田殿は、いつなんどきでも面談可能と仰せられたのか？」

「御意の通りにございます」

「ならば大川、本日八ツ（午後二時）の面談をお願いしてまいれ」

「うけたまわりました」

即座に大川は立ち上がった。

趙雲も山田との面談に備えての支度、見立書執筆の用意を始めようとしていた。

八日八ツどきに、山田は趙雲から見立書を差し出された。そして口頭にて、易断の詳細説明を受けた。

受け取った見立てに、肝の太さで知られた山田が仰天ゆえに絶句した。

「異国船の襲来が、六月とは！」

一度は口を開いたものの、山田はまたすぐに言葉に詰まった。

再度の口を開く前に、山田は趙雲を見詰めた。瞳の色は他の者とは異なり、灰色である。正視すると、相手も正面から見詰め返した。

互いに黙したまま、暫時《しばし》見詰め合った。年若い首領だが、目は微動だにしない。

言い分をひとまず受け止めた山田は、見立書についての問いを発した。

「本日は嘉永六年二月八日だ。そなたの見立書にある六月は、まだ四月も先のことである」

山田が見立書記載事項をなぞると、趙雲は静かにうなずいた。

「それほど先に勃発するであろう災厄が、そなたには見えていると申すのか」

山田が、物言いを尖らせて質した。

「夜通しの護摩焚きの末に、見えたことです」

穏やかな口調で応じたあと、趙雲は山田に向けた眼光を強めた。

「そもそも、わたしが六月初旬と日限を定めての護摩焚きに入りましたのは、山田殿、あなた様からのご依頼に基づいてのことです」

「いかにも左様だ」

山田は物言いから尖りを消して答えた。

「護摩焚きの間、わたしは一切の邪心を払いのけて、依頼のあったことのみ、すなわち、六月初旬に生ずるやもしれぬ災厄はありやと、それを問い続けて念じて護摩を焚き続けます。易断にいささかなりとも疑義をお持ちである限り、わたしは御役にはたてません」

趙雲はきっぱりと言い切り、山田の目を見詰め続けた。

「山田殿は御老中首座の阿部正弘様と、本件で面談をなされるおつもりと、拝察いたしております」

「いかにも」

短い答えは、驚きに満ちていた。それには構わず、趙雲は先を続けた。

「面談は明後日、十日の八ツになります。山田殿はその刻限まで、御城の鳳之間《おおとりのま》にてお待ちになる運びです」

趙雲は次々と先の見立てを言い切った。

「趙雲殿には、そこまで見えておいでか」

「見えました」

前田家訪問に先立ち、趙雲はまた護摩を焚いていた。

「お見立て、感服いたしました」

山田は衷心よりの言葉で、趙雲の見立てに従うことを約束した。

「このあと直ちに阿部様のお屋敷に使者を向かわせて、十日の面談願いを申し入れます」

前田家用人ならば、いつにても阿部正弘邸への出入りは叶った。

御城での面談願いを八ツとするのも、理に適っていた。朝五ツ半（午前九時）から正午までは、御城広間にての閣議がある。

中食後の八ツなら、阿部も山田との面談に半刻なら割けると思われた。

山田が一番驚いたのは、趙雲が鳳之間を言い当てたことである。

御城の応接間の部屋割りは、茶坊主の専決事項である。前田家では茶坊主への付け届けを惜しまぬことで、常に秘密の間である鳳之間を割り当てられていた。

他人が知るはずもない応接間の段取りまで、趙雲は見事に言い当てていた。

「阿部正弘様との面談において、気をつけることはございましょうか」

十八歳の首領に対する山田の物言いが、すっかりていねいなものになっていた。

「阿部正弘様は、まことに易断を尊ばれるお方です。野本易断の見立書を提示なされば、面談は滑らかに運びます」

言い切ったあと、趙雲の両目が曇りを帯びた。山田が見逃すはずもなかった。

「十日の面談において、なにか障りでもありますか」

「期日です」

趙雲は抑えた声で答えた。

「期日とは？」

気が急《せ》いている山田は、せっつくように問い質した。

「御城の行事には、ほとんど隙間がないはずです」

氷献上行事を前倒ししようにも、期日に隙間がほとんどないはずだと、趙雲は見ていた。

「早くても五月中旬あたりかと思います」

それを念頭に置きながら、老中との談判に臨んでくださいと、趙雲は結んだ。

「直ちに動きます」

言うなり山田は、立ち上がっていた。

二十五

嘉永六年二月十日（一八五三年三月十九日）、八ツ（午後二時）前。

山田は江戸城鳳之間にて、老中首座阿部正弘を待っていた。

面談段取りのすべてが、趙雲の読み通りに運んでいた。あとは阿部との面談を上首尾に運ぶことに尽きる。今日の面談に、前田家の命運がかかっているのだ。

肩の力を抜こうとしても、膝に載せた両手に力が籠もってしまう。

手を開き、おのれの頬を両手で挟んだ。

パシッ。

乾いた音を立てたとき、茶坊主の足音が聞こえた。阿部正弘を案内してきたのだ。

山田はわれ知らず下腹に力を込めていた。

老中首座阿部正弘との面談をいただく都度、山田はいつも驚きを覚えていた。

正弘公は六尺（約百八十二センチ）豊かと称されるほどの大男だ。おもてを伏せて待っている山田のすぐ前で、いつも正弘は足を止めた。穿いている足袋の身分を示す柄まで見えるほどに、間合いを詰めてだ。そして立ったまま、案内役の茶坊主を直ちに下がらせた。

老中首座の振舞いとしては、異例の極みだ。

「うるさい茶坊主は出て行った。おもてを上げてよいぞ」

小声で言い置いて、正弘は真向かいの座についた。正弘が歩くと、畳がへこむほどの巨漢だった。

小鈴を振らぬ限り、他人の入室はない。ふすまの外の廊下では、小鈴の音を聞き逃さぬよう茶坊主が耳を澄まして待機しているが、それは盗み聞きではないとされていた。

「今日の用向きはなにであるのか」

正弘は福山藩江戸上屋敷の生まれである。物言いは徳川家公用語の江戸弁だった。

「畏れながら」

山田は書状を手にして、正弘の座までにじり寄った。

「なにとぞ、ご一読賜りますように」

山田は相手の膝元に趙雲の見立書を差し出した。封がされており、阿部正弘様と宛名が記されていた。

膝元から取り上げた正弘は、封の裏を見た。

野本易断第三十六代首領　野本趙雲
細筆ながら、力強さが筆跡に顕《あらわ》れていた。

「そこに居なさい」

山田を目の前に座らせたまま、正弘は一気に読み通した。

八ツ過ぎの鳳之間は明るい。内庭越しの陽光が、鴨居《かもい》上部の明かり窓から差し込む造りなのだ。

とはいえ長い脚の燭台には、百目ロウソクが二基、正弘の両脇に灯されていた。二度目では正弘は、見立書を百目ロウソクの明かりの下で読み返した。

「この先は」

目の前に座したままの山田に、さらなる小声で話しかけた。

「今年は桜も早そうだの」

正弘は静かな物言いで、話題を変えた。

「御意の通りと存じまする」

いきなり話題を変えたのは、用向きを筆で伝えるときの合図だった。

いかに鳳之間が広いとはいえ、ここは江戸城の内である。御庭番の縄張りに居ながらでは、老中首座とて隠密の耳目から逃れるのは至難だった。

正弘は薩摩《さつま》藩島津斉彬《なりあきら》、水戸藩徳川斉昭《なりあき》という、うるさ方両公とも、表面上は良き間柄を保っていた。

しかし斉彬も斉昭も、稀代の策略家である。ふたりはそれぞれが、子飼いの茶坊主を抱え持っていた。ふすまの向こうに待機している者とて、うかつには信用できない。

正弘は常に矢立と、折り畳んだ半紙とを携行していた。

外国船の不意なる襲来を、正弘はすでに経験していた。その折り温情に富んだ裁定を下したことで、幕閣に留まらず、江戸町民からも絶賛された。

巨大な帆船が浦賀《うらが》水道に進入したときに覚えた、驚愕と畏怖の念。

正弘は浦賀奉行から聞き取っていた。

外国船あなどるべからず。

趙雲の見立書を読了したとき、真っ先にこの語句でおのれを戒《いまし》めた。

が、山田に向けた目は静かだった。

「今宵五ッ（午後八時）、上屋敷にて」

正弘が差し出した半紙には、この指図が記されていた。

無言のまま、山田は正弘の目を見てうなずいた。今夜の上屋敷訪問が決まった。

＊

城から下がった山田は、直ちに浅田屋に使いを出した。

「飛脚装束一式を提げた髪結いを、暮れ六ツ（午後六時）に差し向けるように」

使者の口上を聞いただけで、山田の意図すべてを徳右衛門は察した。

今日の八ツに、山田様はご老中首座様とご城内で面談なされた。

阿部様の上屋敷は、それ程遠くはない。

今夜のうちに阿部家上屋敷で、山田様は阿部様との間で、氷献上の段取りを話し合われるおつもりだ。飛脚装束と髪結い手配りとは、夜間に上屋敷をお訪ねになる備えに違いない……

「御指図のほど、しかとうけたまわりましたと、山田様にお伝えください。髪結いを伴いまして、てまえも通用門からうかがいます」

「承知」

短く応えて使者は帰っていった。

使者と向き合った客間から居室に戻ったあと、徳右衛門は感心の吐息を漏らした。

さすがは山田様と阿部様だ、と。

大名上屋敷の暮れ六ツ過ぎは、庶民の深夜にも等しい刻限だ。こんな刻限に正門を開かせるのは、愚行の極み。老中首座の上屋敷の夜間ともなれば、かならず御庭番の目が光っているからだ。

さりとて上屋敷通用門にまでは、監視の目は行き届いていないだろう。万に一つ、御庭番が張っていたとしても、町飛脚に気を払うのは無用のはずだ。

江戸市中の町木戸が閉じられていても、木戸御免で行き来できるのは火消し、町飛脚、駕籠舁き、按摩に限られている。

浅田屋に飛脚装束の支度を言いつけてきた山田に感心したわけが、ここにあった。

山田は装束のみならず、髷《まげ》まで町人のものに結い直す気でいた。

前田家上屋敷用人が、髷を変えるには、相当なる覚悟がいる。

その重さを徳右衛門は噛み締めていた。

＊

徳右衛門が従えてきた髪結い職人は、坂下に暮らす善吉《ぜんきち》である。腕の確かさもさることながら、口の固さが抜きんでていた。

さらにもうひとつ、善吉は「一を聞いて十を知る」のたとえ通り、察しの良さも際立っていた。

今回も察しの良さが見事に生きた。

「高い身分のお武家様の髷を、一刻（二時間）ばかり町人髷に結い替えてもらいたい」

徳右衛門が出した注文はこれだった。

善吉は髪結い道具一式に加えて、町人髷のかずらまで用意していた。

「昼間ならともかく、夜目遠目を勘違いさせるのが狙いなら、このかずらで充分でさ」

善吉は髪結いの道具箱から、歌舞伎役者が使う町人かずらを取り出した。あたまの大きさに合わせられるように、三種が用意されていた。

「髷の元結を解いてかぶせるだけで、暗がりの遠目が相手なら、ばれっこないぜ」

善吉が用意してきた床几《しょうぎ》に腰をおろした山田は、かずらひとつで町人に扮装できるおのれを、目元をゆるめて楽しんでいた。

「かずらは善吉の知恵でございますが、てまえもひとつ、ご用意させていただきました」

徳右衛門が用意してきたのは飛脚が夜道走りに使う、折り畳みの小田原提灯だった。加えて、軽い拵えの挟箱《はさみばこ》である。

本寸法の箱は漆塗り仕上げで、暴風雨にも耐えられる丈夫な造りだが、山田に用意してきたのは芝居の小道具で、厚紙を貼り合わせて、墨を塗った軽い拵えだった。

「夜道を走る町飛脚は、肩に担いだ挟箱の柄に、小田原提灯を提げております」

提灯には十匁（三十七・五グラム）のロウソクが使われていた。

「これ一灯を灯せば、一刻は足元を照らしてくれます」

飛脚装束の着付けは徳右衛門が手伝った。すっかり身支度が整ったのは、山田の居室にある土圭《とけい》が六ツ半（午後七時）を告げたときだった。

飛脚の扮装を気に入った山田は、挟箱を担いで居室の内を行き来した。

善吉が調えたかずらは、ぴたり山田のあたまに貼り付いている。挟箱を担ぎ、小田原提灯をぶら下げた形は、まさに町飛脚だ。

「それでは通用門まで、ご一緒させていただきます」

変装で気がはやっている山田に、徳右衛門は落ち着いた物言いで話しかけた。

「お見送りしましたのちは再びこちらの屋敷に戻りまして、善吉ともども控えの間にて、お帰りをお待ち申し上げます」

「承知した」

山田にしてはめずらしく、上の空のような返答だった。

上屋敷はなにしろ十万坪の広大さだ。とはいえ用人居室から正門までなら、さほど遠くはない。

しかし通用門までは、かなりの道のりである。玉砂利の道は随所に上り下りがあった。

二月十日の夜空の月は、まだ満ちていない。暗がりを行く三人には、山田が吊した小田原提灯が格好の明かりとなっていた。

通用門門番小屋が前方に見え始めたとき、先を行く山田が足を止めて振り返った。

「ここから先、余計な口出しは無用だ」

扮装を試すのだと言い添えられて、徳右衛門も善吉も深くうなずいた。

挟箱の柄を握り直した山田は、編み上げのわらじで玉砂利を踏み鳴らして進んだ。

通用門門番小屋の前まで進むと、番人が小屋から飛び出してきた。ひとの出入りを記した、帳面を手にしていた。

「そのほう、いつ屋敷内に入ったのか」

番人の怒声は、山田の後ろに従ってきた徳右衛門たちにも、はっきりと聞こえた。

厚紙作りの挟箱でも、暗がりの番小屋当番には、本物に見えたらしい。

してやったりの思いを抑えて、山田は黙したまま番人を見詰めた。抑えたつもりでも、山田の表情はゆるんで見えたらしい。

「なんだ、そのほうの振舞いは！」

番人は小馬鹿にされたと思ったらしい。激した同輩の声に驚いたのか、さらにもうひとりが小屋から出てきた。

「なにがあったのだ、田中氏」

問い質された田中は、帳面を開いて同輩に示した。

「この男は、帳面に記載のない町飛脚だ」

「なんだと」

同輩が声を荒らげた。不審者を通用門から入れたとなれば、番人の失態である。

「そのほう、いずこより屋敷に入ったのか、ありていに返答いたせ」

同輩のほうが、さらに気を昂ぶらせていた。

「人品《じんぴん》の目利きに長けたそのほうらにも、わしは町飛脚に見えたようだな」

「なんだ、その物言いは」

背後に回っていた田中は、帳面を胸元に仕舞い、太刀に手をかけた。

「わしは前田家用人、山田琢磨である」

抑えた声で素性を明かした。しかし通用門番人は、山田を間近に見たことはなかった。声にも聞き覚えがないようだ。

「この期に及んで御用人様の名を騙《かた》るとは、不埒《ふらち》にもほどがある」

番人ふたりが詰め寄ろうとしたとき、山田は飛脚装束の胸元から鑑札《かんさつ》を取り出した。

江戸城入城に際して提示する、山田琢磨を証明する鑑札だ。番人ふたりによく見えるように、山田は提灯で鑑札を照らした。

番人ふたりは、同時に身体を震わせた。そして瞬時に、玉砂利の上に正座し、両手をついて詫びを示した。

「立ちなさい、詫びは受け止めた」

穏やかな物言いでふたりを立たせたあと、山田は背後に控えた徳右衛門と善吉を見た。

「そなたらが用意したものの出来栄え、まことに見事なり」

山田の抑えた声に、徳右衛門と善吉は深い辞儀で応えていた。

二十六

山田の扮装しての訪問は、あらかじめ阿部家上屋敷通用門の門番に伝えられていた。

「五ツに町飛脚の来訪がある。誰何《すいか》は無用で、直ちに用人に取り次ぐべし」

夜間五ツに訪れる町飛脚とは何者であるのか。

肝腎な部分は秘していたものの、用人による指示は明瞭だった。

五ツの鐘が西の丸下一帯に流れ始めたとき、通用門に取り付けられた紐が引かれた。

チリン、チリン……。

番小屋の内に延びた紐が、鈴を鳴らした。

約束の刻限に山田が来訪を告げていた。

＊

「そなたの町飛脚装束と不意に対面いたしたならば、前田家通用門門番とて」

大柄な身体を山田のほうに乗り出し、破顔しながら正弘は続けた。

山田は変装の出来栄えを確かめるために、通用門にて起こした事態の子細を聞かせていた。

「不審に感じて、きつい誰何をしたのも役目柄、当然であろう」

「まこと、左様にございますする」

山田が応ずると、正弘は乗り出していた上体を元に戻した。巨体を脇息《きょうそく》に預けたものの、表情はゆるんでいなかった。

「そなたの扮装を見るにつけ、わしはわが身の巨軀《きょく》をうらめしく思っておる。そなたの上背は、五尺五寸から六寸というあたりかの？」

「五尺五寸（約百六十七センチ）にございまする」

山田の返答に得心のうなずきを示したうえで、正弘は先を続けた。

「五尺五寸は小柄ではないが、図抜けた大柄でもなかろう」

「仰せの通りにござりまする」

「五尺五寸なれば町人や職人に変装したとて、格別奇異に思う者もおらぬであろう」

人混みに紛れ込んでも、易々と溶け込むことができようと、正弘は断じた。

「されどわしの如く目方が二十四貫（九十キロ）もある身では、なにに変装いたそうとも、たちまち正体は露見いたすは必定だ」

巨軀をうらめしく思うの意を、正弘は説いた。

「とは申したものの、わしも一度、そなたと同じ扮装を試してみたいものだ」

軽い口調ながらも正弘は本気だと、山田は察した。

「浅田屋に申しつけまして、阿部様の胸まわりに合わせた飛脚装束を新調させましょう」

山田は真顔で言葉を続けた。

「挟箱も小田原提灯も、合いますものを用意させます」

髪結いにも、町人かずらを用意させますと、言い添えた。

「まことか」

正弘の両目が、いたずらを企てた小僧の如くに光を帯びた。

「まこともまことにござりまする」

山田は揺るぎなき口調で請け合った。

「ならば、山田」

なんと正弘は、前田家用人を呼び捨てにした。

「氷献上が上首尾に運んだのちには、そなたとわしとで、満天の花火彩る大川端《おおかわばた》を町飛脚装束で駆けようぞ」

正弘の巨軀が、思い切り山田のほうに突き出されていた。

「てまえに異存など、あろうはずもございませぬ」

言ったあとで、山田はさらなる思案を口にし始めた。

「殊に見事な五月二十八日の川開き花火は、本郷坂上のいずこからでも鑑賞できまする」

どうせのことなら……

阿部正弘の様子を見詰めていた山田は、六月一日より前への期日変えを、確かなものとする好機到来だと考えた。

「本物の三度飛脚の真ん中に、ひときわ偉丈夫な阿部様が混ざられますれば」

山田も正弘のほうに上体を乗り出した。

「花火が満天を彩るその下、わが藩上屋敷周辺の小路を飛脚に挟まれまして」

正弘が気を惹かれているのは、瞳が山田に貼りついていることで察せられた。

「駆け抜けるという趣向は、いかがでございましょう」

正弘は即座に問いかけてきた。

「そのような走りが、本郷でできるのか」

「かならずできますことを、てまえはここで、しかと請け合います」

正弘はうなずく間すら惜しんで、さらに問うた。

「そのほうも、わしと共であるのだな」

「御意のままに」

短く確かな物言いで答えた山田は、ここぞと締めに入った。

「満天花火下の走りを成就させるためにも、なにとぞこの場にて、氷献上期日の前倒しをご裁可くださりますように」

阿部正弘は確かなうなりにて、山田の願い出をしかと聞き入れていた。


正弘と山田は、町木戸が閉じられる四ツ（午後十時）まで、検討を続けた。

「将軍家の行事に隙間を見つけるのは至難のことでしょう」

趙雲が見立てた通り、五月十日から六月一日まで、寸分の隙間もなかった。

五月十日の手前なら、幾日かは隙間もあった。しかし大川の川開きのはるか手前では、夏場の氷献上とはならない。

「御上はこの日も、水戸藩徳川家にお出向きであらせられる」

正弘は将軍御成の帳面を開き、五月二十八日記載事項を凝視していた。

四ツに江戸城を御座船《ござぶね》で出たあと、半刻をかけてお堀から神田川を走る。

この行程は例年のもので、後楽園御座船桟橋に横着けされるのが、四ツ半（午前十一時）である。

下船なされたあとは御座船にて御城から運んできた乗物で、小石川《こいしかわ》の水戸藩上屋敷に向かう。

昼餉を藩主徳川慶篤《よしあつ》様と賞味なされたあと、上屋敷内にて鷹狩りを楽しまれる。

夕刻、七ツ半（午後五時）に御座船にて大川・両国橋西詰《にしづめ》に向かわれる。そして将軍、水戸藩主が御成の御座船にて、夏の訪れを祝う大川開きの花火が始まる……

これが五月二十八日の将軍御成だった。

「この行程にも、蟻ですら入り込む隙間は見当たらぬ」

腕組みをした正弘は、また吐息を漏らした。

山田も正弘とともに、開かれた帳面に見入っていた。が、正弘とは異なり、落胆の吐息はつかずにいた。それどころか見詰めていた両目に、強い光が宿された。

「てまえはいま、前例なき思案を思いつきましてござります」

帳面から顔を上げた山田は、正弘に目を移した。

「前例などに、いまは拘泥《こうでい》いたすことはない」

思案を聞かせよと、山田を促した。山田は目の光を強くして口を開いた。

「もしも氷献上の儀を御城ではなく、水戸様上屋敷にて執り行うとすれば、すべてが片付くものと心得まする」

山田はここで口を閉じた。聡明なる正弘に、いまの思いつきの可否を判じさせるためである。

正弘は目を閉じて、顔を天井に向けた。

「夏の始まり当日ならば……」

独り言をつぶやきつつ、思案を巡らせていた。閉じた目が動いているのが、激しく思案を行きつ戻りつさせているあかしだ。山田は堅く口を閉じて、息遣いの音すら抑えて正弘を見詰めていた。

閉じた目が見開かれたとき、正弘は会心の笑みを浮かべて山田に話しかけた。

「まことに妙案至極である」

両目が山田の思いつきを称えていた。小鈴を振り、腹心の用人を呼び寄せた正弘は、半紙の束と矢立の支度を言いつけた。

すぐさま動き始めた用人・野島忠義《ただよし》は、山田と正弘の密談の場に呼ばれたことを、心底喜んでいた。

今夜に限り、正弘から遠ざけられていることに、野島は焦れていた。しかも前田家の用人・山田琢磨は、町飛脚に扮装して正弘と向き合っている。

野島は素早い動きで矢立と半紙を調えた。

「ほかにもまだ、入り用なものはござりましょうか」

野島は正弘の目を見て伺いを立てた。

「ある」

短く言ったあと、野島を見る正弘の目つきが緩んだ。

「おまえの同席だ」

これを聞いた山田のほうが、安堵の色を顔に浮かべていた。野島忠義が正弘一番の腹心であるのは、山田も承知していたからだ。なぜ野島の同席がないのかと、正弘に問うこともできぬまま、すでに四ツを過ぎていた。野島は、正弘の脇に座した。これが野島の定位置であることを、山田に示したのだろう。

正弘は脇に座した野島に目を向けて、同席させなかった理由を話し始めた。

「前田家から持ち込まれた願い出は、対処をしくじれば我が福山藩にも咎めが及びかねないほどの重要案件である」

こう前置いたあと、正弘は氷献上期日の前倒しを進めざるを得ない、前田家の事情を聞かせた。

「ここにおる山田琢磨は、不首尾に終わったのちは腹を詰める覚悟で臨んでおる」

つい先刻まで、正弘は飛脚扮装を喜び、山田と歓談・談笑していた。しかし顔には出さずとも、不首尾の折りに前田家が浴びる制裁をも、視野に入れて山田と向き合っていた。

「山田には済まぬことだが、もしも咎めが我が藩にまで及んだとき、野島、おまえに代えられる人材はおらぬ」

かならず上首尾に運ぶと確信できるまで、おまえは蚊帳《かや》の外に留めておくのが肝要と決めていた……

正弘が真意を明かし終えたときは、阿部家・前田家の用人同士が思いを込めた眼差しを交わし合っていた。

「この場にあって山田が思いついた思案は、かならず成就するとわしも確信できた」

五月二十八日の水戸藩中屋敷への、将軍御成。山田が思いついた思案を、正弘は野島に聞かせた。

話し終えた正弘は、全幅の信頼を宿したという目で、野島忠義を見た。

「これより先は、おまえと水戸藩用人殿との談判に、成就の行方がかかっておる」

正弘は野島と山田を等分に見た。

「明日よりは両名とも、さらに多忙なる日々を過ごすことになるぞ」

正弘を見詰め返す山田と野島は、丹田に力を込めて、きっぱりうなずいていた。

二十七

山田が辞去したあとも阿部は野島と向かい合っていた。

ことは将軍にかかわる案件である。公儀の頂点に座する阿部正弘とて、正しきことと確信しつつも、独断専行はできなかった。

しかも談判に臨む相手は徳川御三家の一家、水戸徳川家である。

財政困窮のゆえ、藩士の俸給を多額に借り上げている……諸大名各家には、こんなうわさが流布されていた。

二百七十を数える諸国大名家のなかで、水戸家の窮状を嗤《わら》える家は皆無に近かった。公儀に隠れて異国船と交易したり、松前船交易で蓄財できている藩以外は、いずこも藩の財政は苦しかった。

水戸藩はしかし、御三家の一家だ。内証は困窮の極みにあっても、水戸徳川家の名を貶《おとし》めるなどはあり得ぬことである。

たとえ老中首座の阿部正弘が相手であっても、尊大な応じ方で臨むのは当然の作法だった。

「よくよくわきまえをもって、談判の場に臨むように」

いわずもがなと承知してはいても、正弘は野島に太い釘を刺した。

水戸徳川家の承知なくして、本年の氷献上儀式に成就なし。

野島忠義も、これを身体の芯でわきまえていた。

「おまえが談判に臨む相手は、もとより承知であろうが、用人・岡本隼人《はやと》氏だ」

野島をおまえと呼び間合いを詰めているところに、正弘の用人への信頼の厚さがうかがえた。

「これより申し聞かせることは、秘中の秘であると心得よ」

「御意のままに」

答えた野島の下腹は、鋼《はがね》のごとき硬さになっていた。

＊

用人・岡本隼人、三十五歳。

身の丈五尺六寸（約百六十九センチ）、水戸藩上士の身でありながら、薩摩藩上屋敷道場に通っていた。

「初太刀にて相手を斃《たお》す示現《じげん》流こそ、殿の御用をうけたまわる用人には必携の流儀と心得まする」

当時の藩主徳川斉昭に岡本は直談判した。熱意は本物と判じた斉昭は、薩摩藩主島津斉興《なりおき》との談判に及んだ。

薩摩藩ではこのときすでに、示現流を「御流儀」と定めていた。薩摩藩藩士以外の門弟は拒絶すると示したのだ。

それを承知で斉昭は江戸城にて、薩摩藩主を談判の場に呼び寄せた。

「用人岡本隼人は、余の警護には一命を賭して臨んでおるでの」

いまだ真剣にての稽古に怠りなき薩摩藩の気風に、この者は心酔いたしておると、斉昭は強く言い添えた。

「奇しくも名は隼人での。岡本には水戸藩よりも貴公の薩摩藩が似合うておる」

御城の大広間にて詰め寄られた薩摩藩主は、条件をひとつ付して承知した。

「御流儀は門外不出と定めておりますゆえ、上屋敷での稽古は厳秘に願いまする」

「うけたまわった」

これで岡本の稽古が実現した。

公儀が薩摩藩に監視の目を注いでいることは、薩摩藩主も斉昭も承知していた。

岡本は薩摩藩上屋敷を訪れるに際し、刀鍛冶職人《かたなかじ》に変装し、水戸藩出入りの刀鍛冶職人と同日の、三のつく日に出向いた。刀鍛冶なら、太刀を手にして出入りしても、素性を怪しまれることはない。

慎重の上にも慎重を重ねたことで、岡本の示現流稽古は公儀御庭番にすら気づかれてはいなかった。老中首座の耳に厳秘事項を届けたのは、茶坊主のひとりである。

聞き取った正弘は、おのれに言い聞かせた。

御城の口に戸は立てられぬ、と。

さらに、もうひとつ確信した。

御庭番の耳にも穴はあり、である。

茶坊主との間合いをいかに保つかこそが、老中首座の軽重を問うこととも思い定めた。

＊

「こちらが有利であるのは、水戸様が示現流稽古の事実をわしらが知っているとは、考えてもおらぬという点だ」

正弘の言い分に、野島は深くうなずいた。

「さりとて、それは断じて明かしてはならぬ」

老中首座には秘密は筒抜けと察せられては、先々のまつりごと指示に支障をきたす。

「知っては居ても知らぬを貫き通すのは、難儀の極みであるぞ、野島」

「承りまして、ございりまする」

鋼となった丹田のまま、野島は返答して正弘の前から下がった。

＊

岡本隼人との面談期日は、野本趙雲の見立てに委ねた。

「二月十二日八ツ半（午後三時）ならば、阿部家・前田家・水戸徳川家のいずれにも吉日であります」

水戸徳川家に期日設定を委ねれば、かならずこの期日、この刻限を返答いたしましょうと、趙雲は易断した。

趙雲の見立てに従い、阿部家は二月十一日の八ツ（午後二時）に水戸徳川家に使者を差し向けた。

この日は岡本が在邸であり、使者は面談がかなうと、趙雲は読んでいた。易断通り、岡本は執務室に使者を呼び入れた。

岡本には不意の来客だったが、相手は老中首座が差し向けた使者である。上屋敷在邸である限り、面談願い出は受け入れた。

「水戸徳川家御用人様に、てまえども用人野島忠義が、ぜひにもご面談方たまわりたく、お願いの儀に参上いたしました」

来訪の口上を述べたあと、使者は持参した文箱を開いた。そして一通の書状を取り出し、文箱の蓋を裏返しにして書状を載せて岡本に向けて差し出した。

阿部家の家紋が金箔で描かれた、漆黒の文箱である。その蓋を裏返しにして書状を載せて差し出したことで、水戸家へのへりくだりを示した。

将軍家および水戸徳川家にかかわる、重要な相談がある。多忙中を承知で、ぜひにも面談の儀をお願いしたい……

およそこのことが、書状には綴られていた。

福山藩江戸上屋敷用人　野島忠義
読み終えた岡本は、封書の差出人名をあらためた。さらに書棚から武鑑を取り出し、福山藩江戸上屋敷用人名を確かめた。

岡本は職務上当然ながら、老中首座に仕える用人名は諳《そら》んじていた。しかし受け取った書状内容が尋常ならざるものであっただけに、武鑑にて確認したのだ。

岡本は武鑑を開いたまま、使者の役職と姓名を質した。

「阿部家右筆《ゆうひつ》頭、小川勉二郎《べんじろう》にございまする」

小川は岡本の目を正視して返答した。使者も武鑑通りであると得心した岡本は、ようやく厚手の日誌を開いた。

厚紙の黒表紙の中央には水戸徳川家の家紋が、金箔仕上げされていた。

毎年年末に水戸藩が重役および上士八十人名に限り配布する、一年日誌である。

緊縮財政下でも、日誌作成は元禄八年（一六九五）から続けられていた。

二月をめくった岡本は、本日以降の空白箇所を探した。

二月十二日八ツ半よりの一刻が、直近の空白だった。

「小川氏は野島殿の都合よき日を、言付かっておられるのか？」

質された小川は背筋を張って居住まいを正し、岡本の目を見た。

「十二日なら四ツ（午前十時）より七ツ半（午後五時）までの間なれば、いかようにも調整つかまつります旨、言付かっております」

小川の返答を受け止めた岡本は、いま一度日誌に目を落とした。そして空白箇所を確かめてから、小川に目を戻した。

「二月十二日、八ツ半にてお待ち申し上げるとお伝え願いたい」

「承りました」

即座に応じた小川に、岡本はさらに当日の子細を伝えた。

「乗物は、正門よりお入りいただきたい」

使者の小川は通用門より入っていた。用人との面談場所までは、長い砂利道を歩くことになった。

「当家敷地は、いささか広いゆえ、正門よりお入りいただくのが便利かと思われる」

それでよろしいかと、通用門を使った小川に問うた。

「ありがたきご高配を賜りましたと、野島に伝えまする」

使者の任務を果たすことができた小川は、畳に両手をつき、こうべを垂れた。

屋敷を出る前、小川は野島から強い指示を受けていた。

「ぜひにも面談は二月十二日にて調整してくるように。もしも二月十二日が不首尾となったれば、幾日となろうとも相手の都合に合わせてよい。もしもこちらの都合は幾日がよいかと質されたときは、二月十二日を挙げよ」

十二日で調整がついたことで、小川は大いに安堵した。しかも上屋敷に、正門から入ることができるのだ。

水戸徳川家の正門を使えるのは将軍家、尾張と紀州徳川家のほかは、幕閣重役ぐらいである。

正門使用を許されたのは、野島への大きなみやげと言えた。

「格別のご高配を賜りましたこと、厚く厚く御礼申し上げます」

謝辞を重ねる小川を見ながら、岡本は別のことを思い巡らせていた。

老中首座の用人が、何用あって当家を訪れようとするのか。

談判次第では、首座の決裁で使えるという公儀御用金御払い出しを受けられるやもしれないとまで、岡本は思案を進めた。

つい今朝方、勘定方より支出削減を言われたばかりである。

そんな折も折、阿部家から面談願いの使者が訪れた。

不意の来客である使者は、福山藩文箱の蓋を裏返しにして書状を載せ差し出した。水戸徳川家に対する、礼にかなった謙譲作法である。

読み終えた岡本は、重要な頼み事を携えた阿部家用人が、不断の決意で来駕するのだと判じた。

示現流の極意は、初太刀で斃すにある。

野島忠義なる用人と面識はなかった。

「初顔であるのも好都合……」

好機到来と、胸の内で雄叫びを挙げたかった。

相手の願い出を、まずは斬《き》り捨てる。初太刀で怯《ひる》ませたのち、水戸徳川家に有利な条件を突きつける……

談判の勝利が見えたと、岡本はまだ面識もない野島忠義との面談に手応えを感じた。

薩摩藩上屋敷での稽古は、師範代から「筋がよろしい」と認められるまでになっていた。

初太刀の極意が血の流れとなって、岡本の身体を走り回っていたのだ。

御用金の無利息融通が得られればと、思案を巡らせる岡本の前で、小川はまだこうべを垂れたままだった。

二十八

岡本との面談を終えて戻ってきた小川は、直ちに野島の執務室に向かった。

「岡本様の偉丈夫ぶりは、座しておいでてもてまえに伝わって参りました」

小川は岡本の人となりをいかに感じたのか、印象の子細報告から始めた。使者として差し向けた野島が、一番知りたかった事柄である。

「てまえも道場にて、隔日で剣術鍛錬に励んでおりますが……」

座したままの岡本からは、触れなば斬らんという、凄まじい気配が漂い出て居りましたと、抑えた物言いで報告した。

野島は大げさな物言いを嫌う。用人の気性を熟知している小川である。抑えた物言いながらも岡本の手強さを余さずに伝えた。

岡本が示現流の稽古に出向いていることは、もちろん小川には伏せていた。しかも小川は武闘派ではなく、座敷仕事の右筆である。岡本から漂い出る武芸者としての気配は、小川にも感じ取れる凄さを有していた。

「野島様との面談期日につきましては、ご指示賜りました通り、岡本様から質《ただ》されましたあとで二月十二日なればと、てまえどもの都合よき刻限を申し上げました」

結果は趙雲の易断通り、八ツ半からと定まった。願い通りの結果を得られたと分かり、身の内から安堵の思いが湧き出ていた。

「野島様の水戸徳川家上屋敷入場につきましては、岡本様には破格のご高配を賜りまして、正門よりの入場が許されました」

小川はこの報告ができることを、おのれの慶《よろこ》びとしているらしく、一気に報告し終えた。

「なんと」

野島から感嘆に近いつぶやきが漏れた。

徳川御三家の上屋敷に、乗物に乗ったまま正門から入場できるとは……

驚きはしたが、野島に喜びはなかった。逆に、岡本の意図を読み取らねばと、息を詰めて気を引き締めた。

しばし黙考したのち、小川に目を向けた。

「水戸徳川様の、ご内証《ないしょう》のほどが察せられることに行き当たったか？」

これも使者の目を通じて、野島が知りたかったことの一である。小川には格別に、このことに目を配るようにと指示していた。

「ござりまする」

小川はきっぱりと言い切り、あとを続けた。

「通用門の内に乗物を停めましたあとは番人の案内にて、長い砂利道を母屋へと向かいました」

十万坪を超える敷地である。通用門から母屋までは、起伏もある砂利道を一町（約百九メートル）以上も歩くことになった。

今年の春分は、野島からこの日の面談をと指示されている明日、十二日である。遮るもののない空から、春の陽光が樹木にも生け垣にも存分に降り注いでいた。

水戸徳川家の長い砂利道両側にまで、桜の古木が植えられていた。春分直前のいま、小径にまで枝を伸ばした桜は、目を凝らせばつぼみらしき色が見えた。

しかし手入れがよくない。それを押しつぶすかのように、枝から剝がれた皮がかぶさっていた。

「お屋敷の桜は、いかほど植わっておられますので？」

小川が問いかけると、案内役の番人は枝の下で足を停めた。

「寛永《かんえい》年間から植樹が始まりました」

番人は右手を突き出し、広大な庭に植えられた桜の古木を示した。

「桜はおよそ百年で寿命が尽きますので、ほぼ毎年、若木の植樹を続けています」

江戸城の吹上から下された桜を含めて、千三百二十八本が上屋敷に植わっていると、番人は自慢げな物言いで答えた……

あの折りの番人を思い浮かべながら、小川は野島への返答を続けた。

「水戸徳川様の御内証が困窮のきわみにあるとのうわさは、桜や枝が伸び放題の松、こわれたままの竹垣などを目の当たりにしまして、まことであろうと察しました次第にござります」

野島の目に促されて、小川はさらに続けた。

「てまえの福山住居にも、桜は十二本が植わっておりますが、手入れには一年・一本につき、一両の手間賃が必要です。水戸徳川様の上屋敷の庭が、手入れが行き届いていないのは、桁違いの職人手間賃ゆえと存じまする」

小川の報告を聞きながら、野島は岡本が抱え持つ財政窮状の難儀を思った。

野島もそうだが大身《たいしん》大名の江戸上屋敷用人には、日々の金銭出納が勘定方より報《しら》される。直接に策を講ずるのは勘定方であり、用人は役目が違う。

さりとて幕府に対する藩の公館である上屋敷である。留守居役に次いで重責を担う用人は、報された窮状に知らぬ顔はできない。

ましで武芸者である岡本隼人には、財政上の難儀への対処など、まさにお門違《かどちが》いだ。

それを思い、野島はしばし黙考していた。が、いつまでも右筆を留め置くことはできぬ。

「上首尾至極を得た小川の働き、まことに見事であった」

衷心《ちゅうしん》からの物言いで、小川を褒《ほ》めた。

「ありがたきお言葉を賜《たまわ》りました」

小川は両手つきで謝辞を言ったのち、立ち上がると一礼をして執務室から辞去した。

ひとりになった野島は、明日の八ツ半までに、いかなる備えを講ずればいいか……この一点に絞って思案を始めた。

小川の報告通り、水戸徳川家の財政困窮は、深刻だと察せられた。

阿部家上屋敷の庭にも、多種多数の庭木が植えられていた。

秋が行き冬の訪れに合わせて、庭も小径も落ち葉で埋もれた。日々の掃除は下男が行うが、枝葉の剪定《せんてい》・刈込は植木職人に任せた。この作業を手抜きすれば、たちまち落ち葉が野放図に舞い散ることになる。

小川の言い分通り、もしも植木職人の手間賃まで倹《つま》しくしているとすれば……

岡本もさぞかし、きつい心痛を抱え持っていることだろうと、野島は受け止めた。

一刻（二時間）近くも思案を重ねた結果、野島はひとつの結論に行き着いた。

金策の妙案を岡本に提示すること。

これこそが最強の談判対策と確信した。

あとはわずかな時間のなかで、いかにして方策を編み出すか、だ。

用人という重責を負いながら、野島は柔軟に知恵を巡らせるという、天賦《てんぷ》の才を持ち合わせていた。

手元の小鈴を振るなり、補佐役が入室の許しを求めてきた。

「入りなさい」

入ってきた補佐役に、手短な指示を与えた。

「山田琢磨氏を、急ぎ招き入れるように」

前田家用人山田は、水戸徳川家との談判が終わるまでは、なんどきにても待機していると野島に告げていた。

春分前の暖かだった昼間も、ようやく暮れ始めていた。が、火急の用向きである。

「てまえが山田様に御指図を届けます」

補佐役は徒にて前田家へと急いだ。

＊

岡本隼人が示現流稽古を続けている部分のみ伏せて、この日の子細を山田に聞かせた。

「お見事至極の手配りに、てまえはただ感服つかまつるのみにござります」

山田の謝辞を受け止めたあと、野島は直ちに本題に入った。

「そなたの口より、市川團十郎つきの講釈師について聞かされた覚えがあるが」

「宝井馬風にござりまする」

山田は即答し、さらに続けた。

「馬風につきましては浅田屋より、人物のあらましを聞き取っておりまする」

市川團十郎を主役とする舞台の組立を進めている。その過程で、三度飛脚についての聞き込みのため、浅田屋に顔を出していた。

あらましを了とした野島は、ひとつの指示を山田に下した。

「これよりそなたは浅田屋を呼び寄せて、次なる指図を与えてもらいたい」

山田の訪れを待っている間に、野島は箇条書の指示書を書き上げていた。

ある大名屋敷で、桜の花見を催すことになった。御客は屋敷出入りの商人と職人。

客から徴収する「花見代」は、ひとり一両とする。

大大名の威風を汚さず、しかし、実入りは確保する。

「この概要にて、いかなる花見の宴《うたげ》が催せるのか、子細を組み立てるように、講釈師に指示をしてもらいたい」

これを告げたあと、野島は指示書には書いていない内情に言い及んだ。

「そなたなら察していようが、水戸徳川家が花見の主催者である」

山田は得心顔でうなずいた。

「困窮至極の水戸徳川家にあっては、庭の手入れも思うに任せぬ状態らしい」

用人の心痛を軽くできる思案を提示すれば、氷献上の前倒しにも助力が得られるやもしれない。

「談判の肝《きも》において、さりげなく花見の思案を提示いたす所存だ」

わずかな時間しかないが、講釈師の知恵が欲しいと野島は結んだ。

「まことに水戸徳川様には、この上なき増収の道筋であると存じまする」

山田はすぐにも辞去する構えを示した。

「てまえから直ちに、浅田屋に向かいます」

呼び寄せる手間が無駄だと言い、野島に辞去のあいさつをして立ち上がった。

「申すまでもないが、水戸徳川家のことと講釈師に察せられぬように、の」

山田は深くうなずき、言葉を発した。

「口外無用を厳命したうえで、かならず引き受けさせます」

力強く応じて、山田は部屋を出た。

春分直前の空には藍色が残っていた。

二十九

二月十二日。

定めた刻限に阿部家上屋敷を出た乗物の内で、野島は一冊の思案書に目を通していた。乗物を揺らさぬよう、舁《か》き手はゆるい歩みを続けている。わずかに開いた窓から陽光が差し込み、狭い駕籠内でも読み進めるのに難儀はなかった。

思案書を乗物の小物入れに収めたとき、駕籠が止まった。水戸藩上屋敷正門に着いたらしく、駕籠は地べたに下ろされた。

しかし八ツ半まではまだである。乗物同心が訪《おとな》いの声を発するまで、野島は目を閉じた。

そして岡本との面談を思い描き始めた。

談判の相手は、示現流の武芸者だ。初対面の野島に対し、初太刀で斬り斃《たお》す構えで臨んでくるは必定と思われた。

こちらも相手が思わずひるむほどの、強い初太刀を振るってこそ、初めて五分の闘いとなろう。

いかなる初太刀を振るうべきや……

目を閉じたまま思案を重ねていたとき、乗物同心の張りのある声が聞こえてきた。

「阿部家用人、野島忠義である。開門願いたい」

発した声に即応して、水戸徳川家上屋敷正門が開かれ始めた。

門が開かれる堂々とした軋《きし》み音を聞いたことで、野島の思案が固まった。

「小技など無用。持参いたした銘酒『鞆《とも》の浦《うら》』に端緒を委《ゆだ》ねるのが、王道であろう」

鞆の浦は福山藩御用達《ごようたし》の酒蔵で、藩主正弘も愛飲していた。持参の二升樽三樽は水戸徳川家にではなく、岡本当人への手土産だった。

初太刀をいかに振り出すかの、思案ががしっと定まったのだ。座したままおのれに言い聞かせるつぶやきとともに、野島は丹田《たんでん》に力を込めていた。

＊

岡本と対座した野島は、型通りのあいさつをしたのち、持参した鳶《とび》色の大型風呂敷を、膝元に引き寄せた。

岡本が見詰めている前で、野島は風呂敷を解いた。小樽三つが横並びとなっていた。

野島は樽を風呂敷に載せたまま、岡本のほうへと押し出した。

「お初にお目もじ賜りますことへの、岡本様への手土産にございまする」

相手は御三家のひとつ、水戸徳川家の用人である。老中首座の用人であろうとも、相手を様と呼ぶことで、野島は一歩のへりくだりを示した。

二升詰めの小樽は酒蔵が福山藩のために謹製した、他所にはない品である。

厳めしき表情で向き合っていた岡本が、あろうことか目元をゆるめた。

「話には聞いておったが」

小樽に目を留めたあと、すぐに岡本は正面の野島に目を戻した。

「これが鞆の浦二升樽にござるか」

「まさに鞆の浦二升樽にござる」

野島の物言いが、岡本と対等なものに変わっていた。

鞆の浦は地名で、瀬戸内の漁港の名でもあった。出漁する漁師が、漁船上での飲み食いに持参してきた、いわば漁師道具のひとつが二升の小樽だった。

焼き物の徳利では、漁船が揺れて船端にぶつかると割れてしまう。それを嫌がった漁師のひとりが、樽作り職人の血を継いでいた。

鞆の浦の山に自生する楢《なら》を使い、二升の小樽を創り上げた。

その技を漁師から習得した酒蔵が、福山藩御用達願いの手土産として藩勘定奉行に献上した。

賞味した奉行は、美味さに感心した。

「見事な銘酒である」

樽材に用いた楢の香りと酒とが調和した、銘酒どころの灘《なだ》でも味わえぬ銘酒と奉行は称《たた》えた。

藩との商いを始めるにおいて、勘定方はひとつの注文をつけた。

「二升樽は、藩に限り納めることとする」

樒の二升樽は鞆の浦薦被《こもかぶ》り四斗樽《しとだる》とともに、江戸上屋敷に廻漕された。そして他藩との外交談判に備えての手土産に限り使用を許す旨が書き添えられていた。

「ありがたく頂戴つかまつる」

岡本はなんら遠慮はせず、三樽と風呂敷を膝元に引き寄せた。

「貴公が持参された、この風呂敷をも頂戴してよろしいのか」

「お使いいただければ幸いです」

返答を聞いた岡本は、野島が包んできたのと同じ結び方でしっかりと包んだ。そして風呂敷を脇に移して、目を野島に戻した。

「貴殿の用向きは」

包みを大事に受け取ったことで、手土産への礼は果たしたということか。野島への呼びかけが、貴公から貴殿へと、一段低くなっていた。

「将軍家にかかわりのある、火急の大事とうかがっておるが」

口を閉じた岡本は、あとを続けよとばかりに、目で野島を促した。

「いかにも、左様にございまする」

野島は再び下手の物言いを続けて、氷献上にかかわる本題を話し始めた。

「岡本様も御承知と存じまするが、今年はきわめて異例なる暖かさにございまする」

加賀藩前田家が三度飛脚を使い、国許から江戸まで、氷献上を続けてきたことを話した。

「聞いてはおるが、わしは氷献上の詳細は承知しておらぬ」

これに答えた岡本は、表情を引き締めた。

「貴殿の用向きが氷献上にかかわるものであるなら、なにゆえ前田家ではなく、阿部家の貴殿がこの場においでか」

岡本の口調が、明らかに格下を相手にする物言いに変わっていた。

「いましばし、てまえの説明をお聞きいただきたい」

野島は相手を見詰めて、これを告げた。もはや、へりくだってはいなかった。

岡本の眼光が鋭い光を帯びた。武芸者が太刀の鯉口《こいくち》を切ったかのような表情である。

野島は臆することなく、見詰め返した。

「てまえが本日まかり出ましたのは、老中首座より下知《げち》賜ったがゆえです」

ことは前田家に限った責めではない。首尾をしくじれば将軍家の威光に疵《きず》がつくと判じたがゆえだと続けた。

「毎年六月一日に氷献上がかないますよう、前田家はその数日前に氷箱を担いだ飛脚を、金沢より江戸に差し向けております」

献上氷は国許湯涌《ゆわく》に設けた氷室《ひむろ》にて、雪を固めて製氷してきた。しかしこのぬる冬で、豪雪の湯涌ですら積もらず仕舞いとなった。

「たかがぬる冬ごときで氷献上を受けられぬとなれば、前田家にとどまらず、将軍家の威光もこれまでかと、疵と映るは必定にござる」

いかなる天変地異が生じようとも、その上に堂々と君臨されるのが上様であると、野島は続けた。乱暴な理屈だ。が、御三家に仕える岡本には、筋は通っていると見えたのだろう。うなずきはせぬものの、あとを待っていた。

「ところがこのぬる冬にあっても、氷室にて製氷いたしておる旅籠《はたご》がございまする」

「なんと！」

岡本が上体を乗り出した。

「それはどこだ」

「信濃の追分《おいわけ》宿にござる」

野島は対等な物言いで応じて、さらにあとを続けた。

「宿場の旅籠追分屋には例年通り、氷室にて氷ができていることを、すでに確かめております」

野島の説明を岡本は、一言も口を挟まずに仕舞いまで聞き取った。

「追分屋から板橋宿、さらに前田家上屋敷までの氷運びは、すべての首尾を三度飛脚宿、浅田屋にて万全に整えております」

岡本の両目が、また強い光を帯びた。

「一番の大事を貴殿はわしに、あえて明かしておらぬだろう」

正面から野島を凝視する両眼には、またしても鯉口を切ったという光が宿っていた。

岡本がなにを言わんとしているかを、野島は承知していた。相手が声を大きくする前に、野島は口を開いた。

「今年の氷献上は六月一日ではなく、五月二十八日に前倒しいたしたく願っております」

野島が言い終えたあとは、寸時もおかず岡本が応じた。

「五月二十八日は上様が我が藩邸に御成になる日であろうが」

岡本はきつい口調で野島を咎《とが》めた。

「貴殿はそれを重々承知のうえで、わしに了承を求めているのか」

「いかにも左様にござる」

野島は岡本の目を受け止めつつも一歩も退かず、静かな物言いで応じた。

「貴殿は前田家の面子《めんつ》を保たんがために、我が水戸徳川家をも軽んずる気なのか」

厳しい内容だった。しかし岡本も野島同様に、声の調子を鎮めていた。静かなるがゆえに、武芸者の本来がより強く野島の胸に突き刺さってきた。

それでも野島は退かずに応じた。

「水戸徳川家に仇《あだ》をなすことには、断じてなりませぬ」と。

「なにゆえ、貴殿はそれを断ずるのか」

岡本の声がまた、尖りを強めていた。

「上様がご当家に御成あそばされている折に合わせまして、今年の氷献上は御城ではなく、水戸徳川家上屋敷にて執り行う所存にござる」

野島は岡本を見詰め返したまま、長い台詞《せりふ》を一気に言い終えた。結びは意図的に、岡本と対等である言い回しとしていた。

岡本は口を固く閉じ合わせて、野島を見詰めていた。が、両目の怒りは失せていた。

五月二十八日の氷献上と聞かされたとき、岡本は将軍御成が失せるものと思い込んだ。まさかこの上屋敷にて、将軍家行事の氷献上が執り行われるなど、思い及ばなかったのだ。

思い違いを悟ったものの、岡本はまだ目元をやわらげぬままで、野島に確かめようとした。

「当家にて、上様への氷献上が執り行われると言われたのか？」

「いかにも」

野島は短く即答した。

「上様への氷献上に、我が殿も陪席なされるのか」

「無論、慶篤《よしあつ》様もご同席にて、今年の氷献上が執り行われまする」

野島は淀みのない口調で岡本に答えた。

しばしの間、岡本は目を閉じた。

対座している野島は、息遣いの音も抑えて岡本を見詰めていた。

両目を開いた岡本は、膝に載せた手に力を込めて話し始めた。

「野島殿の説明途中で、わしはうかつにも呑み込み違いをしてしもうた」

岡本にしては、精一杯の詫びだった。それを察した野島は、深いうなずきで詫びを受け入れた。

「本年の氷献上に我が殿の陪席がかなうとは、水戸徳川家に新たなる誉れでござる」

表情を和らげた岡本だったが、すぐまた目元を引き締めた。

「二升小樽を持参下された野島殿ゆえ、わしは正味なことを申すが」

岡本は声を一段低くして、あとを続けた。

「上様御成の氷献上に陪席となれば、また大きに費《つい》えがかさむことと相成り申す」

岡本の顔に、濃い屈託の色が浮かんだ。思っていることを口にすべきか否かと、逡巡しているかに見えた。

野島は岡本を見詰める目で、先を聞かせてほしいと促した。

「当家にて将軍家行事の氷献上を執り行うについては、公儀御用金の融通は得られるのか」

言い終えた岡本の目には、決まり悪そうな色が浮かんでいた。

「それはございません」

岡本を傷つけぬようにと気遣いつつ、野島は穏やかな物言いであとを続けた。

「上様御成行事への陪席という誉れには、出費もつきものとなります」

岡本は恥じ入る色を目に浮かべつつも、野島から目を逸らさなかった。

かれこれ七ツ（午後四時）が近い。執務室に差し込む陽光が橙色を濃くしていた。

「てまえに、いささか腹案があります」

庭に出ましょうと、野島は岡本を誘った。

「望むところ」

岡本は、即答するなり立ち上がった。まさに偉丈夫用人の立ち姿だった。

三十

西に傾いてはいたが、季節はすでに春の入り口である。陽光はまだ、昼の達者ぶりを残していた。

岡本の執務室を出たあと、野島は真っ直ぐに池に向かった。十万坪の平地に造成された、椿円型の池である。

　岡本の案内も得ぬまま、野島はずんずんと池の畔に植樹された桜に向かった。西日を浴びた古木の枝には、わずかなつぼみが見えた。

　さぞかし銘木の桜であろう。古木を眺められるように、腰掛け代わりの小岩が数個、池の畔にあしらわれていた。

「こちらにて話をさせていただいて、よろしいか？」

「存分に」

　岡本は右手を差し出して、座すようにと勧めた。桜に向かって野島が座り、隣の小岩に岡本が座した。

　終日の陽を浴びて、小岩は温もりを蓄えている。座した尻が心地よかった。

「ご当家に植えられた庭木は桜はもとより、椿《つばき》に松、それに葉の色づきが豊かな木々と、多彩であるとうかがっております」

　野島は桜を見たあと、平地の奥へと目を移した。多数の樹木が平地の邪魔にならぬよう、ほどよき隙間を保って植えられていた。

「野島殿は植木に気を使われる御仁なのか」

　いきなり庭木の話を始めた野島を、いぶかしく思ったのだろう。岡本は樹木ではなく、野島を見詰めて質した。

「てまえは、さような風流とは無縁にござる」

　軽く打ち消してから、野島も岡本に目を向けた。岩に座したまま、話を続けた。

「先刻、岡本様の執務室にて、てまえが口にいたした腹案ですが」

岡本に合わせた野島の目が光を帯びた。

「まずは、ご当家の、この広大至極なる庭園と庭木の美しさを味わおうではございませんか」

ここまで言って、野島は岩から立ち上がった。そして身体を池に向けた。

岡本は、ひと息遅れて野島に従った。

季節は春の七ツ前だ。西空にある陽は、まだ高さを保っている。

威勢を残した西日を浴びた池の水面には、緑濃い浮き草が集まっていた。

岡本と野島は、無言で池に見とれていた。

ふうっと大きな息を漏らしたあと、岡本が口を開いた。

「上屋敷にこのような絶景があろうとは、今日まで思いもせずに過ごしてきておった……」

つぶやいたあと、岡本は野島に目を向けた。

「野島殿の腹案とは、この池の絶景にかかわりがござるのか」

「池も樹木も、その一部です。上屋敷の十万坪の地形すべてを存分に使い、春と秋にこの地で宴を検討されてはいかがでしょう」

思いがけない問いかけに、しばし言葉に詰まった岡本だったが、野島の目を見据えて話の続きを乞うた。

「いま少し、子細に聞かせていただきたい」

岡本が間合いを詰めようとしたとき、冬の名残りある冷たい風が、池を渡って流れてきた。

「子細は屋内にてで、いかがであろうか」

「異存はござらぬ」

岡本が先に執務室へと向かい始めた。あとを進む野島の歩みは軽やかだった。

＊

宝井馬風が仕上げてきた綴じ本仕上げの思案書表紙には「春秋を愛でる宴思案」の題が記されていた。表紙をめくり、すでに諳《そら》んじている内容を読み返し始めた。

馬風は明らかに、水戸徳川家上屋敷を想定して思案を仕上げていた。

芸人の馬風が、上屋敷に入れるはずはない。が、十万坪を優に超える上屋敷のあらましは、須《す》原屋《はらや》が五年ごとに改訂版を発行する「諸侯上屋敷読本」に記されていた。

一冊三百文で、だれでも購入できるのだ。大名との取引開始を願う商人たちには、武鑑と読本は欠かせぬ指南書だった。

水戸徳川家上屋敷は、敷地のほとんどが自然の地形を保っていた。

小山もあれば渓流もある。平らな十万坪の土地には池があり、周囲には小径が設えられていた。

庭木は様々な樹木が入り交じっており、その多くは植樹ではなく、元からこの地に植わっていた古木である。

松と桜も上屋敷の至る所に植わっていた。桜は千本を超えていたし、松も数百本が植わっていると、読本には記されていた。

いずれも大名家からの咎めを恐れて、詳細な本数は書かれていない。が、千本を超える桜と分かっただけで、満開の時季には見事な花見となるだろうと想像できた。

しかも千を数える桜の数百本は、江戸城吹上から植え替えされた、由緒正しき桜だった。

「江戸中にございます大名家出入りの商家、職人などを相手に、春は桜の花見、秋は紅葉狩りを催します」

一行たりとも水戸徳川家とは書いてはいない。が、明らかに水戸家を想像させる思案書の、これが馬風が言わんとした思案の肝だった。

花見も紅葉狩りも、招く人数は千人である。

「商家大店《おおだな》などは、一軒につき数人の客を催しに招きます」

招くとはいえ、もちろん有料である。

「名称は花見の宴とし、木戸銭はひとり一両といたします」

これにより、一度の宴で水戸藩には千両の実入りが確保できる。

「ただし一両すべてを実入りとはせず、ひとり二分の費えを計上して催しを盛り立てます」

当日は、十万坪の平地に飲食の屋台を数十台用意する。

花見では桜の小枝、紅葉狩りでは紅葉の小枝を、ひとり一枝ずつみやげにつける。

さらには春は水戸特産の梅干し。秋には栗の渋皮煮を客人みなにみやげとする。

「たとえ五百両の費えを計上いたしましても、上屋敷には一年に二度、都合一千両が確かな実入りとしてあてにできます」

費えを惜しまずに宴を催せば、客が大喜びをする。

「一両の木戸銭を払ったことを忘れて屋台で飲み食いし、梅干しや栗の渋皮煮と小枝を手にして家路につきます」

千人もの客が宴の評判を広めることで、翌年からは希望者が倍増するのは間違いなしですと、馬風は見込みを書き記していた。

「一にも二にも、初回の催しで大好評を得ることが、ことの成否を決めます」

初回は費えを惜しむべからずと、馬風は太書きしていた。

水戸家出入り商人や職人が相手である。ひとり一両の宴を押しつけられても、先々を考えて応ずるのは間違いない。

渋々ながら、賽銭《さいせん》のつもりで払って臨んだ宴が、想像をはるかに超えたもてなしで遊ばせてくれた。

しかもお屋敷の桜や紅葉と、特産品をみやげに貰えたとなれば……

品物を包むのは、江戸紫の風呂敷。

「義理で一両を払った面々が、自慢げに小枝と風呂敷を手にして江戸中を歩いてくれます」

野島は、わずか一晩で、これほどの思案をまとめた馬風に、あらためて感心していた。

そしていま、岡本もこの思案に夢中になっていることは明らかだった。

当初の段取りでは、両者の面談は七ツ半（午後五時）までとされていた。

多忙を極める岡本だが、予定を超えても野島との面談を続けた。幾度も紙が差し入れられた。

いずれも待ち人ありの報せである。

岡本はすべてを拒み、野島との面談に気を集中させていた。

馬風が仕上げた宴思案は、それほどに岡本の心をつかんでいた。

細部にまで思案を検討したところで、岡本は満足げな表情を野島に向けた。

「本日より関係各所に諮《はか》り、宴を実現させましょうぞ」

岡本は野島を心底、対等の相手と受け入れていた。

「飛脚宿の浅田屋に命じて、春の花見参加者を募らせましょう」

野島は、この場での思いつきを話し始めた。

阿部家と前田家から二百両ずつ、浅田屋から百両を拠出させて、桜の花見の宴の費えとする。

「水戸徳川家に実入りはござらぬが、費えを案ずることはござらぬ」

華やかに催すことで、今秋の紅葉狩りにつなげ、実入りを得る……野島の提案に、岡本も深くうなずいた。

そのあとで、あろうことか野島にあたまを下げた。

「氷献上への陪席に、衷心より御礼申し上げまする」

そのあとは口には出さなかった。が、岡本が宴思案にはさらに深い感謝を抱いているのは明白だった。

「花見の宴実施に、なにとぞ尽力方、賜りますように」

一段と深いこうべの垂れ方で、両者の面談は上首尾のうちに幕となった。

＊

阿部家上屋敷に戻るなり、野島は直ちに前田家と浅田屋に使者を出した。

六ツ半（午後七時）には両者が野島の前に顔を揃えた。

「五月二十八日については、岡本様よりご内諾を賜った」

野島は相手を立てる形で話を始めた。

山田も伊兵衛も大いに安堵し、あとの話を待った。

「宝井馬風より提示を受けた宴思案にも、岡本様は大いに多となされた」

今回の氷献上案件が上首尾に片付いたのも、宴思案は大いに寄与したと明かした。

「ついては浅田屋殿……」

野島は伊兵衛に目を移して先を続けた。

「三月吉日に、春の宴を催す運びとあいなった」

ただし参加者から一両の徴収はしないと断ったうえで、あらましを告げた。

「阿部家および前田家が、それぞれ二百両を拠出いたし、浅田屋にも百両を負ってもらう」

三者から都合五百両の拠出をあおいだうえで、本番同様の宴を催すこととする。

「残された日数には限りがある」

ぜひにも参加者集めに尽力願いたいと、野島は結んだ。

「浅田屋の身代にかけまして、かならず御客を集めます」

伊兵衛のきっぱりとした返答が、執務室の気配を心地よく震わせていた。

この日、今年の追分屋氷室まつり取り止めの、承諾請書が浅田屋に届いた。

三十一

二月十四日、四ツ(午前十時)。

宴開催に先立ち水戸徳川家上屋敷において、手順評議座が開催された。

第一回の座長は水戸徳川家用人・岡本隼人である。阿部家用人・野島忠義、前田家用人・山田琢磨、加えて浅田屋伊兵衛、そして発案者である宝井馬風が集められた。

「初の催しゆえ、つつがなく成就させることが一番の大事である」

評議座の始まりで、岡本は宣言を下した。

「宴は合戦も同様。戦《いくさ》の行方は、初太刀で決まる。戦は願うだけでは勝ちは得られぬ」

岡本は伊兵衛と馬風に目を移して続けた。

「宴に招く千人の大半は町方であるが、わしら武家は町方には通じておらぬ」

岡本から目を移された野島と山田は、御意とばかりにうなずいた。

岡本は再び伊兵衛と馬風を見た。

「催しの段取りすべてを浅田屋に委ねる。宝井馬風は浅田屋伊兵衛に仕えて、本件成就のために一身を捧げよ」

宴の仕切りすべて、浅田屋伊兵衛を長として進める。

「わが上屋敷内には、職務ごとに司《つかさ》を任命いたしておるが」

伊兵衛を見詰める岡本の目が光を帯びた。示現流武芸者の眼光だった。

「本日ただいまをもって、すべての司を伊兵衛の配下に就けることといたす」

岡本の言葉には、座の全員が驚嘆した。水戸徳川家上屋敷の上級家臣が、浅田屋伊兵衛の指揮下となるのだ。

口の内が干上がっている伊兵衛に、岡本はさらに言葉を続けた。

新潮社
新刊案内

2023 **5** 月刊

男児殺害容疑で逮捕された女は沈黙を貫き、判決は無罪。しかし別の
失踪事件との関連が。実在の事件をベースに描く実話ミステリー。

ニューヨークのクライアントを魅了する
「もう一度会いたい」と
思わせる会話術
吉田恵美
●5月25日発売
1760円
355071-6

アメリカで活躍するインテリアデザイナーは、いかにして顧客の信頼
を勝ち得ているのか？　「聞くこと」から始まる世界基準の仕事術。

◎著者名下の数字は、書名コードとチェック・デジットです。ISBNの出
◎ホームページ https://www.shinchosha.co.jp

電話／0120・468・465
（フリーダイヤル・午前10時〜午後5時・平日のみ）
ファックス／0120・493・746
＊本体価格の合計が1000円以上から承ります。
＊発送費は、1回のご注文につき210円（税込）です。
＊本体価格の合計が5000円以上の場合、発送費は
無料です。

新潮社
住所／〒162-8711 東京都新宿区矢来町71
電話／03・3266・5111

読書人の雑誌
波
月刊／A5判

＊直接定期購読を承っています。
お申込みは、新潮社雑誌定期購読
「波」係まで―電話／
0120・323・900（フリーコール）
（午前9時〜午後5時・平日のみ）
購読料金（税込・送料小社負担）
1年／1200円
3年／3000円
※お届け開始号は現在発売中の
号の、次の号からになります。

「桜の開花までに日は限られているが、こなすべき仕事は高き山をも上回るであろう」

確実・迅速にことを運ぶことこそ大事。武家だの町人だのにこだわるのは障害でしかないと、岡本は断じた。

「出入り植木屋の見立てでは、三月六日が宴の吉日であるとのことだ」

評議座初回の今日は二月十四日だ。三月六日まで、ひと月もなかった。岡本が口にした通り、なすべき支度は富士山ほどに高く積もり重なっていた。

漏れそうな吐息を押し止めている伊兵衛の脇で、馬風は吐息ならぬため息をついた。そんな馬風に一瞥《いちべつ》をくれて、岡本は一段と引き締まった口調で続けた。

「わが水戸徳川家は一両の費えも負わぬが、この催しの責めのすべてを負う」

水戸徳川家の名誉は、百万両の小判をもってしても賄《まかな》えぬ……岡本の結びを聞いた伊兵衛は、両肩に担わされた責めの重さで、息苦しさを覚えていた。

第一回評議座のあと伊兵衛と馬風は、上屋敷内をつぶさに見て回った。岡本の許しを得ていた馬風は、要所要所の景観を絵に描き留めていた。

まだつぼみを持つ気配はないが、陽気次第で一気に開花するのが桜である。

植木職人の見立てが的中しますようにと願いつつ、上屋敷を出た。

伊兵衛は馬風を浅田屋まで同行させた。

「本日ただいまより三月六日の宴終了まで、あんたの宿をここに移してもらうぞ」

宴の全責任を負うことになった伊兵衛である。馬風への物言いも指図となっていた。

「宴の思案を組み立てたのは、ほかならぬ馬風さんだ。どんな形で執り行うかの見積書を、今夜ひと夜で組み立てなさい」

伊兵衛はきっぱりと期限をつけた。

なにをすべきか、いまは思案書に書かれた概要しか分かっていない。これから肉付けをするなかで、なすべき子細がひとつずつ明らかになるのだ。

書き出しを指示した見積書は、宴実行の普請図面である。それがない限り、確かな動きは起こせない。

「承知いたしました」

膝に両手を載せた馬風は、伊兵衛を見詰めて答えていた。

＊

仕上がった見積書を了とした伊兵衛は、真っ先に町内の摺《す》り屋を呼び寄せた。

「この内容を切符に仕上げてもらいたい」

長年の付き合いがある摺り屋だ。

「切符のことは他言無用を厳守していただく」

「うけたまわりました」

短い返答だが大岩にも勝る重みがあった。

伊兵衛が発注したのは宴の入場切符である。今年秋からの本番では、一枚一両の値で千枚を売りさばく段取りだった。

今回は本番を成功させるための試しである。無料で千枚を配る算段で臨んでいた。

初回の評判がよければ、水戸徳川家出入りの商人たちが、先を競い合って切符を買うに違いない。

　その結果を得るためにも、春の試しは秋の本番以上に大事だった。

「三月六日の宴には、上屋敷お出入りの商人は四百人に限らせていただきます」

　昨日の評議座で、この了承を岡本から取りつけていた。

「なにゆえ四百人に限るのか」

　承知しながらも、岡本は質した。

「この催しはかならずや、江戸中で大評判となるのは間違いございません」

　伊兵衛は確信をもってこれを言い切った。

「いかに素晴らしいものであったかを耳にするにつけ、招待から漏れた商人たちは地団駄を踏んで口惜しがること、請け合いと存じます」

　口惜しさを募らせるにつけ、漏れた商人はふたつのことを深く考えると、伊兵衛は自説の説明を加えた。

「その一は、なぜ自分が招待から漏れたのかを考えることです」

　水戸徳川家に対し、忠勤度合いが足りなかったのかと、反省するのは必定である。

「そして次からの催しには、いかなる会であろうが率先して手を挙げると思い定めるに違いございません」

　わざと招待から漏らすことで、商人は次回こそと決意を新たにしますと説いた。

「出入り商人以外の御客を多くすることで、江戸市中への評判の広がりが大きくなります」

水戸徳川家とは商いのかかわりがないがゆえに、なおさら花見の素晴らしさを吹聴いたしますと、伊兵衛は判じていた。

「宴の評判を決めるのは三つのことが考えられます」

馬風の思案を下敷きにして、大店《おおだな》当主ならではの考えを挙げた。

「その一は申し上げるまでもなく、桜の素晴らしさにございます。五分咲き、七分咲き、満開と、さまざまに咲き競う花を愛でられますのは、目の法楽の極みにございましょう」

花見の満足を、さらに盛り上げるのは飲み食い屋台だと続けた。

「江戸市中の寺社縁日が賑わいますのも、参道に並ぶ屋台めぐりの楽しさあればこそです」

広大な敷地内に七十を超える屋台を出店させる。御客が、群れをなして屋台に並ぶ賑わい……

花の豪勢さと屋台の数の多さとが絡まり合うことで、評判はうなぎのぼりによくなりますと、伊兵衛は続けた。

自信に満ちた物言いを聞いて、その場の用人たちも正味の顔で当日を思い描いていた。

「三つ目は帰り際、客のみなに引き出物を手渡すことです」

水戸特産の梅干し。そして小枝の桜。

「桜は商人の居室を飾るでしょう。自慢顔で、水戸徳川家の桜をみせびらかす者も、多数おりましょう」

これら三つが重なり合い、絡まり合うことで、宴は飛び切りの評判となりますと、伊兵衛は請け合っていた。

摺り屋への指示を終えた伊兵衛は、大川西側の屋台の貸元、今戸《いまど》の芳三郎《よしさぶろう》を訪ねる段取りでいた。

限られた日数を背負いながら、伊兵衛は着実にそして迅速に動きを進めていた。

上首尾を請け合うかのように、今日も江戸は隅まで晴れ渡っていた。

三十二

嘉永六年三月六日（一八五三年四月十三日）。

季節は陽春真っ只中である。

江戸の桜並木は、八代将軍吉宗の指図で植樹されたのが興《おこ》りである。

以来、寿命を迎えた老木は、まだ幹も細い若木の植樹で取って代わられてきた。並木のなかの古木は、すでに満開を迎えていた。が、十五年ものの若木のなかには、まだ五分咲きが混じっていた。

永代橋東詰《えいたいばしひがしづめ》で大川と交わる大横川《おおよこがわ》。大島町から洲崎《すさき》に至る河畔の桜並木は、深川一番の花見の名所だ。老若の木々がそれぞれ異なる咲き方で、花見客を楽しませてくれていた。

三月六日の朝も五ツ（午前八時）前から、河畔の細道を花見客が埋めていた。

「土地者のあんたに、いまさら桜を自慢しても始まらないが……」

仲町《なかちょう》の辻で乾物屋を営む六十路のあるじが、同い年の薬屋当主に語りかけた。

ふたりは桜が咲いている限り、晴天の朝はこの河畔を行き来するのを日課としていた。

「これほど多彩な咲き方をする桜並木は、江戸広しといえども大横川に勝る場所はない」

立ち止まって老木を見上げた乾物屋の髷《まげ》に、幾ひらもの桜が舞い落ちた。

「わたしも長らくそれを思ってきたが」

薬屋も、同じ花びらを髷に受けながら言葉を続けた。

「昨日の七ツ（午後四時）になって、こんなものがうちに届いたんだ」

薬屋は朝の散策に羽織る薄手の上っ張りのたもとに手を入れた。そして一枚の切符を取り出した。

「春の宴　小石川水戸徳川上屋敷」

厚手の美濃紙に木版刷りである。

「黒門町《くろもんちょう》のおていさんのことは、あんたに話した覚えがあるが」

「蔵造り棟梁のご内儀だろうが？」

「その通りだ」

乾物屋が覚えていたのを確かめてから、薬屋は先を続けた。

「順吉棟梁はすでに亡くなられて久しいのだが、いまも棟梁の弟子ふたりがおていさんと同居しているそうだ。同居の職人は本郷の飛脚宿・浅田屋と仕事のつながりができた。その浅田屋からの招待で水戸徳川家上屋敷の宴に招かれることになった」

招待されたのは職人両名とおてい。敷地十万坪を超える上屋敷が桜の名所ということは、黒門町でも知られていた。

「その上屋敷に入れるということで、おていさんも大喜びしていたが、陽気の変わり目に身体が折り合わず、風邪をこじらせたらしい」

招待を無にする失礼を恐れたおていは、町飛脚を仕立てて昨日、切符と書状を薬屋に届けてきた。

「宴では水戸の地酒やら蕎麦を振舞う屋台も多数用意されているし、帰りにはみやげまで用意されているそうだ」

上屋敷の桜は千本を超えるそうだと、薬屋はしわがれ声を弾ませた。

「あんた同様、わたしも大横川の桜が一番だと、いまでも思っているが」

薬屋は桜を見ていた目を乾物屋に移した。

「水戸徳川様のお屋敷の桜にも、今朝は大きに気を動かしているんだ」

みやげは帰り次第に見せるからと、薬屋は結んだ。

言われた乾物屋は鼻白んだ顔になり、気のない物言いで応じた。

「わざわざ小石川くんだりまで行かなくても、ここにくれば満開の桜が売るほどある」

物言いを尖《とが》らせた乾物屋のあたまに、花びらが群になって舞い落ちていた。

＊

宴の御客は、通用門が出入り口だ。開門は四ツ（午前十時）だが、半刻以上も前から、とりどりの身なりの客が通りに長い列を作っていた。

なにしろ水戸徳川家上屋敷に、町方の者が千人も招き入れられるのは、前例のない出来事である。

「みてくんねえ、この股引《ももひき》と半纏《はんてん》を。この日のために新調したんでえ」

「自慢するのは構わねえが、半纏の袖口にはしつけが残ったままだぜ」

しつけ糸の残りを教えた相棒は、みずからの手で白糸を取り除いてやっていた。

上屋敷から通りに向かって吹いてきた風は、無数の花びらを運んでいた。うまい工合に、通り辺りで地べたに舞い落ちているらしい。長い行列のだれかれを構わず、桜色の花びらが髷だの着衣だのに落ちていた。

「なんて可愛らしい花びらだこと。あんたのあわせに、とってもお似合いね」

連れの肩に落ちていた花びらを、見るからに粋筋《いきすじ》と分かる姐《ねえ》さんが摘まんでいた。

「そういう姐さんだって、ほら、ここに」

年下の芸妓も相手の肩から、ひとひらを摘まんでいた。

長い列のあちこちで会話が交わされている。どの声も明るく軽やかなのは、初めて入る上屋敷での花見に気持ちを弾ませているからだろう。

「聞かされた話では桜の木の下に、幾つも屋台が並んでいるそうだよ」

「わたしもそれが楽しみなの」

桜に合わせたような、薄い桃色の振り袖姿の娘が、顔をほころばせた。

「まったくおまいさんは十六にもなるというのに、まだ花より団子なんだから」

母親が娘を窘《たしな》める物言いも、どこか華やいでいる。同じような明るい声が飛び交っていたが、通りに顔を出した門番の姿で、一気に声が鎮まった。

通りに延びる行列に向かい、門番は大声を発した。

「これより開門」

声の終わりに合わせて門が開かれ始めた。

舞い落ちる花びらにも威勢がついていた。

三十三

通用門が四ツに開門されて、すでに四半刻《しはんとき》（三十分）が過ぎようとしていた。

しかし切符持参の御客は、まだまだ列の尻尾が見えないほどに並んでいた。

千人を迎えるとは、これほどのことなのか……

通用門の先に立っていた伊兵衛は山田が口にした言葉を、いまさらながら思い返し、重さを噛み締めていた。

「水戸徳川家上屋敷十万坪は、桁違いの広さであるぞ」

宴催しを進めるに際し前田家用人山田琢磨は、真っ先にこのことの大事を伊兵衛に申し渡した。

「たとえ百人、二百人ほどを屋敷内に迎え入れたとて、十万坪の内では到底ひとの数にはならぬ」

水戸徳川家同様、前田家上屋敷も敷地十万坪を有している。桁違いに広大な敷地のありさまを、山田は知悉《ちしつ》していた。

「なんとしても浅田屋、宴に招く客は千人を下回ってはならぬぞ」

「うけたまわりました」

山田を見詰め返して、伊兵衛は答えた。

山田はさらなる指示を伊兵衛に与えた。

「千人を招くのは難儀至極だが、ただ人数を調えただけでは、ことは運ばぬ。年齢の異なる男女を漏れなく集めること。身なりも暮らしぶりも多様な町人、とりわけ、こどもを集めるのが肝要だと心得られたい」

山田は国許金沢城で、領民を招いての催しを多数、経験していた。広大な敷地内では、遠くから聞こえてくるこどもの弾んだ声こそ、催しを盛り上げるための特効薬に等しい……

山田の指示には伊兵衛も、衷心から得心できていた。

飛脚以外の奉公人、浅田屋出入りの商人、職人たちに、切符配りにおける留意点を細かく指示した。その結果が、四半刻が過ぎても途切れることのない列となっていた。

入門を待つ列のあちこちから、こどもの甲高い声が聞こえた。ひとりが声を挙げると、離れた別の場所からも声が生じた。この弾んだ声につられて、おとなも顔をほころばせた。

まこと山田様の御指図は、催しを盛り立てる特効薬そのものだと、その適切なることに伊兵衛は感服を覚えていた。

＊

三月六日という日は——。

屋敷内の千三百を超える桜の大半が、満開もしくは散り始める期日だった。

池につながる長い道は、この日に合わせて玉砂利の数を増やしていた。

御客はおとなこどもを問わず、着衣も履き物も、職人が羽織った半纏も、目一杯のよそ行きで宴に臨んでいた。

晴れ着姿の娘たちは、今日のために草履《ぞうり》も足袋《たび》も新調していたようだ。

新たな玉砂利が敷かれた道は、一歩ごとに履き物が砂利のなかに沈んだ。

しかもおろし立ての草履は、鼻緒がまだ馴染んでいない。

振り袖姿の娘たちは砂利に往生し、桜の古木に囲まれた道の途中で動けなくなっていた。

こんなこともあろうかと、伊兵衛は本郷を始めとする町々の履き物屋に声がけしていた。

「新調した草履に難儀する娘さんが、砂利道で立ち往生するのは目に見えている」

鼻緒を調える道具持参で、広大な園内を手分けして見回っていただきたいと、職人たちに頼んでいた。

職人仕事をこなしながら、水戸徳川家の桜を見られるのだ。

「声をかけてくださりまして、御礼の言葉もございませんです」

履き物屋のあるじは職人に成り代わり、伊兵衛に礼を言った。そのあとで。

「かないますならば、てまえもお屋敷内に入らせていただきたく……」

おずおずと口にした願いを、伊兵衛はもちろん聞き入れた。伊兵衛にしても、願ったりの申し出だったからだ。

屋敷内を回る履き物職人たちは、全員が道具のほかに、折り畳みの床几《しょうぎ》を提げていた。

砂利道の端で動けなくなっている晴れ着姿を見つけると、職人は床几を勧めた。そして履き物を脱がせて、鼻緒の締め方を足に合わせて調えた。

仕上がりを待つ娘の肩、この朝結ったばかりの髷に、無数の花びらが舞い落ちていた。

砂利道を上ってきた宗匠《そうしょう》身なりの三人連れは、職人と振り袖姿の娘を見て足を止めた。

「草履を直す職人と、花びらを浴びる振り袖の娘とは……」

ひとりが吐息を漏らして、目の前の情景に見入っていたら、仲間が口を尖らせた。

「まだ屋敷内を歩き始めて間もないというのに、はやくも一句かね」

その男に三人目の宗匠頭巾《ずきん》が、諌《いさ》める口調で話しかけた。

「そう尖りなさんな。吉田屋さんがうなったのも、この景色では無理もない」と。

まだ始まったばかりの宴だが、はやくも客は屋敷内のあちこちで足を止め、感嘆の吐息を漏らしていた。

＊

晴天は続いているが、微かだった風が正午を過ぎるとわずかに強さを増していた。

風は池のほとりに群れた客たちに向かって吹いていた。

吹き方が強まると、青空に淡い色の花びらが覆いかぶさった。

「こいつあ、てえした眺めだ」

洗い立ての半纏を羽織った男が、空を見上げて声を張った。

「桜が空を隠すなんてえものは、生まれて初めて目にしたぜ」

「ちげえねえ」

鳶色半纏の連れが、あとの言葉に詰まったのか、吐息を漏らした。

まさに見上げた空は、花びらで覆われていた。風に乗って舞い踊ったあと、池の水面にふわりと落ちた。

「お空だけじゃなしに、お池もさくらさんで真っ白になってる……」

こどもの声で、空を見上げていた客たちが池の水面に目を移し始めた。

「こんな豪勢なお花見は、生まれて初めて」

異口同音の感嘆声が、池の周りで生じていた。見ている間にも、花びらが水面を新たな色に染め替えていた。

ひとは言う。花より団子、と。

池の周りに設える屋台の手配りにも、伊兵衛に抜かりはなかった。

＊

大川の西側のてきやを束ねるのは、今戸の芳三郎である。湯島天神宮司の口利きで、伊兵衛は徳右衛門を伴い、今戸を訪れた。

あいさつを済ませて、馬風が仕上げた思案書を一読した芳三郎は、濁りのない目で伊兵衛を見詰めた。

「途方もねえ話だ。宮司の口利きがなかったらあれこれ聞くまでもなく、騙《かた》りだと決めつけるところだった」

伊兵衛からじかに宴の説明を受けたことで、芳三郎もいまでは本気にしていた。

「それで、うちはなにをすればいいんだ」

得心してはいても、芳三郎の物言いには嘘を許さぬ凄みが満ちていた。

「商う品を多彩にして、九十台の屋台を構えていただきたい」

伊兵衛の物言いも、三度飛脚宿の当主のものに変わっていた。

「九十台とは、湯島天神の二倍だと、承知しているのかね」

質された伊兵衛は、芳三郎を見詰めてから返答を始めた。

「水戸徳川家の池の周囲に用意する屋台の数なら、百台でも足りないと思っています」

伊兵衛の眼光を受け止めた芳三郎は、返事はせず、キセルに煙草を詰め始めた。

一服の煙を天井に向けて吐き出してから、口を開いた。

「あんたの思案によれば、売りだね（代金）は客からは取らず、あとであんたが精算するてえことだが、これはできない」

芳三郎は相手を見詰めて言い切った。

「屋台てえのは、客から売りだねをじかに受け取ってこその稼業だ」

客とのゼニのやり取りなしでは、売り子の気合いが入らないというのが言い分だった。

「ご指摘、承知いたしました」

伊兵衛はその場で、芳三郎の言い分を呑み込んだ。

「いかなる手立てが屋台に効き目があるのか、なにとぞご教示ください」

「切符を作りなせえ」

伊兵衛に言ったあと、芳三郎は若い者を呼び入れた。そして切符を持ってこさせた。

薄紙で、神社のおみくじ大の摺り物だ。

「催しものの客にゼニを払わせねえというのは、おれの稼業でも何度もあった」

宴の入り口で、決められた数だけ切符を配り、それを屋台で手渡す。

「この宴の屋台で、ひとり幾らの見積もりをしていなさるんだ」

「百文です」

伊兵衛は即答した。縁日の屋台で使うゼニを均《なら》して、百文を弾きだしていた。

「百文とは豪気な売りだねだ」

芳三郎は正味で感心していた。

水戸徳川家の名を汚さぬようにと、伊兵衛は多めに見積もっていた。

「屋台一台あたり、ひとり二十文なら、どんな屋台でも大喜びで店を出す」

一枚二十文の切符五枚を、御客みなに入り口で配る。切符に金額は摺らず、どの屋台でも使えることにする。

「千人に五枚ずつ配るには、五千枚の切符が入り用だが、あんたのほうに摺る手立てはあるのかね」

「ございません」

芳三郎から目を逸らさずに即答した。

「招き入れ切符の摺りを任せております先は、いまの数を仕上げることで手一杯です」

伊兵衛はこれだけを言い、口を閉じた。あとの成り行きは、目で芳三郎に訴えかけた。

手の内を隠しての掛け合いではない。正味で頼ってきていると、相手の目の光り方と話しぶりから芳三郎は感じ取った。

「任せてもらえるなら五千枚、間に合わせよう」

芳三郎も駆け引きなど無用とばかりに、低い声で、きっぱりと請け合った。

「お願い申し上げます」

摺り代への注文もつけず、伊兵衛は芳三郎に摺りを任せた。

「確かに引き受けた」

芳三郎の返答が請書だった。

「御用飛脚宿のあるじの……」

芳三郎は低い声のまま、話を続けた。この調子の声のときは、芳三郎も本息だった。

「肝の太さと肚の据わり方の確かなことを、あんたを見ていて呑み込めた」

まだ今日が初顔合わせの相手であるのに、伊兵衛は芳三郎にすべてを預けていた。

「浅田屋の身代を、初顔合わせのてきやに賭けるとは、いい度胸だ」

あの芳三郎が若い伊兵衛に、胸の内で心底、感じ入っていた。


芳三郎は万全の手配りを済ませて、宴に臨んだ。

「これほどの桜は、江戸のどこにもありやせんぜ」

「出させてもらえて……冥利につきやす」

てきや衆は当日の五ツ（午前八時）から支度を始めた。見回りに顔を出した芳三郎に、支度途中の面々は礼を言った。

開門となった四ツには、どの屋台もすっかり火熾《ひおこ》しまで終わっていた。

＊

宴立案者の宝井馬風は、開門前から屋敷内にいた。てきや衆が屋台を組み立てるさまを、画板を手にして見て回っていた。

芳三郎に声をかけられると、直立してあいさつをした。

「こうして描き溜めておいた絵が、わたしの講釈に肉付けをしてくれます」

馬風はすでに描き上げた数枚を、芳三郎に見せた。支度途中のてきや衆の顔に、舞い落ちる花びらがもつれ寄っていた。

「昔から、見てきたように嘘を言うのが講釈師だとされてきたが」

芳三郎は馬風に向けた目元を緩めた。

「あんたの高座なら、聞く気にもなる」

褒めてから離れた芳三郎の後ろ姿を、馬風は背筋を伸ばしたままで見送っていた。

＊

七ツ（午後四時）の鐘が宴仕舞いの合図である。

鐘が本鐘最後の七打目を撞《つ》いたあとも、まだ多数の客が通用門につながる砂利道を下っていた。

通用門には縁起を重んじて「お開き口」と書かれた板が吊り下げられていた。

お開き口の両側には、揃いの小豆《あずき》色のお見送り半纏を羽織った面々が並んでいた。

水戸徳川家出入りの職人、浅田屋の手代と三度飛脚、あとは芳三郎が集めたてきや衆である。

伊兵衛も芳三郎も馬風も、揃いの半纏でお開き口に並んでいた。

小枝に咲いているのは、まだ五分咲きの桜だ。植木職人たちが、桜の枝先を選んで用意していた。

布袋に収まっているのは、竹筒に詰めた大粒の梅干し二十粒だ。竹筒には水戸徳川家の家紋が焼き印されていた。

これだけの催しが、一文の木戸銭もなしに楽しめたのだ。しかもお開き口では、みなにひとつずつ、引き出物まで手渡された。

「宴は、またあるのでしょうか」

並んだ職人たちに問いかける声には、心底の満足感が滲み出ていた。

「次の会からは高い木戸銭が入り用でも、かならず、かならず来ます」

真顔で問われた職人は、笑顔で応じた。

「今年の秋には、もみじを楽しむ宴が催されやす」

あらかじめ教え込まれていたセリフを、各自が客に告げた。

「かならず招いてもらえるように、水戸様の御役に立ちますから」

客の声は世辞ではなかった。

通用門詰所の内では水戸徳川家用人、前田家用人、そして阿部家用人の三者が、耳を澄ませていた。

「どの声も弾んでおりますぞ」

山田が言うと岡本と野島が、互いの目を見てうなずきあった。

今年の氷献上は大川川開きの日。

うなずき合うことで用人たちは、この段取りを確かなものにした。

山田から安堵の吐息が漏れた。

三十四

水戸徳川家で催された宴の評判は、江戸中にまたたく間に広まった。

うわさにかならず付きものとなる、特大の尾ヒレをつけて。

「水戸様の十万坪を超えるお屋敷には、桜が森になってたってえ話だ」

「おれも聞いたぜ、その話は」

三月六日の夜から江戸中の湯屋で、たったいま聞き込んだ話を、声の大きな連中がばら撒いた。

翌日には髪結い床で、さらに広がった。前夜に湯屋で仕入れた者が、話をさらに膨らませて、である。

「さすがは御三家の水戸徳川様だ。お屋敷内の池の周りには、何百もの物売り屋台が店を出していたらしい」

ひとりが言い終わると、別の男がその話を引き継いだ。

「屋台じゃあ、なにを呑んでも食ってもいいように、入り口で切符の束がもらえたってえ豪気な話だ」

江戸町人の間では、一気に水戸徳川家の評価が高まった。

ケチで締まり屋、御三家のなかでは一番の貧乏所帯。屋敷だけはでかいが、まるで手入れがされておらず、ネズミとキツネの棲み家。

世間の評判は現金だ。水戸家への悪評など、一夜で絶賛へと変わった。

おかげで阿部家と前田家に対する水戸藩の接し方も大きく好転した。

宴から四日目となった三月十日。水戸徳川家用人岡本隼人は山田琢磨との面談を求めて、前田家上屋敷を訪問した。

事前に阿部家の用人野島忠義にも、訪問する旨を報せていた。

その日は前田家上屋敷正門が開かれて野島、岡本の順に乗物が着けられた。

三者面談場所は二十畳の客間だった。

前田家屋敷内には、さらに贅《ぜい》を尽くした客間は幾つもあったが、二十畳間は、さしたる調度品もなく、ふすま絵は墨絵だった。

「岡本殿にはふすまも墨絵の、質素な客間がよろしかろう」

事前協議の場で、野島は山田にそう勧めた。

江戸市中の水戸徳川家に対する評価は、大きく向上していた。とはいえそれは評判が高まっただけで、水戸藩の内証が改善されたわけではなかった。

前田家上屋敷の金箔を多用した豪勢な客間での面談は、岡本には不快だろうと判じてだった。

野島の判断は正しかった。

「墨絵のふすま絵とは、前田様の人柄が伝わってきて、まことに心地よい」

上機嫌で口を開いた岡本は、すぐさま本題を切り出した。まさに示現流の呼吸である。

「わが殿には五月二十八日の大川川開きの日に、加賀藩の氷献上を上屋敷にて執り行う旨、ご陪席できることを、慶篤《よしあつ》様は楽しみにしていると明かした岡本の物言いは軽やかだった。

「格別なるご尽力を賜り、岡本様に厚く御礼申し上げます」

山田が口にする衷心よりの謝辞を、野島も安らいだ表情で聞いていた。

将軍にかかわる行事を変更する責めは、老中首座が負うのが慣例である。

徳川慶篤の承知が得られたことで、阿部正弘も大いに安堵するだろう。

なにしろ水戸徳川家、ことに隠居した斉昭《なりあき》は、ことあるごとに阿部正弘の裁断には佳き顔を示さなかったからだ。

本来なればこの三者面談は、老中首座・阿部家上屋敷で行うべきであった。

それを承知で岡本も野島も、あえて前田家で執り行った。

宴実現に、いかほど前田家と浅田屋が尽力したかを、岡本も野島も承知していた。

岡本はそれ以上のことを言わず、面談を閉じようとした。

「てまえから、ひとつ申し上げたき儀がござる」

野島が口を開き、岡本を見た。

「上様をお迎えするに際しては、さまざまな屋敷改修が必要と存じまする」

五月二十八日の川開きまで、改修に使える日数は限られている。

「急ぎの改修作業には、相場以上の費えが入り用と存じまする」

今回に限り特例として、改修資金二千両が下されますと、野島は明かした。

笑みを抑えようとした岡本は、大きな音を発し、「うおっほん！」と特大の空咳《からせき》をした。

承知方、賜り申した」

阿部正弘の配慮に、山田はこうべを垂れた。

*

まことに実り多かった三者面談の翌日、三月十一日四ツ（午前十時）。

浅田屋伊兵衛は宝泉寺《ほうせんじ》駕籠《かご》にて、前田家上屋敷に出向いた。

江戸中で水戸徳川家の宴が、大評判になっていた。すでに五日が過ぎた今日にあっても、まだまだ水戸徳川家の話が江戸の随所で交わされていた。

汗を流した甲斐があった……。

伊兵衛は胸の内で思いをあらためて、山田の居室に向かった。

招き入れられた執務室で向き合うなり、山田は昨日の上首尾の子細を聞かせた。

「ご老中から二千両でございますか」

金高もさることながら、前例なき改修資金を下されたことに、伊兵衛は吐息を漏らした。

しかも将軍御成の上屋敷にて、吉例の氷献上の儀まで執り行われる。

阿部正弘様がいかに豪胆な決断をなされたのか、武家ならぬ伊兵衛にも充分に察せられた。

伊兵衛は山田に目を合わせた。

「てまえどももここからは、なんら案ずることなく五月二十八日に向けて走れます」

「まさにそのことだ、浅田屋」

山田は一枚の指示書を作成していた。

「今年に限っては、今日から五月二十八日の氷献上を成し遂げるまでは」

山田は作成したばかりの指示書を、伊兵衛の膝元に押し出した。

「三度飛脚を月に一度とするを筆頭に、氷献上以外の一切を、後回しといたす」

伊兵衛が願い出たいと温めていたのは、五月二十八日までの、三度飛脚の間引きだった。

山田は一番の大事を先取りして、段取りを組み立てていた。

「三月・四月の二カ月は、江戸着下り便、金沢着の上り便ともに月に一度のみといたす」

金沢発の下り便は、途中の軽井沢ではなく追分宿で一泊とする。

氷室の状況を確認し、江戸に報せる。

国許に向かう上り便も、追分宿に投宿する。そして追分の天候と暑さを肌で確かめ、異状があれば江戸に報せる。

「月に二度、追分の温《ぬる》さと氷室を確かめることで対処できよう」

山田は阿部正弘への感謝を、あらためて口にした。

「阿部様のご厚情に応えるには、五月二十八日の吉例を、文字通りの吉例と為すことだ」

山田は膝をずらして間合いを詰めた。

「ここから先は浅田屋、そなたらの足にかかっておる」

山田は伊兵衛の前で目をうるませて、頼むぞと結んだ。

「一命を賭しましても、成し遂げます」

伊兵衛がきっぱりと答えた。

初めて口にした「一命を賭しましても」。

その刹那、伊兵衛はまこと命を賭していた。

前田家の庭に巣を構えているひばりが、高い空でピイイと啼《な》いた。

三十五

三月十八日、八ツ（午後二時）。

空の底まで晴れ上がった日の午後、浅田屋江戸店当主伊兵衛と、昨日、江戸に到着した金沢本店《ほんだな》頭取番頭庄左衛門とが、本郷の前田家上屋敷に出向いた。山田琢磨の招集に応えたのだ。国許での三度飛脚の差配も決裁もすべて担っている庄左衛門を交えて、氷献上に向けた段取りを話し合うためである。

この場に至るまで、庄左衛門は急な召し出しの理由について、ひとことも明かされていなかった。このたびの飛脚差配の子細は山田から直接説明を受けるべきだと、伊兵衛が判じたからだったが、さらに言えば、身内といえども極秘の事柄を守ることができるかどうか、山田に試されているとも感じとっていた。

庄左衛門の様子から、なにも聞かされてはおらぬと察した山田は、引き締まった顔つきで話を切り出した。

「本年・嘉永六年に限り、三月から五月二十八日の氷献上当日まで、金沢と江戸を結ぶ御用便は、月に一度の上下便に間引きいたすと決した。金沢から江戸の下り便は本日到着便以降、四月については十四日金沢発、十八日江戸上屋敷到着のみといたす。また上り便は二十四日江戸発、二十八日金沢着にて執り行う。しかと呑み込むように」

めったに顔色を変えぬ庄左衛門ですら、驚きを隠せぬようすだった。三度飛脚を月一度に間引くとは、まこと驚天動地の決裁である。しかも、すでに加賀組の帰り飛脚が、従来通りの上り便で書状を運んでいた。

庄左衛門の戸惑いは、伊兵衛が解いた。

「金沢本店に到着後、加賀組頭の弥吉は御城の右筆《ゆうひつ》頭様から、三度飛脚間引きを下知《げち》される手筈です。弥吉が御城に届ける挟箱《はさみばこ》に、その指示書が収められているのです」

時間の余裕もなく、僭越《せんえつ》であるのは承知で、加賀組に指図を与えましたと伊兵衛は詫びた。

「わたしでも伊兵衛さんと同じことをします。詫びなど無用です」

庄左衛門の応じ方を了として、山田はさらに先を続けた。

「氷献上月の五月は、さらに別の段取りで動く」

山田は手元の紙に記された事項の子細説明を始めた。この部分こそ、異例中の異例である段取りの肝である。

伊兵衛も庄左衛門も居住まいを正した。

「五月の十八日江戸着下り定期便はあらずだ」

山田は話を止めて庄左衛門を見た。

庄左衛門は背筋をびしっと伸ばして用人を見詰め返した。

山田から先に目を外して、説明に戻った。

「二十三日に金沢を発し、二十六日に追分宿・追分屋到着とする」

庄左衛門は山田を見て、呑み込みましたとばかりにうなずいた。山田の説明が続いた。

「追分屋には江戸組すべてが、前日から投宿して待機いたしておる。二十六日には飛脚衆みなで追分屋の氷室を検分する。が、あくまで検分であって、氷室開きはいたさぬ」

氷室開きは追分屋を発つ二十七日、明け六ツ（午前六時）とする。たとえわずかな間でも、氷を外気にさらすことは避けたいからだ。

「追分屋から江戸上屋敷までは、飛脚を三組に分ける」

天候不順、飛脚の身体故障など、不測の事態が生じたときでも、一組が江戸到着を果たせればいい。

「別誂《べつあつら》えをいたす氷箱は四人一組となり、三組態勢で江戸を目指す仕組みである」

新規に拵《こしら》える氷箱は長柄に吊し、飛脚が前後を担ぐ造りだ。前後の担ぎ手がふたりで、二名が伴走につく。道中で担ぎ手にもしもの事態が生じても、直ちに伴走者が肩を入れる段取りだった。

「二十七日の投宿宿場は、三組それぞれが奔《はし》り工合に応じて定めてよい」

大事なのは、氷箱を冷たく仕舞っておける蔵などの普請がされていること。

「あらかじめ江戸組の面々が追分宿から板橋宿までの街道を検分いたせばよいだろう」

山田の詳細説明が終わると、庄左衛門が口を開いた。

「ふたつほど山田様に、ぜひにもおたずねいたしたき事柄がございます」

「遠慮は一切、無用である」

知りたいことは突き当たりまで、この場で問い質せと、庄左衛門の口を促した。

「なによりもまず、五月の下り便は二十三日の金沢発まで間引かれると呑み込みましたが、てまえの思い違いではございませんので」

「それでよい」

山田は即答した。

「例年、五月は諸侯の参勤交代繁忙期であり、御公儀のまつりごとも重大裁決は四月と五月は避けられるのが慣わしである」

それは庄左衛門も承知であろうがと、逆に山田は問い質した。

「まことに左様にございますが、なにしろ三度飛脚の間引きなど、てまえはいまだ向き合ったことがございませんものでして」

「それは庄左衛門、わしとて同じだし、伊兵衛も同様であろう」

「おおせの通りにございます」

伊兵衛の物言いは硬かった。

「御城のご重役諸侯から一切の注文づけがなされなかったことからも、前田家の氷献上がいかほど大事であるかが察せられよう」

他藩からも氷献上をさせていただきたいと、公儀に願い出ている事例も複数あった。それらすべて、老中は一顧《いっこ》だにせず却下した。

前田家五代藩主綱紀《つなのり》と八代将軍吉宗との間で成り立った、将軍家の公式行事だ。いかほど他藩が願い出ようとも、公儀が受けいれるわけがなかった。

「この際あわせて申しおくが、もしも浅田屋三度飛脚なかりせば、氷献上は実現し得なかったのは間違いない」

山田は緊張顔になった庄左衛門と伊兵衛を等分に見て、あとを続けた。

「前田家の命運は、そなたらと飛脚の脚にかかっておる」

三度飛脚をようこそ間引いて臨んでくれたと、のちの用人に感服される成果を導き出してほしいと結んだ。

「ありがたきお言葉、胸に刻みつけましてございます」

感極まった庄左衛門は、畳にひたいを押しつけて感激のほどを示した。伊兵衛も庄左衛門同様に、身体をふたつに折っていた。

「おもてを上げなさい」

浅田屋両名に顔を上げさせた山田は、庄左衛門に「あとひとつはなにか」と質した。

「本日、この場にて初めて氷箱の新調をうかがいました」

いかなる氷箱なのかをお聞かせ願えますようにと、頼みを口にした。

「さすがは浅田屋である」

山田はまた両名を等分に見たあと、伊兵衛に目を向けた。

「そなたは庄左衛門に対しても、このたびのことは一言も聞かせてはおらぬのだな」

山田の言い分を伊兵衛は胸元で受け止めて、返答を始めた。

「まことこのたびのことは、秘中の秘と存じますゆえ、すべてのお話は山田様にお任せ申し上げるのが筋と承知いたしております」

伊兵衛の返答を受け止めた山田は、目を庄左衛門に移した。

「浅田屋配下となった江戸の蔵職人が、妙案を考えついたとのことだが」

山田は庄左衛門に話していた。

「江戸で一番との技量ある二人が、この本郷に湯涌もかくやの氷室もどきがあるのを知っていた」

金沢の庄左衛門は、思わず身を乗り出した。

「〈本郷氷室〉と土地の者は呼び習わしているそうだ」

そうだのと山田に目で問われた伊兵衛は「御意のままに」と答えた。

「本郷には加賀にえにしある者が多数暮らしておる。それら住人は雪多き金沢に倣い、積もった雪を集めて本郷氷室に詰めていた」

雪なき時季も本郷氷室を床下に置き、陽の当たらぬ地べたの冷気で冷やし、野菜、魚介などの食品保存に活用してきた。

「床の下に一尺の穴を掘り、本郷氷室を収めておけば、温気のなかにあっても傷みは少ないとまで、職人両名は請け合っておる」

山田は達吉と嘉一を評価していた。

「両人とも氷作りの氷室ならぬ、三度飛脚が国許より運びくる献上氷の休み処を思いついたということだ。さらに持ち運びできる工夫の思案もついている。あっぱれな職人である」

達吉と嘉一は、いまも本郷氷室の改良を重ねている。

「新調する氷箱についても、達吉・嘉一の両名が思案を続けていると聞いておる」

追分屋から運ぶ氷は、湯涌の氷とは違う。水気が多く、おそらくは溶けやすい。確かな氷箱があってこそ江戸まで運ぶことができると言って、山田は伊兵衛を見る目の光を強くした。

「そなたにくどく言うのは無用だ」

ぜひにも極上の氷箱を仕上げられるよう、督励の目をゆるめるなと結んだ。

「達吉も嘉一も、充分に承知して臨んでおりましょうが」

伊兵衛はひと息を空けた。おのれに言い聞かせる間合いでもあった。

「てまえもこの両目を見開き、両名の仕事ぶりを間近にて見極める所存にございます」

伊兵衛の返答に、山田は確かなうなずきで応えていた。

スコーン……

余韻を引きながら、鹿威《ししおど》しが鳴った。

庄左衛門も伊兵衛も、響きに合わせたかのように背筋がびしっと伸びていた。

三十六

庄左衛門と伊兵衛が、山田との面談に臨んだ日の九日前。三月九日八ツ（午後二時）の四半刻（三十分）前に、蔵職人の達吉と嘉一は、浅田屋に出向いていた。

蔵職人ふたりは、浅田屋客間に案内された。達吉と嘉一は、すでに浅田屋の客間で徳右衛門と向き合ったことがあった。

今回案内されたのは、漆黒の大型卓が配された、商談を煮詰める十六畳間だった。

「まったく浅田屋さんてえ御店《おたな》は、客間だけでも幾つあるやら、底知れねえ大店だぜ」

「浅田屋さんの話てえのは」

嘉一は磨き上げられた卓に、おのれの顔を映しつつ、思ったままを口にした。

「黒光りしているこの卓と同じで、まったく底知れねえ」

卓の美しさに、ふたりとも気後れしたような声を交わしていた。

徳右衛門はふたりの前に茶が供されるなり、客間に顔を出した。

「急なお願いにもかかわらず、即座にお越し戴きましたこと、厚く御礼申し上げます」

徳右衛門がていねいな物言いで礼を告げると、達吉はあぐら組のまま表情を硬くした。

「辻駕籠まで用意していただいたんでさ。あっしも嘉一も、取り急ぎツラを出させてもらっただけでさ」

達吉の物言いには、先を案じているのがくっきりと出ていた。

徳右衛門が用向きを切り出す前に、達吉から先に問いかけた。

「お遣いの方の言い分では、また浅田屋さんからの仕事をいただけるような話でやしたが」

あぐら組のまま、達吉は背筋を伸ばして徳右衛門を見詰めた。

「あっしも嘉一も蔵造りならなんでもやりやすが、土蔵のほかとなると、大して意気地がねえんでさ」

達吉はめずらしく婉曲な言い方で、蔵以外の話は勘弁してもらいたいと伝えていた。

「棟梁がおっしゃりたいことは、はっきりと呑み込みました」

徳右衛門が柔和な物言いで応じているところに、女中が甘酒を運んできた。三つとも、大型の湯呑みの口縁にまで、甘酒がたっぷり注がれていた。

供された甘酒を見るなり、嘉一はあからさまに顔をしかめた。

不意の来訪に達吉が応じたため、今日は八ツの休みを取り損ねていた。

職人は朝の四ツ（午前十時）休みと、午後の八ツ休みは大事である。それぞれの休みで供される茶菓は、呑兵衛《のんべえ》にも楽しみなのだ。

それなのに甘酒が八ツかよと、嘉一は顔をしかめていた。そんな嘉一の不服を承知で、徳右衛門は勧めた。

「まずは冷めないうちに」

渋い顔の嘉一を目の端に捉えながら、達吉は湯呑みを手に持った。

「てまえどもの急なお願いに応じてくだすったがため、申しわけないことに、今日の八ツを口にされていないことでしょう」

ひとまず甘味で口を湿してくださいと告げて、徳右衛門は甘酒に口をつけた。達吉が口をつけたのを見て、嘉一も渋々ながらすすった。

「こいつあ、うめえ！」

嘉一から褒め言葉が漏れ出た。

「本来、甘酒は酒蔵の仕事ではなく、麹屋《こうじや》だの菓子屋が本家とされてきました」

酒呑みとは縁がないものとして、酒の蔵元は甘酒を相手にしないできた。

「ところが鎌倉河岸《がし》の下り酒問屋、豊島屋は、酒と甘酒はどちらも美味ければ垣根はないと考えました」

当主みずから甘酒作りを続けた結果、酒呑みがアテにも使える甘酒を創り上げた。

「その品こそ、いま棟梁と嘉一さんに賞味いただいている甘酒で、嘉一さんからは美味いの褒め言葉までいただきました」

徳右衛門は真っ直ぐに達吉を見詰めて、話の先を続けた。

「順吉親方直伝の……いや、いまでは親方を超えたとまで、称えられる棟梁です。蔵を知り尽くしておいででしょうが」

徳右衛門は口を閉じて達吉を見た。達吉は真正面から相手を見詰め返した。その目を了として徳右衛門は話に戻った。

「そんなご両人とて、追分の氷はご存知ありますまい」

「まさに、その通りでさ」

即答した達吉に、徳右衛門はうなずきで応えた。

「氷を運び慣れた加賀組飛脚でも、追分の氷は知りません」

子細を知らぬ追分の氷運びには相応の備えが必須だ。

「ひとつことに秀でた者なら、初めて向きあった相手でも、かならず我が手の内に取り込み、常人では思いつけぬ答えを引き出します」

またここで徳右衛門は口を閉じた。達吉が衷心から呑み込める間を拵えたのだ。

ころやよしと判じたあとは表現を変えて、もう一度、念押しに説き始めた。

「確かな本物を拵えられる職人なら、たとえ形を変えても、そこにも本物ならではの息を吹き込めるはずです」

言い切った徳右衛門は、達吉に目を移した。

「棟梁と嘉一さんにお願いするのは、長柄に吊り下げて持ち運びする氷箱。そして宿場にてそれを収めておくための持ち運びのできる氷室です」

真正面から達吉を見詰めて、これを告げた。

達吉は即座に反応した。

「なんのことですかい、持ち運びできる氷室てえのは」

達吉は生《なま》の職人言葉で問い返した。

徳右衛門が子細説明に入ろうとすると、嘉一がその口を抑えた。

「そいつは表には漏らすことのできねえ、どえらい思案なんでやしょう？」

「その通りです」

徳右衛門は落ち着いた声で即答した。

「だとしたら聞いたあとで、あっしらの手には負えねえと断ったら、どうなりやすんで」

達吉が質すべき大事を、嘉一が代わりに訊いていた。徳右衛門は達吉を見詰めたまま、問いに答えた。

「おふた方に断られると、すべてが行き詰まります」

徳右衛門は膝に載せた手をこぶしに握り、さらに続けた。

「てまえどもは文字通り命を賭して、本件と向き合っていますが、棟梁と嘉一さんには、命を賭す義理などありません」

すべてを話したあとで、たとえ断られようとも、話してよいとの許しを浅田屋当主からもらっている……達吉と嘉一を交互に見ながら、徳右衛門はこれを告げた。

しばしの間、部屋から物音が消えた。

達吉が、甘酒を飲み干し、湯呑みを茶托に置いて正座に座り直した。

「ここまで徳右衛門さんに言ってもらいながら断ったりしたら、冥土《めいど》に行ったときに順吉親方に顔向けできやせん」

甘酒も呑んじまったし……と背筋を伸ばした達吉は、両目で徳右衛門を捉えていた。

「あっしらにも」

達吉は右手を手刀にして首に当てた。

「この首を賭けての氷箱と氷室を生み出させてくだせえ」

達吉と同時に正座になっていた嘉一も、徳右衛門の目を見詰めていた。強い光を宿した目は、やらせてくだせえと頼み込んでいた。

＊

同じ日の五ツ（午後八時）。

達吉と嘉一は黒門町の宿に帰っていた。そして仕事場に百目ロウソクを点して、徳右衛門から聞かされた子細をなぞり返していた。

「持ち運びのきく氷室についちゃ心配《しんぺえ》はしてねえ。本郷の氷室を参考にすりゃあいい。あそこの商家の床下には小ぶりな氷室がいくつかある。だが、氷箱てえと……」

達吉は思案顔になった。

「追分宿から本郷上屋敷までは、相当に長い道のりだぜ」

達吉が言ったことに、嘉一はあいまいなうなずきで応じた。

「うっかり気づかねえで帰りの駕籠に乗っちまいやしたが」

駕籠が走り出してから気づいたと、嘉一はおのれに舌打ちをした。

「なにに気づいたんでえ、嘉一」

「浅田屋さんなら中山道の街道図なんざ、売るほどあるにちげえねえってことでさ」

氷箱思案を進めるためには、追分屋から上屋敷までの正確な道のりを知る必要がある。

「街道図を含めて、なにが入り用かを明日には徳右衛門さんに伝えやしょう」

嘉一の言い分に得心した達吉は、とりあえずなぞり返しを続けようと告げた。

徳右衛門の子細説明の要点を、嘉一は余さず書き留めていた。

「まずは氷箱の大きさでやす」

追分屋の氷室から切り出す氷は、一個が一貫（三・七五キロ）である。

氷箱一個につき、氷八個を重ね置きしたいというのが徳右衛門の希望だった。

氷箱を担いで、追分屋から本郷まで飛脚ふたりが走り通すのだ。

氷の重さは削りようがない。が、箱は材質次第で軽くもできると、嘉一が口にした。

「おめえの言い分は分かるが、箱がどれほど軽くできても、氷が溶けたんじゃあ話にならねえぜ」

「もちろん分かってやすぜ」

達吉にきつく言われて、嘉一は目の端を吊り上げていた。

「氷箱に詰められているのは五月二十七日の明け六ツから、二十八日の正午まででさ」

道中は長いし、夏の陽差しをまともに浴びながら走り続けることになる。

「たとえ分厚い樫で拵えたとしても、日照りのなかを半日も走れば、氷は水に戻るのは間違いねえだろうよ」

嘉一が読み上げる要点を聞くたびに、達吉は太い音を立ててため息をついた。

嘉一も書き留めを読み続ける気力を失っていた。

知らぬ間に時が過ぎていたらしい。重たい気分の達吉と嘉一の耳に、四ツ（午後十時）を告げる鐘が響いていた。

三十七

三月二十日の暮れ六ツ（午後六時）、いまだ達吉も嘉一も、氷箱の思案に詰まったままだった。馴染みの一膳飯屋谷口屋で灘酒のぬる燗を手酌してはいたが、ふたりとも酒の美味さを味わう気持ちのゆとりがなかった。

今夕もすでに客が何組かいたが、ふたりに近寄る者はいなかった。気鬱そうな顔で盃をあおる姿は、ひとを遠ざけていた。

ところがそんな様子にも構わずに、嘉一に話しかける男が入ってきた。

立て続けに盃を干していた嘉一に、大工の圭三《けいぞう》と左官の与《よ》の助《すけ》が寄ってきた。ふたりとも、達吉たちの蔵普請を手伝ったことのある職人だった。

「そんなつらで呑み干してたんじゃあ、せっかくの灘酒が泣きやすぜ、あにい」

圭三の言い分に、与の助もしたり顔でうなずいた。

いつもの嘉一なら苦い顔になっても、聞き流しただろう。が、煮詰まっていたときだけに、圭三に向けた目が尖っていた。

「おれはまだ、灘酒が泣く声を聞いたことがねえ」

立て続けに三合の酒をあおっていた嘉一である。圭三を睨みつけた目が据わっていた。

「この場でおれに、灘酒の泣き声を聞かせてみろ」

嘉一の物言いは、いつになく凄みをはらんでいた。

「なんてえ言い草をするんでえ」

鼻息を荒くした圭三の半纏の裾を、与の助が強く引いた。圭三も与の助も、達吉から仕事を回して貰う身だとのわきまえが、与の助にはあった。

「すまねえ、嘉一あにい。ついこの野郎の口がすべっちまいやしたもんで」

与の助が圭三の代わりに詫びたら、嘉一ではなしに達吉がその詫びを受け入れた。

「こっちも氷箱の思案で煮詰まっちまって、気が荒《すさ》んでいたところだ」

気をわるくしねえでくれと、達吉は圭三に取りなし声をかけた。

「棟梁にそんなことを言わせるのは、とんだ筋違いでやす」

背筋をびしっと伸ばした圭三は、嘉一の脇に立った。そして深くこうべを垂れて嘉一に詫びた。

「そこまでにしてくれ」

嘉一はさらに詫びようとする圭三の言を、手のひらを突き出して抑えた。

「おれもつまらねえことを言っちまった」

達吉が圭三と与の助を自分の卓の前に誘った。ふたりとも、素直に従った。

「その卓をくっつけねえな」

達吉の指図で与の助が空いていた卓を向かいにくっつけた。達吉と与の助、嘉一と圭三が向かい合わせで、土間の腰掛けに座した。

「一献《いっこん》、やってくんねえ」

嘉一が徳利を差し出した。卓に置かれた小さな竹籠には、新しい盃が収まっている。圭三はその盃を手にして、徳利を受けた。達吉も徳利を与の助に突き出している。盃に受けた灘酒を一気に干したとき、店のおりんが卓に寄ってきた。

「取り急ぎ、ここにも棟梁たちと同じ酒を用意してくれ」

「おれもだ」

ふたりの注文を受けておりんが下がると、与の助が達吉に問いかけた。

「棟梁はさっき、氷箱の思案に詰まったと言われやしたが」

与の助は声を潜めて、あとを続けた。

「氷箱てえのは聞き慣れねえ名めえでやすが、冬の氷を詰める箱のことなんで？」

何度も達吉から、蔵造りの仕事を回されてきた与の助である。他の客の耳を気にして、潜めた声を続けていた。

「その名の通り、氷を収めて運ぶ箱だ」

一膳飯屋で仕事の話をするのは、たとえ嘉一が相手でも滅多にしない達吉だった。

ましてや与の助と圭三は、達吉の配下ではないのだ。いつもの達吉なら、断じて氷箱のことなど口にはしなかっただろう。

ところが、思案に詰まっていた屈託が積もり重なったことで、嘉一が圭三に噛みついてしまった。取りなす物言いのなかで、つい氷箱と口にしてしまったのだ。いまさら知らぬ顔もできず、与の助の問いに答えていた。

「こんな時季に、なんだって棟梁は氷を運ぶ箱の思案を……そう言っちゃあなんでやすが、どうしてむずかしい顔で嘉一あにさんと、ひたいを突き合わせていなさったんで？」

与の助が問うと、嘉一がまた顔つきを険しくした。しかし達吉には思うところがあったらしい。

「もうちっと、顔を寄せてくれ」

達吉に言われて与の助のみならず、圭三までも腰掛けを前にずらして並んだ。

「おれがいまから話すことは、おめえたちの命にかけて他言しちゃあならねえ」

それを承知なら先を話すと告げた。

「そいつあだめだ、あにい」

嘉一が尖った目で達吉を見た。

「命がけで黙ってるなんざ、軽々にできることじゃねえ」

「いや、できやすぜ」

「おれもでさ」

嘉一の言い分に、与の助と圭三が言葉をかぶせた。

「どんなでえじだかは分かりやせんが」

与の助は嘉一を見詰めて続けた。

「あの豪気な嘉一あにさんが、ここまで気を尖らせてることで、充分に察せられやす。あっしも圭三も命にかけて、ここで聞かされることは黙り通しやす」

与の助と圭三の目を見詰め返して、達吉は納得した。嘉一も承知した顔つきになった。

素早く立ち上がった与の助は、おりんに近寄った。そして耳元でささやいた。

「おれがいいてえまでは、酒を運んできちゃあならねえ」

与の助の強い目の光を見て、おりんは深くうなずいた。与の助が卓に戻ったとき、圭三は卓の徳利と盃の籠を脇にどけていた。

「どうか聞かせてくだせえ」

与の助は膝に両手を載せて頼んだ。

ごくんと唾を呑み込み、与の助に目を向けてから達吉は口を開いた。

「信濃追分の旅籠から江戸まで、夏の日照りの中を、氷を運んでくる」

達吉は与の助を見詰めたまま、言葉を区切った。

ごくんっ。

与の助も圭三も喉を鳴らして、驚愕で口に溜まった生唾を呑み込んだ。

「一貫の大きさに切り分けた氷を八個、飛脚が担いで運ぶ段取りだ」

達吉は目を見開いて聞いている与の助を、がっちりと見詰めて続けた。

「あんたは漆喰《しっくい》塗りにかけちゃあ、江戸でも五本の指に数えられる男だ」

与の助は無駄に謙遜はせず、達吉の評価を受け止めていた。

「漆喰塗りの蔵の中は塗り方さえ巧みなら、真夏でも涼しい」

「へいっ」

達吉の目を受け止めて、与の助は答えた。

達吉はここで両目を圭三に移した。

「あんたは大工ながら、細工ものが得意だと聞いている」

「箱ならおれの十八番でさ」

達吉の話の先読みをしたのだろう。圭三は小声ながら、きっぱりと言い切った。

達吉はうなずいたあと、また与の助を見た。

「あんたらふたりに、信濃追分から氷を運んでくる、氷箱の思案を手伝ってもらいてえんだ」

短くつぶやいたあと、嘉一が話の続きを引き取った。

「まったく、ここであんたらと逢えたのは、順吉親方の助けにちげえねえ」

嘉一も力のこもった両目で、与の助と圭三を交互に見ていた。

「せかせてすまねえが、これからうちの仕事場まで付き合ってくんねえ」

嘉一が口にしたことに、達吉もそれでいいと、承知のうなずきを見せた。

与の助と圭三は互いにうなずき合った。

「もちろん、いまから一緒に行きやす」

答えたのは年長の与の助だった。

「ありがてえ返事をもらったぜ」

嘉一が手を挙げると、おりんが駆け寄ってきた。

「よんどころねえ急ぎの段取りで、すぐにけえることになった」

握り飯とおかず、あとは灘酒を五合、出前してくれと告げた。谷口屋と達吉たちの仕事場とは、わずか一町（約百九メートル）しか離れていない。

嘉一が頼んだ出前は、四人の晩飯だった。

「与の助さんたちのお酒は止《よ》しにしときますね」

おりんの察しのいい返事を聞きながら、四人は足を急がせて店から出て行った。

三十八

仕事場に一歩を踏み入れるなり、与の助と圭三の背中が真っ直ぐになった。

仕事場は三和土《たたき》の土間と板の間に分かれて普請されていた。土間も板の間も、掃除と整頓が行き届いており、神々しさにつながる気配が横たわっていた。

与の助と圭三の背筋が伸びたのは、その気配に気圧《けお》されたがためだった。

「上履きを履きねえな」

嘉一は来客ふたりに底の浅い雪駄《せった》を勧めた。木挽《こび》きも扱う板の間を行き来するには、上履きが欠かせなかった。

「遠慮なしに履かせてもらいやす」

上履きの鼻緒は、まだゆるみが薄い。

「こちらに招き入れられるお客は、あまり多くないんで？」

与の助の問いかけには嘉一ではなく、達吉が応じた。

「順吉親方は、滅多なことでは仕事場には客を入れなかった」

達吉は与の助の正面に立っていた。

「親方が亡くなられて久しいが、おれと嘉一になってから招いたのは、あんたらが初だ」

勿体《もったい》づけを言ったわけではなかった。が、仕事場が漂わせている気配に圧倒されていた与の助と圭三は、顔つきを引き締めた。

「あっしらがへえっても構わねえんで？」

与の助の声がかすれ気味だった。

「おれがこの目で見込んだあんたらだ。遠慮はいらねえ」

仕事場の板の間には、四八《しはち》の特大作業台が置かれていた。きちんと掃除された台は、四八の広さを丸ごと使えそうだった。

「あんたらは向かい側に座ってくれ」

達吉がふたりに腰掛けを勧めているとき、嘉一は脚の長い燭台に、百目ロウソクを取り付け始めた。板の間には燭台が四基も置かれていた。夜鍋仕事となったときは、明るいことが一番の大事だったのだ。

流し場のへっついには、常に種火が埋められている。火付け用のわらしべに炎を移した嘉一は、四本の百目ロウソクに火付けをした。板の間は十畳大である。百目ロウソクがいきなり四本も点されたことで、一気に明るくなった。

目をしばたたかせた圭三は、あらためて板の間に目を走らせた。

壁板も床板も、しみひとつなかった。しかも壁板も床板も、木目が揃っている。

仕事場を普請した順吉親方の人柄に、圭三はあらためて感じ入った。そしてこの大事な板の間に招じ入れてもらえたことの重さを、いまさらながらしかと受け止めていた。

「ここではめしを食うのも水物も、どっちも御法度だ」

与の助と圭三の表情が、さらに硬くなった。

「谷口屋から出前が届いたら、流し場の板の間に移る。それまでは窮屈な思いをさせるが、勘弁してくれ」

「そんなことは、あったりめえでさ」

与の助が声を張った。了とした達吉は、氷箱の子細を話し始めた。

「信濃追分から江戸まで運んでくるのは、加賀藩の前田様が将軍家に献上なさるてえ、雪を固めて拵えた氷だ」

「ひええっ」

与の助の抑えたつもりの声が、仕事場に漏れた。圭三は声こそ漏らさなかったが、腰掛けから尻が浮いていた。

「いつもの年なら、加賀一の豪雪で知られた湯涌の氷室から切り出した氷を献上するんだが……」

ぬる冬で終わった今年は江戸に限らず、湯涌ですら雪がなかった……。

中山道追分屋の氷室に至るまで、達吉は徳右衛門から聞いた限りの詳細をふたりに聞かせた。

話し終えたときは、台を囲んでいた四人ともが深い吐息を漏らした。

「おまちどおさまでした」

おりんが出前を届けにきた声で、仕事場の気配がゆるんだ。

勝手口の戸の外には、おりんと板場の若い者が並んで立っていた。おりんひとりでは、これだけの出前は運べなかったのだ。

嘉一・与の助・圭三の三人が受け取り、流し場の板の間まで運んだ。

「おていさんのお加減は大丈夫ですか？」

出前を受け取るのが男だけなのを見て、おりんはおていの容態を案じていた。

水戸徳川家での宴の手前でこじらせたおていの風邪は、いまだ尾を引いていた。

「寝たり起きたりの繰り返しだが、心配はいらねえと医者がそう言ってるんだ」

五合徳利を受け取った嘉一は、おりんを安心させる物言いで応じた。

「だったらいいけど……」

おりんは五合徳利を手渡したあとも、嘉一を見詰めたまま続けた。

「おんな手が入り用なときは、なんでもそう言ってくださいね」

「がってんだ、おりんさん」

明るい声の返答を聞いて、おりんと板場は勝手口から離れて行った。

「今夜はなげえ話し合いになるんだ。まずは腹ごしらえを済ませようぜ」

達吉の指図で四人は出前の品々が調った、流し場の膳へと向かった。

＊

氷箱思案の話し合いは、四ツ（午後十時）の鐘が鳴り始めたときも続いていた。

話が白熱するにつれて、四人の口が渇いてきた。さりとて徳利の酒は、とっくにカラになっていた。

「あっしが湯を沸かしやしょう」

圭三が湯沸かしを買ってでたとき。

「なべやあきうどん〜〜」

町木戸が閉じられた町に、うどんの担ぎ売りの声が流れてきた。

鍋焼きうどんは冬場の商いだ。季節外れの売り声だったが、声の響きがよかった。

年季の入った声からは、うどんの美味さが感じられた。しかも、うどん屋は酒も商っている。

「喉も渇いたことだし、うどんをすすってひと息入れようじゃねえか」

達吉の言い分に全員が従った。急ぎ雪駄をつっかけて、四人で勝手口から外に出た。うどん屋は圭三が呼び止めた。

「うどんと酒を四つずつ頼むぜ」

「毎度ありがとうございます」

前後に振り分けになった担ぎ屋台を下ろした親爺は、前の荷台の戸を開いた。

七輪には大型の鍋が載っており、加減よく湯は煮えたっていた。うどん四玉が同時に投げ込める鍋だ。

うどんを茹で始めてから、後ろの荷台の戸を開いた。器と酒の小樽が収まっていた。

「酒のお燗はどうしやしょう?」

昼間は夏を思わせる日照りだった。四ツを過ぎたいまでも、夜の気配はぬるかった。

「四人とも、ぬる燗にしてくれ」

達吉が言うと、親爺は後ろの荷台の上部の戸を開いた。収まっていたわら造りの「飯ふご」

を取り出し、地べたに置いた。

炊き上げたごはんを移したおひつを、そのまま仕舞うのが飯ふごである。分厚いわら造りの飯ふごは、冬場でも半日以上もおひつのごはんを温かいまま保っていた。

親爺が飯ふごのふたを取り外したら、内に湯を張った鍋が収まっていた。まだ充分に熱そうな湯に見えた。

一合徳利四本に小樽の酒を注ぎ、飯ふごに収まった鍋の湯に浸した。そして四人にぐい呑みを差し出した。夜鳴き屋台で呑む酒は、手酌の立ち飲みが決まりである。

少し経って親爺は鍋から徳利を取り出した。手触りでぬる燗の仕上がりだと判じたようだ。

「おまちどおさまです」

一合徳利が銘々に手渡された。喉に渇きを覚えていた四人である。ぐい呑みに少し注ぐなり、だれもが一気に干した。

「うめえ」

声を挙げた圭三は、親爺に問いかけた。

「とっつあんは真夏でもふごの鍋に湯を張って、燗酒を商うんですかい？」

「そんなことをしても、くそ暑い夜に鍋焼きうどんなんぞは買ってくれません」

四月中旬からは商売替えですと、うどんの茹で加減を確かめながら答えた。

「夏場のとっつあんは、どんな商売をしなさるんで？」

圭三と親爺のやり取りを、他の三人はぬる燗を味わいながら聞いていた。

「冷や水と白玉売りでさ」

鍋焼きうどんと冷や水では、温冷が真逆である。

「てえことは、夏場は別の屋台を担ぎやすんですかい？」

「そんな無駄はしません」

親爺はしゃがんだまま、うどんを扱いながら話を続けた。

「この屋台のままで、お客さんたちにぬる燗をつけたふごも鍋も、そのまま使います」

「なんだって」

圭三は素っ頓狂な声を発した。ぐい呑みに残っていた酒が、揺れて飛び出した。

「冷や水に、ふごは無用でやしょうが」

「とんでもない思い違いです」

うどんが茹であがったところで、親爺は背後の圭三に向き直った。

「ふごは熱い湯でも冷や水でも、分厚いわらがしっかりと保ってくれますから」

親爺の返答を聞いた達吉の左手から、一合徳利が滑り落ちた。

ガシャン！

達吉は気にもとめなかった。

三十九

担ぎ売りの親爺のなにげないひとことが、行き詰まり、のたうち回っていた氷箱の思案に、特大の風穴をあけた。

「鍋焼きうどんも酒も、格別の美味さでやしたぜ、とっつあん」

正味の物言いで礼を言った。親爺への礼儀とばかりに、四人はうどんつゆを一滴も残さずに平らげていた。

急ぎ仕事場に戻ったあとは凄まじい勢いで、四人とも知恵が巡り始めた。

「いままで氷箱は四角いものだと決めつけていた」

達吉が吐露した言葉には、残る三人が深いうなずきで同意を示した。

「担ぎ手は奔りが達者で、腕力でもひとには負けねえおあにいさんたちだ」

「江戸まで担ぐ氷箱の重さは、脇にうっちゃっといても大丈夫だろうさ」

「どの氷箱にも、控えの飛脚衆がついて走ってるんだ。途中でへたばることを、こっちは案ずるには及ばねえさ」

思案という枠を締め付けていた、きついタガが外れたのだ。仕事場の話し合いは、なんでもありの自由なものに変わっていた。

「箱を軽くすることに囚われていたがため、木は桐しか考えていなかったが」

達吉は圭三に問いかけた。

「桐と樫を比べたら、どっちが日照りのなかでも氷を守れるのか、おせえてくれ」

「あっしもそんなことは、いままで考えたこともありやせん」

明日一番で材木問屋に訊きに行きやすと、圭三は答えた。

「朝まで待つことはねえ」

異を唱えたのは与の助だった。

「黒門町の番太郎（木戸番）は、木場《きば》で夜回りをやってたてえのが売りのとっつあんだ。いまから木戸番小屋に出向いて、桐と樫とではどっちが保ちがいいかを聞き込んでこよう」

「いい思いつきだ、あにい」

圭三は言い終わる前に、腰掛けから立ち上がっていた。

「おれも一緒に行くぜ」

達吉と嘉一に断ってから、ふたりは仕事場から飛び出した。

「つくづく今日という今日は、あにさんの勘働きの凄さを思い知りやした」

達吉を正面から見詰めて、嘉一はこれを切り出した。

「なにがどうしたてえんだ、嘉一」

面映ゆげな物言いで、達吉は質した。

「おれがつまらねえことを言ったとき、あにさんが取りなしてくれなかったら」

吐息を漏らして、嘉一は続けた。

「谷口屋で仕舞いになってやした」

与の助と圭三を引きこんだのも、達吉の勘働きだと、嘉一は言い切った。

「それはおめえの言う通りだろう」

あのとき達吉のあたまの奥で、ふたりを思案に加えるようにと、なにかにささやかれた。

「あの声は、順吉親方だったたと思う」

「おれもそうだと思いやす」

思案に詰まってもがいているふたりに、見かねた順吉が助けのささやきをくれたのだと、達吉は確信していた。

「思案に詰まれば詰まるほど、ひとてえのはかたくなになりやす」

いつもなら聞き流せた圭三の軽口に、嘉一はまともに食らいついていた。

「でえじなのは、そこなんでさ」

達吉を見詰める嘉一の目が光り方を増した。

「あにさんも煮詰まっていたのは同じだったでしょうが、あっしとは違っていて、取りなしをする気持ちのゆとりを持っていやした」

ひとりよりは、ふたりで思案するほうがいい。しかしふたりとも煮詰まっていては、突き当たりで身動きがとれなくなる。

「しんどいときこそ、ふっと気分を変えるゆとりが入り用だと、おれは思い知りやした」

話を続けながら、嘉一は七輪の火熾《ひおこ》しに立った。番小屋から戻ってきたとき、ふたりに茶を用意してやろうと考えたのだ。

「あのふたりがいたからこそ鍋焼きうどんの親爺から、ごつい知恵を授かりやしたから」

「まさにその通りだ」

答えた達吉も立ち上がった。火熾しは嘉一に任せて、達吉は水仕事を始めた。

夕方に呑んだ茶の葉が、土瓶に詰まったままである。おていが体調を崩してからは、茶の支度は嘉一と達吉が交代で受け持っていた。

嘉一の火熾しが終わったとき、達吉の水仕事も仕舞いとなった。水瓶の飲み水を土瓶に注ぎ、嘉一に手渡したとき与の助たちが戻ってきた。

晴れ晴れとしたふたりの顔が、上首尾に運んだことを告げていた。

「湯が沸いたら、茶をいれる」

一服してから話を聞くぜと達吉が告げた。

「がってんでさ」

飛び切り明るい声で圭三が応じた。

＊

「あの番太郎のとっつあんと、目を見ながら話をしたのは、今晩が初めてでやしたが、とっつあんが木場にいたてえのは、間違いありやせん」

しかも奉公していたのは、木場でも一番の大店《おおだな》、長谷満《はせまん》だった。二十年も奉公していたという番太郎は、木材の吟味にも長けていた。

「なんだって桐と樫との差を知りたがるんだと、とっつあんに問われましたもんで」

町木戸が閉じる四ツを過ぎて、いきなり番小屋を訪ねたのだ。不審に思ったのも当然だった。

「口が割けても氷の話はできやせんから、お茶の水の渓谷で汲み入れた冷や水を、鍋で運びたい。その鍋を収める箱は、桐がいいのか樫がいいのかと聞きやした。とっつあんはためらうことなく、樫がいいとおせえてくれやした」

重たいのが難儀だが、二寸（約六センチ）の厚みがある樫なら、夏の日照りもしっかり遮ってくれると断言していた。

「長谷満のあるじは、真夏に食らうスイカが大好物で、店の木挽き職人に言いつけて、厚み五寸（約十五センチ）もある樫の箱を拵えさせたんだそうでさ」

木場の井戸水は塩辛いし、夏場はぬるい。長谷満は高橋《たかばし》の井戸でスイカを冷やし、特製の樫箱で木場まで運ばせていた。

井戸水で冷やされたスイカは、半日が過ぎても冷たさを保っていた。

「樫の二寸（約六センチ）板で箱を作り、その箱をすっぽり納めるふごを誂えやしょう」

箱は重たくなるが、溶け方はゆるくなる。

飛び切りの妙案だと達吉も嘉一も喜んだ。ところが圭三は顔を硬くして達吉を見た。

「腕を見込んで貰えたのは職人冥利に尽きやすが」

あとに続く物言いを思ってか、圭三の顔つきがこわばった。

「絶対にしくじりできねえ箱作りには、あっしも与の助あにいにも、まだ荷が重すぎやす」

申しわけありやせん……と、圭三は断りを口にした。

相手の目が口惜しげな光を宿しているのを見て、達吉は受け入れた。しくじれない仕事の重さを圭三はわきまえていると心底、承知できたからだ。

「ここで聞かされた話は、絶対に漏らしやせん」

乾いた声で、圭三はきっぱり言い切った。

「さまざま、手数をかけやした」

知恵を絞り出してくれた挙げ句、断ることを選んだのも、いかに大事な箱かを骨の髄まで分かっているからだろう。

圭三の目を見詰め返して達吉は礼を言った。脇に立つ嘉一はこうべを垂れた。

四十

思案が固まるなり、達吉と嘉一の動きは敏捷さを増した。

「真っ先にやるのは、氷箱を納めるふごをどこで拵えるかだが」

うどん屋の親爺の行方はわからねえとつぶやいたら。

「迷うことはねえでしょう」

達吉のつぶやきに、嘉一は瞬時に応じた。

「道具にうるせえ谷口屋の親爺さんに訊けばいい」

「そいつあ道理だ！」

応じた達吉は翌朝、まだ谷口屋が提灯ものれんも引っ込めていた五ツ半（午前九時）前に、嘉一と店に向かった。

あいにく戸は内から、心張《しんば》り棒《ぼう》で押さえられていた。が、すでに支度が始まっているのは気配で分かった。

「勝手口に回ろうぜ」

達吉があごをしゃくり、連れ立って勝手口に回った。思ったとおり支度は始まっていた。

「親爺さん……親爺さん……」

達吉が二度呼びかけると親爺ではなく、おりんが勝手口の戸を開いた。

「どうしたの、こんな時分に」

おりんの物言いはいつもと違い、迷惑さが滲み出ていた。昼の支度が進んでいるさなかゆえ、手が止まるのは困るのだろう。

「支度の邪魔なのは百も承知なんだが」

よんどころねえわけがあるもんでと、達吉は詫びた。が、引っ込みはしなかった。

「店で使ってるふごの仕入れ先を、親爺さんから教わりてえんだ」

訊き出してくだせえ……と、達吉はおりんに手を合わせた。

「そんなことをしないで」

言い残したおりんは、親爺のそばに戻った。

「達吉さんたちが、ふごの仕入れ先を教えてほしいって」

狭い板場だし、仕込みに気がいっている父親が相手である。おりんの大声は、外に立っている達吉と嘉一に丸ぎこえだった。

「おれが鍋に向かっているときは、余計なことを言うなと言ったはずだぜ」

親爺の怒声は、おりんの倍は大声だった。

「分かってるけど、達吉さんたちにもわけがあるようよ」

おりんは言い返した。達吉と嘉一を大事に思っているのが、声の大きさに出ていた。

「吉原の兼松《かねまつ》だ、手代頭の末吉《すえきち》に訊いてみねえ」

親爺の声は娘にではなく、外の達吉たちに向けられていた。

「ありがとさんでやした」

「手を止めさせて、すまねえこって」

達吉と嘉一は大声を投げ入れて、勝手口から離れた。

一刻でも早く、吉原に向かいたいふたりである。辻駕籠が着け待ちしている本郷坂下へと足を急がせた。

都合のいいことに、坂下には二挺《ちょう》の駕籠が客待ちをしていた。急ぎ足で向かってくる達吉と嘉一を見るなり、駕籠舁き四人は驚きの色を浮かべた。

時刻はまだ五ツ半を過ぎたばかりだ。

「おおっ、駕籠の誂えでやすかい」

あの正月の駆け比べの寅吉が、達吉と嘉一を見て弾んだ声を挙げた。

達吉は小さくうなずき、行き先を告げた。

「吉原まで、かっ飛んでくれ」

「がってんでさ！」

寅吉と辰次の声が揃った。

「口開けからなか（吉原）てえのは、飛び切りの縁起でやす」

芯からの慶び声で、それぞれの駕籠に迎えた。

二挺の駕籠に肩が入ったとき、達吉はきちんとした行き先を告げた。

「二挺とも行き先は、大門手前の道具屋の兼松だ」

達吉の指図で、駕籠舁きたちの顔つきが引き締まった。

「酒手《さかて》込みで一挺二百だ、飛ばしてくれ」

達吉の指し値は相場の五割増しである。

「がってんでさ！」

駕籠舁き四人の声が弾んでいた。

駕籠が持ち上がると、前棒が息杖《いきづえ》を地べたに叩きつけた。

カンカンッ。

乾いた音が出発の合図だ。前棒が威勢よく踏み出して、辻駕籠が走り出した。

＊

「黒門町の谷口屋さんには、常からごひいきを賜っております」

親爺に教わった手代頭の末吉は、まことに如才のない物言いで達吉たちに接した。

「それで、本日のご用向きは？」

末吉は達吉との間合いを詰めて問うた。

「夏も近いてえのにすまねえが、飯ふごを誂えてえんでさ」

「夏場の飯ふごとは、またおつ《いい》なお誂えで」

末吉は驚きもせず、土間に置かれた商談用の腰掛けをふたりに勧めた。末吉も腰掛けに座すと、すかさず小僧が茶を運んできた。

大揺れ駕籠に乗り続けてきたことで、喉が渇ききっていた。小僧が供した茶はありふれた焙じ茶だったが、ことさらに美味かった。

達吉と嘉一が茶で落ち着いたのを見計らい、末吉が問いを続けた。

「夏場に飯ふごをお誂えとは、なにか子細でもございますので？」

「そのことだが……」

湯呑みを脇にどけた達吉は、向かいの末吉との間合いを詰める形で座り直した。

「じつはあるお大尽《だいじん》から、酔狂な注文をいただきやしてね」

蔵造り職人だと自分たちの素性を明かして、先を続けた。

「山奥で溶けずに残っている氷を、江戸まで運んでくれてえのが、その注文なんでさ」

話を続ける達吉を、末吉は両目に力を込めて見詰めていた。

吉原の四ツ（午前十時）前は、まだ町は眠っている。商家とはいえ、兼松にも他の客はいなかった。

それでも達吉は声を潜めて話を続けた。

「思案を重ねた末に、樫の箱に氷を詰めるてえことに行き着きやした」

が、樫箱のまま炎天下を進んだのでは、いかに分厚い箱を拵えても氷は保てない。

「そんなとき、飯ふごが目に留まったんでさ」

樫箱を飯ふごに納めれば、氷の保ちも長引かせられるかもしれない……

誂え主の名前こそ、さる大尽だと伏せていたが、氷運びについては正味を話した。正しい内容を告げれば、末吉からも正しい知恵が得られると判じてのことだった。

聞き終えた末吉は、中座すると断った。

「いささか手間取りますが、この場でお待ちくださいましょうか？」

末吉は達吉を見詰めて質した。

「待つのはなんでもありやせんが、なにかありやすんで」

問われた末吉は小さく、しかしきっぱりとうなずき、続けた。

「達吉さんたちに、お目にかけたいものがございます」

「そういうことなら、ぜひ」

達吉は即座に待つのを承知した。

が、思いのほか手間取ったようだ。座を外した末吉は、四半刻（三十分）近くも待たせたあとで戻ってきた。

両手で四角いふごを抱え持っていた。長いときが過ぎているらしく、わらの色がすっかり褪せていた。

「八年前にお納めして出戻った品物でしたもので」

末吉は四角いふごを卓の真ん中に置き、あとを続けた。

「蔵の奥に仕舞っておりましたゆえ、捜し出すのに手間取りました」

長らく待たせた詫びを言ってから、ふごのふたを開いた。内には漆塗りの木箱が納まっていた。

ふごから取り出した木箱を、達吉たちの前に置いた。深紅の漆塗りで、五寸（約十五センチ）角の立方形である。箱の深さも五寸だった。

「このふごと木箱も、まさにお大尽が道楽で誂えられた品です」

末吉は今日が初対面の達吉たちにもかかわらず、ふごの由緒を話し始めた。

谷口屋への信頼もあったのだろうが、達吉が口にした注文に末吉は気を動かされていた。

「八年前のご注文も、いま達吉さんからうかがったものと同じでした」

日光の氷蔵・田中は、厳冬期に拵えた氷を五月に蔵開きして賞味させていた。

が、氷の出来は厳冬期の天気次第だった。

「田中さんの一件を聞き及んださるお大尽は、日光から江戸まで氷を運ばせようと考えられました」

江戸にいながら賞味する、五月の氷。

「費えは青天井だと言われましたので、すべての段取りをてまえが受け持ちました」

切り出す氷は五寸角の賽《さい》の目《め》とする。

納める箱は漆器屋に一品作家のものを発注した。木箱を納めるふごは、兼松の職人が極上のわらで編み上げた。

運ぶのは江戸で仕立てた四《よ》つ手《で》駕籠《かご》とした。一挺では不安で、控えを同行させた。

駕籠に乗せたふごは、麻縄で竹骨に結わえつけて、揺れにも対処した。

「万全の備えで臨みましたが、江戸に届いたのはぬるくなった水でした」

八年が過ぎたいまも、末吉の口調には無念の色が滲み出ていた。

「浅はかなことに見栄えのよさだけを考えて、氷箱の仕上がりが薄すぎました。これでは箱ではなく、重箱の一段にすぎません。駕籠で運ぶことばかりに気を取られて、軽く仕上げるために、ふごも薄造りにしてしまいました。ふごのことなら、てまえが一番だと、天狗になっておりましたが」

高い鼻をへし折られましたと、末吉は口惜しさを隠さずに結んだ。

相手が黙ったあとで、達吉が口を開いた。

「もう一度、ぜひにも末吉さんの知恵を貸してくだせえ」

「のぞむところです」

末吉の返答には、いささかのためらいもなかった。

四十一

ふご新調の費えに話が及ぶと、達吉は末吉を見詰める目に光を込めた。

「飛び切りのお大尽からの注文です」

いかほど費えがかかろうが、一切心配無用だと、強い口調で請け合った。

「氷室から取り出したあとの長い道中、絶対に溶かさずに江戸まで運びきれるなら、いかほどかかろうが末吉さんの言い値で買わせてもらいやす」

言い切った達吉も同席の嘉一も、びしっと背筋が伸びていた。

「案ずることなく、兼松さんのありったけの知恵を、これから仕上げるふごにつぎ込んでくだせえ」

達吉があたまを下げると、末吉はもう一度の中座を断った。今度はさほど待たせることなく戻ってきた。

「てまえどもの番頭が、話をうかがいたいと申しておりますので」

末吉はふたりを座敷の客間に案内した。部屋ではすでに番頭が待ち受けていた。

「兼松の舵取りを預かっております、供之助《とものすけ》です」

押し出しのよさは、座したままでも感じられた。

「てまえどものれんにかけても、お気に召していただけるふごを誂えます」

全力で向き合うためにも、ぜひにも誂え先様を教えてほしいと、達吉に告げた。

のれんにかけてでも取り組むと、明言したのだ。兼松の番頭なら当然の言い分だった。

「番頭さんの言い分はよく呑み込めやしたが、名を明かしていいかどうかは、あっしではこの場で決められやせん」

達吉の正直な返答を番頭は了とした。あとを続けたのは達吉だった。

「いまからひとっ走り、先様まで出向いてきやす。行き帰りに一刻（二時間）はかかりやすが、かならずけえってきやす」

達吉の言い分を受け入れた番頭は、一つの案を口にした。

「先様には棟梁おひとりでよろしいなら、お連れさんには、うちの仕事場を見ていただきましょう」

ふごに限らず、ひつもたらいも自前の職人が拵えている兼松だ。

「職人の仕事ぶりを見ていただければ、棟梁たちの今後のお役に立つやもしれません」

「あっしもぜひ、見させてもらいてえ」

嘉一の言い分を受け止めた達吉は、ひとりで本郷に向かった。もちろん駕籠を使ってだ。

間のいいことに、頭取番頭の徳右衛門は在宅だった。

「吉原の兼松さんのふごなら、天下一品だ」

徳右衛門は最上級の言葉で褒めたが、大げさではなかった。

遊郭《ゆうかく》が一番大事にするのは花魁《おいらん》である。

「いつ何時でも、花魁におひやを食べさせるのは御法度です」

遊郭の女将は大見世《おおみせ》・小見世を問わず花魁にはおぬく（温かごはん）を供するよう厳命していた。

さりとて四六時中、炊きたてごはんは供せない。常におぬくが出せるよう、板場は極上のふごに、炊きたてごはんのおひつを収めた。ふごもおひつも、兼松の品は極上とされていた。徳右衛門は評判を聞き及んでいた。

「棟梁と一緒に、わたしも兼松さんに出向きましょう」

「そいつぁ、ありがてえ！」

達吉は手を叩いて喜んだ。浅田屋の頭取番頭が出向いてくれるなら、兼松にも異存はあろうはずもない。

徳右衛門は小鈴を振り、女中を呼び寄せた。

「吉原の兼松さん往復で、宝泉寺駕籠を支度させなさい」

前田家御用をうけたまわる浅田屋の頭取番頭が出向くのだ。辻駕籠では格好がつかない。

「急がせるが、辻駕籠のようには走れない」

先に向かい、徳右衛門が出向いてくると伝えておくようにと、達吉に頼んだ。

「がってんでさ」

浅田屋を飛び出した達吉は、切通坂を駆け下りた。坂下に辻駕籠が客待ちしているのは、今朝のことで分かっていた。

拍子のいいことに、寅吉と辰次がいた。達吉が近寄ると四人が近寄ってきた。

「また駕籠ですかい？」

「朝と同じ、兼松までやってくれ」

達吉は指し値もせず駕籠に乗った。朝以上の速さで駕籠は兼松に行き着いた。嘉一と末吉が往来に出て達吉を待っていた。

「そのご様子では、先様もご承知くださいましたので？」

「ほどなく分かりやす」

達吉が言い終えるとほぼ同時に、店先に黒塗りの宝泉寺駕籠が横着けされた。

お仕着せ姿の駕籠舁きが、駕籠の戸を開くためにしゃがんだ。

駕籠宿の半纏姿で駕籠を担ぎながら、辻駕籠に近い速さで走ってきたらしい。それでいて、駕籠舁きの息遣いは乱れていなかった。

店の内から別の手代と小僧が迎えに出てきた。

徳右衛門は五ツ紋の羽織に仙台平袴《せんだいひらはかま》の正装である。戸惑い顔の末吉が、徳右衛門の前に進んだ。

「てまえは兼松の手代頭、末吉でございます」

「本郷の飛脚宿浅田屋から参りました、徳右衛門です」

「浅田屋さんとは……前田家の御用をお務めの、あの浅田屋さまで？」

「その浅田屋です」

徳右衛門が名乗ったあとで、達吉が割って入ってきた。

「徳右衛門さんは浅田屋の頭取番頭さんで、兼松の番頭さんへのご返事にこられやした」

「なにも存じませんで、失礼申し上げました」

顔つきをこわばらせた末吉は、先に立って徳右衛門を店に案内した。達吉と嘉一が、そのあとに従っていた。

＊

徳右衛門の口から子細を聞き終えた供之助は、顔つきが激変していた。

供之助に同席した末吉に至っては、仰天のあまり、声も出なくなっていた。

徳右衛門が説明を終えると、それまで傍で控えていた嘉一が話に加わった。達吉が本郷まで往復していた間に、嘉一は兼松の仕事場を見せてもらっていた。

「ふごを編む目は千織りてえ技が一番こまかい目だそうでやす」

千織りに使えるわらは、刈り取った束から多くても七〜八本といわれる。故に千織りは別名、百七つとも呼ばれていた。

千織りのふごに、二寸（約六センチ）厚みの樫板氷箱を収めるのが一番だと、嘉一は明かした。つい先刻、兼松の職人から仕入れた話だった。

「いや、お待ちください」

供之助は嘉一の言い分を抑えた。

「どこぞのお大尽相手なら、いま嘉一さんが言われた通りです」

息継ぎした供之助は徳右衛門に目を移した。

「まさか上様と前田様のご注文とは、うかつにもてまえは思い至りませんでした」

供之助は向かい側の徳右衛門との間合いを詰めるため、上体を乗り出した。

「てまえどもではかつて、都の帝《みかど》からのご注文で、千織りよりさらに目の細かな万織りのふごを一度だけ、お納めしたことがございます」

炊きたて飯と、夏場の冷や水を保つためのふごだった。

「万織りは門外不出の秘伝の技です」

朝廷に供しただけで、万織りのふごは他に一切、納めていないと供之助は断言した。

「上様への氷献上のお手伝いができますなら、なんなりと言いつけてください」

万織りのふご作りにも今日から取りかかりますと、供之助は請け合った。

「なにとぞ、よろしくお願い申し上げます」

供之助に衷心からの礼を言ったあと、徳右衛門は店に断りを言った。

「暫時《しばし》、外で話したきことがありますゆえ」

達吉と嘉一を連れて、徳右衛門は外に出た。人目のない路地で足を止め、ふたりと向きあった。

「兼松さんはふごも箱作りも、どちらも得手としておいでだと聞くが……」

「その通りでさ」

達吉の答えを聞いて、徳右衛門は続けた。

「この際、氷箱も兼松さんにお願いして」

徳右衛門は達吉と嘉一をしばし、見詰めた。そのあと、達吉に目を戻した。

「達吉さんたちには本郷氷室の仕上げに、持てる技のすべてを投じてもらいたい」

達吉たちの面子を潰さぬよう気遣いつつも、徳右衛門は言い漏らしはしなかった。

達吉も嘉一も、足を踏ん張って受け止めた。

「よろしくのほど」

両名がこうべを垂れて、これを言った。

新たな動きが滑り出した。

四十二

兼松は文字通り、のれんにかけてのふご作りに取り組んだ。

秘技「万織り」を受け継いでいるのは、兼松が抱える十七人の職人を代々束ねる頭、小五郎《こごろう》である。

万織りは小五郎ひとりだが、日常は千織り職人七人の頂点に座していた。

当主兼松伊三郎《いさぶろう》の号令の下、千織り職人七人中の五人、そして小五郎が前田家用のふご作りに取り組むことになった。幸いにも、季節は夏に向かっていた。他の千織りの新規誂えは五月十日納品の、一升ふご二個だけだった。

「万織りは、わら選びが一番の肝だ」

当主伊三郎が号令を発した翌日、三月二十三日に小五郎は職人たちをつれて押上《おしあげ》村に向かった。この村には兼松がわら作りを任せている七軒の農家があった。

いずれも千織り用のわらを専門に取り入れていたが、万織りのわら作りは一軒だけ。万織りは職人のみならず、わら作りの農家には一子相伝を言いつけていた。

収穫したわらは、いかほど厳重に保存しても、十年が寿命である。ところがその間に、ふごに編まれるのはきわめてまれだ。

十年を過ぎたわらは、その年の大晦日に燃やして灰にした。栽培・収穫から焼却まで、すべての費えは兼松が負ってきた。

久々の万織りふご作りである。職人も農夫も、村の清流で水垢離《みずごり》をしてから、わら選びに取り組むことになった。

ふんどし一本姿の小五郎は、配下の職人と農夫を前に号令を発した。

「拵えるのは、氷箱を納めて長い道中を走る、万織りふご五個だ」

個数を明かされて、職人も農夫も息を呑んだ顔になった。千織りの一升ふごでも、仕上げには五日を要する。五個とは桁違いに多い数だった。

小五郎の号令に聞き入る面々は、だれもが同じ思いを抱いていた。初めて取り組む万織りふごを、おかしらは幾日で仕上げる気なのか、と。

「おめえたちの心配《しんぺえ》は、先刻承知だ」

小五郎は声を、わざと潜めた。小さな声のほうが、深く染み込むからだ。

「ふごには八貫目の氷を納めた、厚み二寸の樫板箱が収まる」

箱の大きさと重さが染み渡るまで、小五郎は口を閉じて間をおいた。だれもが箱を思い描けたと見極めてから、先を続けた。

「氷を運ぶのは信濃追分から中山道を走り続けて、江戸本郷までだ」

長い行程を聞かされて、抑えたどよめきが生じた。

いいのか、そんなことまで聞かされてと、声なき声が訴えていた。

信濃追分から本郷まで、氷を溶かさずに走り抜けられるふご作りの責めが、おれたちの肩にのしかかっている……

顔を見交わす職人たちは、負う責めの重さに身震いしていた。が、それは怯えではなかった。ふご作りに名指ししてもらえたことへの、武者震いだった。

小五郎は当主伊三郎の、伊三郎は徳右衛門の許しを得て、職人と農夫に道筋など子細を明かした。

こうすることで、携わる全員が巨大な一枚岩となるのを確信していた。

押上村の清流を背にして、ふご作りの職人と農夫が、堅い一枚岩となっていった。

＊

初荷のふご二個は五月三日の朝、浅田屋に届けられた。ふごの内には厚み二寸の樫板で拵えた、八貫目の氷が収まる箱が嵌《は》まっていた。

箱は達吉と嘉一が元図を描き、兼松の職人が仕上げていた。

ふごを届けてきたのは小五郎と、率いる職人ふたりだった。残りの者は兼松で、いまもふご作りに従事していた。

小五郎とは江戸組頭の玄蔵を筆頭に、控えの音っぺまで全員が顔を合わせた。

「氷箱入りのふごの吊り下げ方を、僭越ながらあっしらで示しやす」

三度飛脚が相手とあって、小五郎ですら気負いがあるらしい。あえて職人言葉で、ふごの吊り下げ方を伝授した。

「本番の信濃追分に出発されるまで、江戸で運びの稽古を積まれると聞いておりやす」

小五郎の問いかけには、玄蔵が一歩を踏み出した。

「ここからお茶の水の渓谷まで走り、氷箱に冷水を詰めて市中をまわってけえってきやす」

どれだけ冷水が冷たさを保てるのかを、玄蔵は冷や水売りから聞かされていた。

「あっしらが売る冷や水は、せいぜい半日が限りでね」

一日冷たさを保つことができれば、氷でも一日は溶けずに保てると、冷や水売りから見当を聞かされていた。

さらにもうひとつ。

「お茶の水の渓流がもっとも冷てえのは、夜明け前の八ツ半（午前三時）から七ツ半（午前五時）までの一刻（二時間）だ。それを過ぎると、清流も次第にぬるくなる。五ツ（午前八時）を過ぎて汲んだ水は、冷や水には使えねえ」

親爺から聞かされた次第を、玄蔵は小五郎に明かした。

「そんなわけで明日っから毎日、丑三つ（午前二時頃）を過ぎてから走り出しやす」

玄蔵が口にしたことに、小五郎たちは顔を引き締めて聞き入っていた。

「うちの職人も、こちらに毎日詰めさせてもらいやす」

小五郎は引き連れてきた職人ふたりを横に並ばせた。

「一日が過ぎた冷や水がどんな工合になるのか、てめえの手のひらと口とで確かめさせてくださせえ」

ふごと箱の工合がわるくて水がぬるくなったときは、直ちに手を加えて直しやすと、小五郎はきっぱり言い切った。

「その試しのために、先駈けのふたつをお渡しいたしやす」

存分に吟味してくださいと結び、小五郎は玄蔵を見つめた。

「あっしらも小五郎さんたち同様に、命がけで氷運びをやりやす」

玄蔵は、小五郎を見つめる目に力を込めた。

＊

夜明け前が一番暗く、そして寒いという。五月の江戸の丑三つ時は、寒くはないが漆黒の闇が町にかぶさっていた。

夜の四ツ（午後十時）から翌朝明け六ツ（午前六時）までは、江戸市中の町木戸は閉じられた。行き来を差し止めて、夜の町の治安を維持するためである。

そんな寝静まった町を、三度飛脚は木戸御免で走り抜けた。

ふごを吊した梶棒《かじぼう》を肩に担ぐ、前棒と後棒。

そのふたりの前を伴走する二名。

四名ひと組の飛脚が二組、闇に閉ざされた町を本郷からお茶の水の渓谷を目指して駆けていた。

伴走のふたりは提灯《ちょうちん》を手にして、ふご運びの先を照らしていた。

先頭を走る音っぺと風太郎が、提灯を高く掲げ上げた。闇の中で、渓流の水音が聞こえ始めた。

飛脚の息遣いが威勢を増していた。

四十三

丑三つ時（午前二時頃）に浅田屋を出た飛脚衆を、小五郎たちは通りに出て見送った。

町は寝静まっている真夜中だ。飛脚が地べたを踏むわらじの音を、小五郎ははっきり耳に捉《とら》えていた。

駆け出した飛脚はふた組とも、先頭が提灯を掲げ持っている。その明かりが見えなくなったところで、用意された十畳間へと戻った。

ふた組に分かれた飛脚衆が戻ってくるまで、小五郎たちは仮眠を取るようにと玄蔵から言われていた。

連日の夜鍋仕事で、間に合わせた二個である。せめて飛脚衆が戻ってくるまで、たとえ束の間でも仮眠を取ってほしいと玄蔵は願っていた。

職人たちは、その申し出に甘えた。

「お先でやす」

部屋に戻るなり、連れてきたふたりは直ちに横になった。そして小五郎が十まで数える前に、ふたりとも寝息をたて始めた。

「ありがとよ……」

ふたりに礼を言い、小五郎も目を閉じた。飛脚衆が懸命に走っているさなかである。床に入ったからといって到底眠れるわけはない……そう諦めていた小五郎だが、睡魔のほうが勝ったらしい。底なしの深みにまで眠っていたとき、ふすまが開かれた。

「親方……親方……」

戸口で発せられた音っぺの小声で、小五郎は飛び起きた。

「うかつにも眠っちまって」

詫びる小五郎に、音っぺが告げた。

「みんなが広間で待っております」

「分かりやした」

足元で丸くなっていた夏掛けを跳ね飛ばして、小五郎は立ち上がった。が、あとのふたりは気づかず、まだ眠ったままである。

「すぐに向かいやす」

音っぺを先に行かせた小五郎は、職人ふたりの夏掛けを二枚同時に剝ぎ取った。乱暴に扱われて、さすがに両名とも目覚めた。

「飛脚衆がお茶の水の渓谷からお帰りだ」

小五郎の醒めた声が、両人の胸に突き刺さったらしい。

「へいっ」

短い返事とともに、ふたりは廊下へ出る小五郎のあとを追った。

広間に向かう廊下の外は、明るくなっていた。すでに明け六ツ（午前六時）を過ぎていた。

パシッと音をさせた小五郎は、両手で頰を挟んで気合いを入れた。

広間の前では音っぺが待っていた。

「お待たせしました」

小五郎の声が広間の飛脚にも聞こえたようだ。全員が立ち上がり、小五郎たちを迎え入れた。

梶棒から取り外されたふご二個が、広間の真ん中に置かれていた。

「それでは、ふごの工合を見させてくだせえ」

小五郎たち三人が、ふご二個に近寄った。明け六ツ過ぎの光が広間に差し込んでいたが、正しくふごと氷箱が吟味できるよう、ふごの周りには百目ロウソク四基が灯されていた。

「拝見いたしやす」

小五郎が一個のふごのふたを取り外した。もうひとつのふごは、明日のいまと同じ刻限に開き、水の冷たさを確かめるため、ふたを取らず仕舞いである。

ふたはしっかりと閉じられて、外気がふごの内に忍び込まぬ拵《こしら》えである。

ふたを手に持ったまま、小五郎は「ううっ」と声を漏らした。

氷箱のふたの上には、利き酒用の小型のぐい呑みが置かれていた。ぐい呑みはふたの真ん中からずれていなかったのだ。

いかに飛脚衆が、ふごを揺らさずに走ってきたかを、ぐい呑みが示していた。

ていねいな手つきで器を取り除いた小五郎が、氷箱のふたに手をかけたとき。

「首尾良く運べたようだな」

徳右衛門がふごに近寄ってきた。料理番がひとり、徳右衛門に従っていた。料理番は十数個のぐい呑みを丸盆で運んできていた。

氷箱のふたを取り除くと、澄み切った渓谷の水がほどよき量で納まっていた。

料理番は慣れた手つきで、渓谷の水を器ですくい、徳右衛門に差し出した。続いて飛脚と小五郎たちにも手渡した。

仕舞いに料理番は自分の器にすくい入れた。そしてふごのふたを閉じた。まだ朝とはいえ、外気はすでにぬるくなっていた。ふごの内に外気を忍び込まさぬよう、手早く閉じた。

「見事な冷たさだ」

徳右衛門が言うと、飛脚衆も小五郎たちも表情をゆるめた。

ふごと氷箱の稽古走りは、上首尾のうちに走り始めていた。

四十四

この日、お茶の水から江戸市中をまわり、浅田屋につながる坂道の途中で夜明けとなった。大きな初夏の天道《てんとう》が、まだ赤い色の朝日を散らす見事な朝を迎えた。

しかし天気は夕刻には崩れた。

稽古走り二日目、五月五日の丑三つ時は強い雨が降っていた。が、荒天のなかを走ることには三度飛脚は慣れていた。

「追分屋からの走り本番日は梅雨のさなかだ」

雨中を走るのは稽古にうってつけだと、玄蔵は正味で喜んだ。

昨日のふご二個のうちの一個は、まだふたをかぶせられたままである。今日あらたに汲み入れて帰る渓谷の水と、冷たさを飲み比べる段取りだった。

これから汲み入れる水も、今日の吟味と明日の吟味に使うために、ふたつの氷箱が入り用だった。

昨夜遅くに雨天のなか、兼松の職人は幾重にも油紙で包んだ新しいふごと氷箱を辻駕籠で届けてきていた。

まだ暗くて雨降りのなか、昨日と同じ列が整った。

「そいじゃあ、行きやすぜ」

昨日に続き、風太郎と音っぺが先頭に立った。しかしふたりとも昨日とは身の拵《こしら》えが、大きく違っていた。

蓑笠《みのかさ》を着けた雨装束である。そして先を照らすのは提灯ではなく、雨中走りに適した銅製の龕灯《がんどう》だ。

銅製なら手にして走るにも軽いし、ロウソクの光は鉄製よりも遠くまで照らした。

小五郎たちも、昨日同様に見送った。が、先頭を走る灯りが見えない。しかも地べたは濡れていて、足音も聞こえずである。

三人は雨の先に目を凝らした。そして姿が見えなくなったと判じたところで、店前から離れた。

「この雨のなかでも、飛脚衆の走りはまるでぶれがありやせん……」

今日から入れ替わったふごと重箱の職人の喜蔵《よしぞう》が、敬いを込めてつぶやいた。

「あのひとたちは……」

昨日から詰めている職人が、飛脚走りを初めて見た喜蔵に話しかけた。

「お茶の水からこの本郷坂上まで、ふごをぴくりとも揺らさずに、あの走りで持ち帰ってこられるんでさ」

喜蔵に聞かせながら、その職人もあらためて感心していた。

＊

この朝も三度飛脚は六ツ（午前六時）前に戻ってきた。そして昨日と同様、小五郎がひとつのふごのふたを取り除きにかかった。

雨中走りに備えて、ふごは油紙で包まれていた。三度飛脚が雨中走りの際、挟箱《はさみばこ》を包む特製の油紙である。分厚い拵えで、雨を弾き返す油は五重の塗り仕上げだった。

油紙の仕上げのよさに驚いた小五郎は、感じたままを玄蔵に告げた。

「これほどの油紙に触れるのは、今朝が初めてでやす」と。

「加賀様からお預かりする品々を、濡らすわけにはめえりやせん」

「まことに……」

玄蔵と小五郎がやり取りしている途中に、徳右衛門と料理番とが入ってきた。そして前日同様に、水の冷たさ吟味が始まった。

料理番が最初にぐい呑みにすくい入れたのは、いま運んできたばかりの渓谷の水だった。

徳右衛門以下の全員が、器にすくい入れられた水を吟味した。

味よりも、水の冷たさ吟味に重きがおかれていた。

徳右衛門はぐい呑み一杯の水を、幾度も舌の上で転がした。そして冷たさを確かめた。

が、なにも言わず、昨日のふごを開けるように小五郎を促した。

「それでは始めさせていただきます」

小五郎は昨日のふごのふたを取り除いた。そして氷箱に手をかける前に、ふごの内に顔を差し入れた。

外気のぬるさはまったく忍び込んではいなかった。

氷箱のふたの真ん中には、ぐい呑みが載っていた。ふごは二個ともお茶の水渓谷行き帰りの道中、まったく揺れてはいなかった。

「昨日の朝のままです」

兼松の職人頭が、外気の侵入もふごの揺れもなかったと請け合った。徳右衛門は深くうなずき、承知を示した。

氷箱のふたを取り除くなり、料理番が新しいぐい呑みを差し入れた。広間のみなが、昨日のふごの周りに移った。

最初の一杯は例によって徳右衛門に差し出された。料理番は評価を待つことなく、次々と器に汲み入れてみなに差し出した。

それぞれに行き渡り、吟味を終えたのを見極めて、徳右衛門が口を開いた。

「わたしには、明らかに昨日の水のほうが冷たく感じられたが」

徳右衛門は小五郎に目を向けた。

「親方はいかがですかな？」

「てまえも同様に感じております」

小五郎が答えると、飛脚衆も深くうなずいた。今朝、初めて吟味に加わった喜蔵は、だれよりも強くうなずいていた。

「だとすれば、親方」

小五郎を見る徳右衛門の眼光が光を増した。

「今日のふごには、雨に対する弱さがあるのではござらぬか？」

ていねいな口調ながら、徳右衛門はふごと氷箱には雨への弱さがあるのではないかと質《ただ》していた。

「お言葉に逆らいますが、それは断じて考えられません」

小五郎は言い切ったあと、ふごを包んでいた油紙を手に持った。

「これほどの油紙があれば、たとえ野分《のわき》のなかを終日走ったとて、内に水が染み込むとは考えられません」

まずは浅田屋の油紙を評価した。そのあとで、万織りにも言い及んだ。

「てまえどものふごは、万織りならぬ千織りでも、雨が染み込むことはありません」

店売りに出す前に、ふごは一個ずつ水が染み込まぬか否かの吟味を加えていた。

「さらに申し加えれば、氷箱とてまったく同様の吟味を加えております」

口を閉じた小五郎は、あとを喜蔵に預けた。

「てまえは兼松でふごと重箱の両方に携わる職人でやす」

喜蔵は徳右衛門を見詰めて話を続けた。

「いま親方が言いました通り重箱もそうでやすが、氷箱にはこちらさまに納める前に、さらにきつい吟味を加えておりやす」

ふたを閉じた氷箱を、水を縁まで張った洗《あら》い桶《おけ》につけていた。半刻《はんとき》（一時間）もの間。

「桶から取り出した氷箱には、ただのひとしずくの水も忍び込んではおりやせん」

これができてこそ兼松の箱物ですと、喜蔵は言い切った。

「まことにうかつなことを口にしました」

徳右衛門は小五郎と喜蔵を見て、正味の物言いで詫びた。

そのあとで、思案顔を拵えた。

「ふごにも氷箱にも疵《きず》はないと分かったいま、水の冷たさが違うのは、いかなるわけでしょうかな」

昨日の水が今朝の水よりぬるいなら、得心もできる。ところが水の冷たさは逆で、今朝のほうがぬるい。

徳右衛門が発した問いには、浅田屋の料理番が答え始めた。

「雨水のせいです」

料理番の有次《ありつぐ》は、強い口調で言い切った。

「いま降っている雨は、お茶の水の渓谷にも等しく降っています。渓谷の水よりも雨水はぬるいはずです」

三度飛脚たちが汲み入れた渓谷の水には、大量の雨水が加わっている。その雨水が、今朝の水をぬるくしていると有次は結んだ。

有次の言い分には、広間にいただれもが得心していた。しかし玄蔵も小五郎も、鵜呑みにはしなかった。

しなかった。なにしろ前田家を始めとして、何家もの命運を背負わされて中山道をひた走る三度飛脚たちだ。

ふごと氷箱作りを請け負った兼松は、身代をも賭していた。

さらに言えば浅田屋も兼松も、当主は奉公人に、それも番頭ではなく飛脚頭や職人頭に、のれんを託すという決断を下していた。

水がぬるいのは、果たして雨のせいなのか。

「冷や水売りのとっつあんに確かめやしょう」

有次の言い分を承知した玄蔵は、冷や水売りの宿を訪れることを提案した。

「待ちなさい。その冷や水売りは江戸の元締めではないだろう」

徳右衛門に問われて、玄蔵は口籠もった。

「神田明神の大嶋屋が、お茶の水の渓谷の水を仕切っている貸元だ。そちらに出向いた方がいい」

徳右衛門は水戸徳川家の宴でてきやを取り仕切った今戸の芳三郎から、冷や水売りの子細を聞き取っていた。そこで知り得た限りを玄蔵に教えた。

「そこまで手数をおかけしていたとは」

玄蔵はあらためて、徳右衛門の懐の深さを思い知った。

「浅田屋を支えてくれるのは、おまえたち三度飛脚だ。おまえたちのために抜かりのない手配りをするのが、わたしの仕事だ」

さっそく玄蔵が大嶋屋に走った。大嶋屋の当主は芳三郎の名を出すと、こころよくこちらの問いに応じてくれた。

「夏の雨水は渓谷の水をぬるくします。水の冷たさが変わったのはそのせいです」

落ち着くには二日ほどかかるでしょうと、見通しを示してもくれた。

四日後、いつもと同じ要領で慎重に試しを行うと、みごとに一日前に汲んだ水が、ふごのおかげで変わらぬ冷たさを保っていると認められた。

徳右衛門は小五郎に深く頭を下げ、衷心《ちゅうしん》よりの礼を伝えた。

四十五

嘉永六年五月二十二日（一八五三年六月二十八日）、四ツ（午前十時）。

五月二十八日の氷献上を上首尾に終えるまで、金沢と江戸とを行き来する三度飛脚は休みである。

当初の段取りは大きく変更された。

加賀組・江戸組の三度飛脚十二人に、両組の控え四人を加えた都合十六人で向かうことになった。

飛脚衆は五組に分けられ、板橋・上尾《あげお》・深谷《ふかや》・安中《あんなか》・追分に分宿と定められた。

江戸出発までは、十六人揃いの走り稽古が続く。

加賀組八人は国許から前田家への書状等を携えて、この日の朝、本郷浅田屋に到着した。

直ちに徳右衛門が上屋敷に参上。飛脚衆たちは広間に詰めて、本番日に向けての段取り検討に入った。

加賀組と江戸組が広間で大きな車座を拵えていた。

最初に立ち上がり口を開いたのは、江戸組頭の玄蔵だった。

「つい今朝まで、江戸では氷箱の試し担ぎを続けてきやした」

向こう正面に座した弥吉に目を合わせて、玄蔵はこの朝までの稽古走り子細の説明を始めた。

「突き当たりまで何度も繰り返し吟味を重ねた結果、追分屋から江戸まで運ぶ氷箱は、ひとつ限りと決めやした」

江戸組は承知の話だが、加賀組は頭の弥吉を含めて初耳である。

ううう……と、加賀組から唸《うな》り声が漏れた。が、弥吉は黙したままでいる。頭を差し置いて声を尖《とが》らせる者はいなかった。

「運ぶ氷箱はひと箱だけと決めた一番のわけは、速さ勝負だってえことでやす」

玄蔵は立ったまま、子細の続きを話した。

「加賀組と江戸組を合わせれば、飛脚は十六人だ。氷箱ひと箱を担いで走るのは、前棒と後棒、提灯を持って伴走する二名の、都合四人がひと組だ」

説明を続ける玄蔵の物言いが、頭の口調に変わっていた。

「四人ずつ四組に分ければ、追分屋から江戸までの旅籠三宿に、待機させられる」

玄蔵はここで車座の全員を見渡して、さらに続けた。

「おれたちが休みを取りながらも命がけで走り通したら」

玄蔵が言葉を区切った。飛脚衆の目が玄蔵に集まっていた。

「たとえ氷箱を担ぎながらでも、十里（約四十キロ）を二刻（四時間）あれば充分だ。そうだろうが？」

「その通りでさ」

飛脚衆の確かな返事が重なり合った。

「追分屋を出た一番組は、きつい峠や山道が続くが、江戸に向かうときはほとんどが下り道だ」

控え飛脚を含めて、中山道はすでに何度も走っていた。安中宿までの道中を思い浮かべて、だれもがうなずきを示した。

「挟箱を担いだだけの下りなら足にも楽だが、今回は氷箱を担いでの下りだ」

駆け足に勢いがつく分、肩に担いでの下り道は難儀だと玄蔵は口調をきつくした。広間の気配が引き締まった。

「追分屋から安中宿までを受け持つ一番組は、走りの道のりはほぼ十里だ」

昼間なら一刻半で楽々の道のりだが、今回は夜道になると明かした。

「五月二十八日の正午には、小石川の水戸徳川家上屋敷に必着というのが、阿部様と前田様、そして水戸徳川家の間で取り決められた氷献上の刻限だ」

その時間には、上様が水戸徳川家に御成であると、玄蔵は声を張った。

刻限に間に合わせるために、氷箱は追分屋を五月二十六日の日没直前に出発する行程を玄蔵は描いていた。

「ぎりぎりまで、追分屋の氷は氷室に寝かせておきたい。そして切り出したあとは、一気に江戸に向かって走り出すのが一番だ」

江戸に比べて追分屋の辺りは山の高台にあって涼しい。

「とはいえ、晴れの日の昼間の暑さは半端じゃねえ」

晴天の中山道は、地べたも焦がされており、方々で陽炎《かげろう》が立ち上っている。

街道を走るのは日没直前から、せいぜいが夜明け後の六ツ半（午前七時）までだと、玄蔵は考えていた。

「初日、安中宿に行き着くのは、たとえ闇に包まれた山道、峠道の走りだとしてもだ」

また言葉を区切った玄蔵は、車座となった全員を見た。しかも今度はひとりずつ、しっかり目を合わせていた。

「暮れ六ツ（午後六時）に出た氷箱は、安中宿には四ツ（午後十時）には行き着けるのはまちげえねえ」

そうだなと、玄蔵は目顔で飛脚衆に問うた。だれもが確かなうなずきで応じた。

江戸の町木戸が閉じられる刻限が四ツである。宿場の大木戸も、四ツには閉じられた。

「阿部様のお取り計らいで、五月二十六日、二十七日の両日は、碓氷《うすい》の関所、安中宿から蕨《わらび》宿までの宿場大木戸は、いずこも通り抜け御免確認の報《しら》せが行き渡ることになっている」

木戸が閉じられたあとも三度飛脚は、いずこの関所や街道宿場でも木戸御免・通り抜け御免で走り抜けられる藩札が供されていた。

藩札に加えて今回に限り、老中首座じきじきのお達しが、中山道の当該宿場役人に発せられていた。

「みんなの確かな足は承知のうえで、安中宿を発つのは四ツ半（午後十一時）とする。安中から深谷宿までも、およそ十里の見当だ。道のりは追分から安中までと同じようなものでも、街道の上り下りはこっちのほうが楽なはずだ」

告げたあとで玄蔵は表情と声音を、ぐっと引き締めた。

「つい楽だと言っちまったが、これはおれの口が滑っちまったことだ。楽だと言ったのは忘れてあとを聞いてくれ」

玄蔵の顔つきが、ひときわ引き締まっていた。聞いている面々も表情を引き締めた。

「今年は知っての通り、冬がぬるかった」

そのあおりを食らい、氷献上も例年とは大きく異なっていた。

五月二十二日のいま、江戸組・加賀組の飛脚衆が一堂に会しているのも、つまりは冬暖かのせいである。

飛脚衆の表情がさらに硬くなっていた。

「ぬるかった冬が災いしたのか、深谷と次の熊谷《くまがや》宿の街道には昼も夜も、熊がひっきりなしに出没しているらしい。安中から深谷を走る二番組と、深谷から熊谷を通り越して先に進む三番組は、ことさら熊に気をつけてくれ」

二番組は深谷宿到着が五月二十七日の丑三つ時（午前二時頃）前。三番組は未明の七ツ（午前四時）に深谷宿を出て、中山道五番目の上尾宿まで、これもまたおよそ十里を走る段取りである。

「上尾まで走れば、あとは大宮・浦和・蕨・板橋宿だけだ」

六ツ半（午前七時）に上尾宿に到着した氷箱は、達吉と嘉一が急ぎ仕上げる、本郷氷室に納まる運びとなっていた。

「みんなが身体を張って上尾宿まで運んでおきながら」

玄蔵は口をつぐんだ。広間の全員が追分屋から上尾宿までの道中を思い描きつつ、玄蔵の話に聞き入っていた。

「先を急ぐがあまりに、真夏のまっ昼間に街道を走って、氷箱の中身をおしゃかにするような、うかつな真似は断じてできねえ」

玄蔵の説明に異を唱える者など、広間にはいなかった。

上尾から大宮間は二里。

大宮から浦和は一里十町、浦和から蕨は二里三町。そして蕨から板橋までが二里十町だ。

「中山道の第一宿、板橋までは街道の道幅も広いし、でこぼこが少ねえのは、みんなも知っての通りだ」

江戸に向かう参勤交代の行列は、いずれの藩も大宮を過ぎると威勢のよさを競い始めた。長旅の終着地が近いのを、行列のだれもが感じ取っていたからだろう。

板橋宿には浅田屋の出店《でだな》も設けられていた。ここまで来れば、前田家上屋敷も水戸徳川家上屋敷も、もはや指呼の間である。

「板橋宿で、四番組は身なりを着替える段取りとなっている」

出店で汗を洗い流したあと、下帯からすべてをとりかえる。そして小豆色の祝儀半纏《しゅうぎばんてん》に身を包んでから、本郷浅田屋に向かうというのが、氷箱運びの道のりだった。

「今年の氷献上は、いつもの年とは大きく様子が違っている」

玄蔵の声が一段、張りを増していた。

車座で聞いている面々が、一斉に背筋をビシッと伸ばした。

「ざっと挙げただけでも、蔵職人の達吉さんと嘉一さんは、氷箱を休める本郷氷室造りのために、江戸での仕事を五月一杯はすべて断ってくれて、すでに上尾宿の旅籠に投宿しておいでだ」

講釈師の宝井馬風は、氷献上を水戸徳川家上屋敷で行うために、花見の宴の組立を徹夜続きで成し遂げてくれた。

「力を貸してくれているのは、町人だけじゃねえ。いや、お武家さんのほうが、正味で命がけで手助けをしてくれている」

込み上げる思いの烈《はげ》しさで、あの玄蔵がつい言葉を失っていた。

固唾を呑み込むことすらせずに、弥吉を筆頭に飛脚衆は玄蔵を見詰めていた。

「あろうことか、ご老中首座の阿部正弘様までが、今年の氷献上の手助けをしてくだすっておいでだ」

もはや、あたまの内で暴れる人々への思いが、抑えられなくなっていた。

棒立ちになった玄蔵を、広間の飛脚衆は愛《いと》しみを込めて見詰めていた。

四十六

玄蔵と弥吉との話し合いで、すべての布陣が定まった。

明日、五月二十三日四ツ（午前十時）に、一番組から四番組まで、控えを含めた全員が一斉に本郷浅田屋から出発する。

「番組飛脚、受け持ち行程はこの通りだ」

大判の紙に清書した一覧表を、玄蔵が広げた。素早く立ち上がった音っぺと加賀組控えの与《よ》市《いち》が燭台二基を運んできた。

大判紙の四隅にまで明かりが行き渡った。

＊

本郷出発は全員、五月二十三日四ツとする。

一番組
五月二十五日　八ツ（午後二時）追分屋到着。
翌日旅立ちまで走り稽古。
五月二十六日　暮れ六ツ（午後六時）出発。
同日夜四ツ（午後十時）安中宿到着。
江戸組　颪太郎　音っぺ

加賀組　留次《とめじ》　与市
氷箱、提灯など、受け渡し品を確認したあと、一番組は翌朝まで安中宿にて仮眠。

二番組
五月二十六日　四ツ半（午後十一時）安中宿出発。
五月二十七日　丑三ツ時（午前二時頃）深谷宿到着。
二番組は深谷宿にて氷箱などの受け渡しを確認後、仮眠。朝五ツ（午前八時）起床。
一番組は五月二十七日明け六ツ（午前六時）、安中宿出発。深谷宿にて二番組と合流。
朝餉のあと、上尾宿に向かう。
江戸組　券弥　三助《さんすけ》
加賀組　六造《ろくぞう》　伸太《しんた》

三番組
五月二十七日　深谷宿七ツ（午前四時）出発。
五月二十七日　六ツ半（午前七時）上尾宿到着。
上尾宿到着後、宿にて仮眠、待機。
八ツを目処に向かってくる一番組、二番組も上尾宿にて合流。
その後、四番組の一伴走で板橋宿へ。
江戸組　栄助　嘉地蔵

加賀組　卯太郎《うたろう》　産蔵《さんぞう》

四番組の一
五月二十七日　上尾宿にて暮れ六ツまで待機。
五月二十七日　五ツ半（午後九時）までに板橋浅田屋到着。上尾宿からは一番組・二番組・三番組も伴走して板橋に向かう。
江戸組　のり助
加賀組　梅吉《うめきち》

四番組の二
五月二十八日　明け六ツ（午前六時）板橋宿出発。
江戸組　玄蔵
加賀組　弥吉
板橋浅田屋に集結していた飛脚十四名が伴走し、本郷浅田屋に向かう。
五月二十八日六ツ半（午前七時）前　前田家上屋敷到着。
直ちに前田家にお納めし、嘉永六年氷献上の成就とする。

＊

飛脚衆全員が読み終えたのを見定めたのち、玄蔵が口を開いた。

「行程を見ても分かる通り二十六、二十七の両日は、道中を走るのは陽が落ちてから、翌朝の夜明け直後までだ」

大判に見入っている面々が、深くうなずいた。安中到着は四ツ、深谷到着は丑三つ時で、いずれも夜がふけてからだ。

例年の氷献上走りでも、夜道は駆けた。しかし今年とはまるで違う夜走りだった。

例年、氷箱に収まっていたのは湯涌の氷室から切り出した、固くて分厚い氷である。

今回より遠方の湯涌から昼夜を問わず走り続けた飛脚には、夜道で格別周囲に気を払える気持ちのゆとりがあった。

一番の理由は「氷は江戸まで溶けない」という、長年の信頼感があったことだ。

今年運ぶ追分の氷は、初物だ。

氷箱は新調したし、加賀と江戸の両方から控えの飛脚を番に組み入れた。

年頭に先代から申し渡された「新たな目でものごとを吟味する」。これを伊兵衛が重んじたことで実現した、特技を持つ控え飛脚を加えた番編成だった。

一番の肝《きも》となる氷箱とふご作りには、いま考え得る最善を尽くしていた。

「氷箱を担ぐ前棒・後棒と同様、もしくはそれ以上に大事なのが、夜道を照らして先導する明かり持ちだ」

玄蔵は江戸組・加賀組の控え身分である四人を順に見た。目を合わされた面々は、背筋をぴしっと伸ばした。

「提灯持ちが気を抜いて明かりを山道やら街道から逸らせたり、地べたのでこぼこだの石ころだのを見逃したりしたら」

玄蔵は控えの面々を凝視している目に、強い光を宿していた。

「氷箱を運ぶふたりの足が乱れる。いや、乱れに留まらず、怪我まで負わせる」

玄蔵が眼光を強めても、音っぺたち四人は身じろぎもせずに見詰め返していた。

その意気込みを了としたのだろう。玄蔵は小鈴を振った。手代ふたりが脇差二刀を載せた黒盆を運んできた。膝元に置かせた盆から、玄蔵は脇差二刀を手に取った。

「音っぺ、与市。ここに来ねえ」

名指しされた両名は音を立てずに畳を進んで、玄蔵に近寄った。

「この二刀とも、浅田屋先祖が綱紀《つなのり》公から拝領した家宝の脇差だ」

玄蔵は音っぺと与市に、脇差を差し出した。ふたりは両手で押し頂いた。

「夜道にはどんな魔物が潜んでいるか、あの街道や山道を走り続けてきたおれたちですら、わかっちゃあいねえ」

言い終えた玄蔵は、控え身分のふたりを見た。

「ましてや控えのおめえたちには、知らねえ山道の闇は止め処《とど》もなしに深い」

もしものときは脇差で立ち向かって相手を退治しろと命じた。

「家宝がどうのと案ずることはねえ。構わず脇差で、きっちり仕留めろ」

「がってんでさ」

脇差を押し頂いたまま、ふたりとも腹の底からの物言いで応えた。

脇差とともに元の座に戻したあとも、玄蔵の話は続いた。

「音っぺと与市の脇差二刀は、安中宿で二番組の伸太と三助に受け渡しされる」

両名は顔つきを引き締めてうなずいた。

「深谷から上尾への道中は、提灯を掲げる竿を槍に取り替える段取りだ」

玄蔵の目は江戸組の嘉地蔵と、加賀組産蔵に向けられた。

「おめえたちふたりは、槍の稽古をいまも続けていると聞いたが、間違いねえか？」

ふたりは互いに見交わしてから、同時に「その通りでさ」と答えた。

「おめえたちの技に頼ることのねえようにと願うが、熊谷界隈では今年の四月過ぎから、熊が里に下りてきている。幸いなことに、いままでは熊に出くわしたことはねえが、この先は分からねえ」

話を続ける玄蔵の物言いも顔も引き締まっていた。

「前田様御用人様にお願いして、深谷から上尾までの道中に限り、槍を持ったまま走るお許しをご公儀からいただいてもらえた」

槍は深谷宿番所から貸与される。その後、上尾到着後に上尾宿番所に返却すればよしとの、手筈は整っていた。

「ここまで話したことでも分かる通り、このたびの氷箱運びには、御公儀のてっぺんにまで頼み事が行き渡っている」

ことは前田家と浅田屋とを大きく超えて、将軍家まで巻き込んで運んでいた。

すべては老中首座の阿部正弘が、職責を賭して臨んだことで成り立った事案だった。

あのうるさ方、水戸徳川家を承知させたことで、将軍御成の刻限を五月二十八日、四ツにまで早めることができていた。その折、氷献上の儀式開始刻限も従来の八ツから正午へと繰り上げを願い出ていた。

五月二十八日明け六ツまで、浅田屋板橋出店に急ぎ設《しつら》えた本郷氷室に氷箱は納められている段取りである。

明け六ツの鐘と同時に板橋を出る氷箱は、六ツ半には本郷前田家に到着する。

その後水戸徳川家に持参する刻限までなら、前田家の氷室でも溶かさず、持ち堪えることもできるだろう……

多数の知恵者と飛脚が知恵を出し合って仕上がったのが、今回の氷箱運びの行程だった。

子細説明を終えた玄蔵は、また飛脚衆を順に見詰め回した。

飛脚衆の背筋が、音をたてたかのようにビシッと伸びた。

「いまさらここでおれが、くどいことを言っても屋根の上に屋根を重ねるも同然だ」

玄蔵の言葉が各自の胸に染み渡ったらしい。飛脚衆の確かなうなずきが広がった。

「明日から二十八日まで、おめえたちの命は弥吉さんとおれが預かる」

「がってんでさ」

玄蔵と弥吉を除いた十四人の声が、広間に響き渡った。

四十七

すでに強い夏日が照りつけ始めている、嘉永六年五月二十三日（一八五三年六月二十九日）、四ツ（午前十時）前。

本郷浅田屋店先には浅田屋奉公人全員が、小豆色の祝儀半纏を羽織って勢揃いしていた。

前田家上屋敷を背にする形で、飛脚衆は立っている。その飛脚衆と浅田屋の全員が向き合って立っていた。

正面から降り注ぐ午前中の陽光を浴びる飛脚衆十六人は、三度飛脚の身なりである。

氷箱の吊された梶棒の前棒に一番組の風太郎、後棒に留次が肩を入れた。

風太郎と留次を両側から挟む形で音っぺと与市が立っている。ふたりとも幅広の帯に脇差を差していた。

昨夜は遅くまで町内の道場師範が、出稽古に応じてくれた。

「帯の結び方が一番の大事だ」

深夜四ツの鐘が響き終わるまで、師範は帯への差し方、咄嗟《とっさ》の鞘《さや》からの払い方のふたつを特訓した。

闇の山道を走ると聞かされたことで、師範の稽古にも熱がこもっていた。

その成果あっての、ふたりの立ち姿である。浅田屋奉公人の後ろに立った師範の両目には、それでよいとの光が宿されていた。

昨夜の話し合いで、いくつかの変更が承認された。まず、万一に備えて予備のふごと氷箱を安中、深谷、上尾の宿に運んでおくことに決した。

二番組から四番組の一まで、氷箱を吊した梶棒が配られている。担ぎ当番の飛脚たちは、一番組同様、梶棒を横にして肩を入れていた。

浅田屋は当主に先代、そしてすべての奉公人が幾重もの人垣を作り、十六人の飛脚衆と正対していた。

ゴオオオン……

四ツを告げる捨て鐘の第一打が鳴り始めた。その鐘の音にかぶさるようにして。

ドオオ〜〜〜ン……ドオオ〜〜〜ン
通りに出された浅田屋の太鼓が、二打の轟音を轟かせた。

太鼓の音がまだ尾を引いているうちに、玄蔵と弥吉が飛脚衆の列の前に出た。

「加賀組、江戸組みな、息と足を揃えて大仕事を請負いやす」

玄蔵が口を閉じると弥吉があとを続けた。

「仕上がりの朝は、六ツ半に届けやす」

玄蔵と弥吉が同時に深い辞儀をした。

浅田屋伊兵衛はその辞儀を受け止めて、深いうなずきの答礼をくれた。

玄蔵と弥吉の出立宣言のあと、飛脚衆は敏捷な動きで列を整えた。

全員が前田家上屋敷の方に向き直った。そして一番組が先頭、四番組の二の玄蔵と弥吉がしんがりだ。

中山道第一宿の板橋までは、この順で向かう段取りである。

一番組の先導役、音っぺが後ろを振り返り、十六人の列が整っているのを確かめた。

右手には提灯を掲げる竹竿を手にしている。真夜中の闇でも提灯の明かりに浮かび上がるように、竹竿は鮮やかな紅色に塗られていた。

列に乱れなしを確かめた音っぺは、竿を高く持ち上げた。

ドオオ〜〜ンと、太鼓が轟いた。

音を背に浴びながら、音っぺが駆け始めた。前棒の風太郎が続き、後棒の留次、一番組後詰《ごづ》めの与市が走り始めた。

与市も音っぺと同じ紅色の竿を高く掲げ持っていた。

浅田屋奉公人が作る人垣の後ろには、小五郎がいた。

しんがりで走り始めた玄蔵の背に、小五郎は両手を合わせていた。

「道中の無事と大仕事成就が、なにとぞかないますように」

走りに合わせて、玄蔵の背中はどんどん小さくなっていた。

豆粒大まで小さくなっていても、遠目の利く小五郎は、まだ手を合わせて胸の内で願い続けていた。

本郷から板橋浅田屋までの道中は、いわば三度飛脚の顔見世興行である。

十六人が長い一列となり、同じ側の手と足とを同時に動かす独特の走りを、街道を行き交う面々に披露した。

「うおおっ」

見物人が発した言葉にならぬどよめきが、塊となって宙を昇った。

「でました！」

「にっぽん一！」

年季の入った掛け声が、あとを引き受けた。

江戸組加賀組十六人もの偉丈夫が駆け抜けるさまは、桁違いの迫力がある。

歓声と、手のひらが痛くなるほどの拍手とで、走り過ぎる「ひむろ飛脚」を本郷から板橋へと送り出した。

天中目指して昇っている天道は、すでに真夏の威勢を放っていた。

飛脚衆が行き過ぎるのを見ていただれもが、ひたいに汗を浮かべていた。

浅田屋板橋出店に着き、昼餉《ひるげ》と休息をとったあと。

「いよいよ、ここからが本番だ」

「命がけで走り、ここにまた戻ってこい」

玄蔵と弥吉の気合いに満ちた声に押されて、飛脚衆十四人が板橋宿から飛び出した。

五月二十三日、八ツ（午後二時）の刻限である。天道はわずかに西へと移り始めていた。

＊

一番組の追分屋での稽古は、すこぶる順調に進んだ。

いよいよ運び出し当日、五月二十六日も夜明けから威勢のいい天道が顔を出した。

「この夜明けを迎えたなら、今日一日、空模様を案ずることはねって」

氷室番の頭を務める毘助《さじすけ》は、きっぱりと上天気を請け合った。

「二十六日だもんで月は細くてあてにならねえが、追分は星が達者だでよ」

月明かりがなくても、星が山道の案内役だと言い切った。

毘助の腕の確かさは、夕暮れ前から始まった氷室開きで際立った。

氷室を開く前に氷箱の寸法を風太郎に質した。すでに何度も伝えていたのだが、毘助は気にも留めず、言い返した。

「氷を切り出すのはおらだ。てめえの目で確かめねば、先には進めねえだ」

きっぱりと言い返されたことで、風太郎は氷箱を毘助の前に置いた。

毘助は手作りの鉄尺《かねじゃく》で、三度も氷箱の内寸を測った。測り間違いのないように、ロウソクで箱の内側を照らしていた。

風太郎は旅立ち前に小五郎から、箱の寸法は細かに聞かされていた。寸法は紙に書いて毘助に渡していた。

その紙を見ようともせず、毘助は内寸を測り終えた。

氷室に入り氷の切り出しを始めたとき、毘助は鉄尺に沿って切り出しを続けた。が、採寸した寸法から心持ち内に切り出した。

氷箱に詰める前、毘助は桐のおがくずを、切り出した氷にまぶした。氷箱の内寸より内に切り出したのは、おがくずをまぶすための遊び寸法だったのだ。

三人いる配下には手伝わせず、毘助はひとりで切り出しを続けた。

氷室の氷は厚みが六寸（約十八センチ）見当である。正確に六寸ではないのは、氷室への雪の詰め方にでこぼこがあったからだ。

毘助はその僅かな寸法の差まで読み込んで、切り出した氷を積み重ねた。もちろん一枚ずつ、氷には充分なおがくずをまぶしていた。

氷室に夏の温気を侵入させぬように、切り出しが始まると扉はきつく閉じられた。風太郎たち四人は、氷室の外で待たされていた。

「毘助さんてえお方は、並の目利きじゃねえ。空見の確かさもそうだが、あのひとには天の後ろ盾がついていなさる」

風太郎が感嘆の吐息を漏らすと、留次たち三人が心底のうなずきを見せていた。
＊

暮れ六ツ（午後六時）前には夕餉も終えて、旅立ちの支度は万全に整っていた。

いざ梶棒に肩を入れるだけとなったとき、

「これば、肩から斜めがけするだ」

毘助は長い帯がついた布袋を、与市と音っぺに差し出した。

「安中までの息継ぎのとき、みんなで食えばいい」

醤油を付け焼きした、焼きおにぎりが八個、袋に収められていた。

「ありがてえお心遣いでさ」

笑顔で礼を言いながらも、音っぺは内心ではありがた迷惑だと思っていた。

右手には提灯を結わえた竿を持ち、闇の山道を走るのだ。握り飯の詰まった斜めがけの布袋は、おなか周りにまとわりつく。

そんな音っぺの胸中を読んだらしい。毘助は口調を硬くしてあとを続けた。

「今日は昼間が暑かったでよう、山道は昼と夜との暑さ違いでつむじ風が起きるかもしんねっからよ」

毘助は両目に力を込めて音っぺを見た。

「こったぁ夜は、山のキツネ、タヌキも山道に出てきてわるさしかけるかもしんね」

充分に気をつけて山道を走れと、提灯持ちの音っぺと与市に注意を与えた。

毘助が言い終えたとき、寺から暮れ六ツの鐘の音が流れてきた。

「行くぜ」

「がってんでさ」

風太郎の声に応じて、音っぺと与市が提灯に火を入れた。すでに夕焼けが忍び込んでいた追分屋の土間が明るくなった。

「世話になりやした」

四人が声を揃えて追分屋のあるじ鶴吉、毘助たちに礼を言った。そして梶棒に肩を入れて戸口に立った。

追分屋の女将が飛脚四人の前で、鑽《き》り火《び》を打った。チャキチャキッと音を立てて、火の粉が舞った。

山の日暮れは早い。舞い散る火花は、線香花火の如くに見えた。

音っぺが走り出した。間をおかずに風太郎と留次が追い、後詰めの与市が提灯の竿を高く掲げ持っていた。

＊

追分屋を出て半刻《はんとき》（一時間）近くなって、風太郎たちは山道を上り始めていた。

音っぺの先導ぶりが見事で、一行の山上りはすこぶる滑らかに進んでいた。

ところが。

大きな曲がり道に差し掛かったとき、いきなり突風が四人に襲いかかった。

長い竿を抱えて走っていた音っぺと与市は、風にあおられて身体が激しく揺れた。懸命に竿と提灯を守ろうとしたことが仇《あだ》となり、その場にふたりとも尻餅をついた。

いきなり闇が襲いかかってきた。尻餅をついたとき、つむじ風が提灯の内に舞い込んだのだ。

結果、明かりが消えた。

「種火はどうなってるんでえ」

闇のなかで、風太郎の尖った声が音っぺに向けられた。

「種火は持っておりやせん」

音っぺが答えると、与市も同じことを口にした。

種火は懐炉灰《かいろばい》だが、ロウソクに点火できる炎はない。そのため焚きつけの乾いたわらが必要だった。

夏場のいま、素肌に触れる懐炉を携行するのは苦痛である。

「おれたちが提灯を持つんだ、万にひとつもロウソクを消すへまはやらねえ」

音っぺと与市は互いに納得して、種火を持参してこなかった。

山道はまだ上り切ってはいなかった。上り切ると、そこには峠の茶屋があるのは分かっていた。

控え身分の音っぺと与市も、追分屋に向かう往路でその茶店で息継ぎをしていた。

風太郎の判断は明瞭で迅速だった。音っぺたちのしくじりをなじったりして無駄なときを費やさず、解決策を口にした。

「おれと留次あにいとで、この場を動かずに氷箱を守ることにする」

星明かりだけの闇は深い。風太郎の表情は分からなかったが、指図は明瞭だった。

「あの茶店までなら、闇を気遣いながら走っても、行き帰り半刻はかからねえ」

ふたりで茶店まで向かい、婆さんを叩き起こして提灯に明かりを点してこいと、穏やかな口調で指図した。

「承知しやした」

いつものがってんでさではなく、ていねいな物言いで答えていた。

「急ぐのはでえじだが、怪我をしたんじゃあ厄介ごとを増やすだけだ」

割って入ったのは留次である。

「こんなに闇が深くては、一寸先とは言わないが、一間先も見えにくい」

くれぐれも足元に気をつけて走れと言い聞かせた。

「分かりやした」

答えた音っぺが立ち上がった。与市も続いた。走りだそうと身構えたとき、いま一度留次がふたりを呼び止めた。

「こんな闇の中で、もしも光っているものが見えたら、それは獣の目だ」

留次の言い分に、音っぺは息を呑んだ。

ここは山道の真っ只中だった。いま留次に言われるまで、山には獣が棲んでいることを忘れていた。

匙助に言ってもらったときは聞き流していた。

「いま言われたことも、肝に銘じて走りやす」

闇の中で深々とこうべを垂れてから、音っぺと与市は走り出した。

どれほど目を凝らして先を見ていても、すべては闇に溶け込んでいた。

「提灯のありがたみを、いまほど身に染みて感じたことはねえ」

「まったくだ」

応じた与市は、上り足を加減して空を見た。走りながら、流れ星を幾つも見た。音っぺも同じ流れ星を見ていた。

「江戸であんな星を見たときは、妙におつな気分になれたもんだが……」

ここまで言った音っぺは、大きく息を吸い込んで走りを緩めた。

「道が急になってねえか」

「おれもそれを言おうとしたところだ」

答えた与市の声も弾んでいた。

急になったとすれば、茶店までは三町（約三百二十七メートル）足らずだ。

「気を張って走ろうぜ」

張りのある声で告げた直後に、音っぺの足が止まった。

「獣が前にいる……」

青い光が幾つも、山道の真ん中に集まっていた。

四十八

「動かねえほうがいい」

与市の小声が張り詰めていた。音っぺは小さくうなずき、承知を伝えた。

前方の光る目の群れに、ふたりは息を詰めて見入っていた。

登り道の道幅は二間（約三・六メートル）。

江戸に向かう諸藩の参勤交代の行列が、なんとか通れる幅で山は切り開かれていた。

この山道を「登り」で使うときは、列が江戸に向かうときだ。進路左は山肌で、右は下りの急斜面である。

列は左に寄り、山肌ぎりぎりを進んだ。万にひとつも、右の斜面に足を滑らせぬための用心だった。

いま、闇の中を茶店目指して走っている音っぺと与市は、竿から外した提灯を手に持ち、布袋を斜めがけにしていた。

韋助が無理に持たせた握り飯と、ロウソクを納めた布袋である。

茶店でロウソクに点火してもらい、種火の懐炉灰と乾いたわらの束をわけてもらう。それらを持ち帰る段取りだった。

竿を持っていない分だけ、身軽である。ふたりは足元を気遣いつつも、身軽を活かして疾走を続けてきた。

そんなふたりが、闇の向こうで光る目の群れを見て足を止めた。

音っぺも与市も足を止めて息を詰めた。光る目はどれも、その場から動こうとはせず、与市たちを見詰め返しているかに思えた。

身体を固くしている音っぺの耳元で、

「あれはタヌキだ」

与市がきっぱり言い切った。

在所の湯涌《ゆわく》は山の里だ。こども時分の肝試しは森の内の墓地周回と決まっていた。

与市が育った山里は、とびきりタヌキが多く生息していた。村の特産「タヌキ脂」は、前田家に献上するほどに質が高かった。

「あいつらの右脇は抜けちゃあなんね。タヌキが群れになってるときは、右がやつらの逃げ道だ」

里のなまりで、与市は音っぺに教えた。

タヌキの敵は森の内から襲ってくる。そのための逃げ道を確保しておくのがタヌキの知恵だと、与市は続けた。

「この山道はずっと左が森で、右は斜面になってるだ」

右の逃げ道を塞ぐ形で突き進んだら、タヌキはかたまりになって刃向かってくる……これがこども時分に聞いた怖い言い伝えだった。

「おめも、握り飯を持ってるだな？」

「持ってる」

音っぺは与市以上に小声で答えた。

「ふたつを、タヌキの右に放り投げるだ」

「よし！」

音っぺは斜めがけの布袋に手を入れた。その刹那、まだ音っぺが放り投げてもいないのに、タヌキの群れがいきなり右に駆けだした。姿は見えなくても、目の光が凄まじい速さで右の斜面へと走った。

「音っぺ、命がけで走るだ」

言うなり与市は、右手に握った提灯をさらに強く摑み、息もせずに駆け出した。

わけが分からぬまま、音っぺも握りめしを放り、後を追って疾走を始めた。明かりの灯っていない提灯から、風切り音が立つほどの疾走だった。

山道は登りである。ふたりとも登り坂を得手としていた。

真っ直ぐな道はほとんどない。曲がりのきつさは見えずとも、与市の足と身体が進路の工合を教えていた。

在所の山里で、山道には慣れている与市だ。曲がり方が緩くなったところで、疾走から並の走りへと切り替えた。

音っぺが並びかけた。道幅がいかほど広いかは覚えてはいなかったが、並び走りのできる道幅だと読んでいた。

横並びで一町（約百九メートル）走ったところで、登りと下りの行列が行き違いできる、踊り場に行き着いた。

「ここまでくれば……」

話しかけた与市も、脇に並んでいる音っぺも足は止めずである。

「茶店まで、もう一町もねえだ」

言うなり与市は走りを速めた。心底、安堵したという想いが走りに出ていた。

＊

熟睡中を叩き起こされたのに、茶店の婆さんはてきぱきと動いた。

へっついの灰に埋めてあった種火で火を熾《おこ》し始めた。

ともにまだ三度飛脚ではなく、控えの身の与市と音っぺだ。追分屋への往路が茶店では初顔だったにもかかわらず、婆さんは余計な問い質しでときの無駄遣いはしなかった。

懐炉灰と乾いたわらを、音っぺは布袋に詰めた。袋にはロウソクと竹皮包みの握り飯が納まっていた。

「毘助さんの握り飯だな？」

婆さんは竹皮を見ただけで言い当てた。

「走ってくる途中で、山道に群れたタヌキから、握り飯が助けてくれました」

光る目で、タヌキだと分かったと明かすと、婆さんも得心顔でうなずいた。

「今年は冬がぬるかったもんで、森の獣たちも様子がおかしゅうなっとるでの」

タヌキが逃げ出したのは熊が近寄ってきたからだろうと、見当を口にした。

熊と聞いて、音っぺの顔がこわばった。

が、与市は得心顔でうなずいた。いきなり森と反対側に逃げ出したタヌキを見て、与市は熊が近づいてきているのを察したのだ。

「今年の森には、食いもんがたっぷりあるでよう。この山の熊は里まで下りてはいかねえけんど、タヌキはたまったもんでねえ」

二十町（約二・二キロ）先の熊でも、タヌキは感じ取って逃げ出してしまう。

「その用心深さが、この山のタヌキを生き延びさせてるだよ」

話を結んだ婆さんは、音っぺの提灯に火を点した。

「今年のうちの山の熊は、ハラがたっぷりくちくて、気立てがええでよ」

里のもんにわるさはしねえだと、婆さんは熊に気を張ってはいなかった。

「もしも暗い山道で、また熊に出くわしたら提灯の明かりを増やせばええだ。ハラがくちくなっとる熊は、火を嫌うでよ。いらんことはせんで、火を見せれば熊のほうから引き返すだよ」

婆さんは何度も「うちの山の熊は」と、限りをつけた。言外に「よその熊のことはしらないよ」と、区切りをつけて教えていた。


婆さんは懐炉灰とわら束に加えて、急ぎ支度した蜂蜜入りの焙じ茶を二筒と、節で切断した竹の湯呑み四個を、ふたりの布袋に分け入れて持たせていた。

「あにさんたちも、ぜひにも一杯を呑んでくだせえ」

音っぺは風太郎に、与市は留次にそれぞれ蜂蜜入り焙じ茶を給仕した。

「やっぱりあの婆さん、てえしたひとだぜ」

「まったくだ」

風太郎も留次も、これまで幾度も峠の茶店で休みをとっていた。その都度、婆さんと話をしてはきていたが。

「山の夜は、はええからよう。婆さん、とっくに底まで眠っていたはずだ」

三度飛脚が難儀に遭遇したと聞かされるなり、愚痴ひとつ言わずに支度をしてくれた。

「この先、まだ何人もの街道沿いのひとから、思いもしなかった手助けを受けるやもしれねえ。ありがてえこった」

四十九

二番組の安中宿発は、四ッ半（午後十一時）の予定だったのだが……

「いま始まった鐘は、四ッ（午後十時）に間違いねえか？」

六造の問いかけに、券弥はこわばった顔でうなずいた。

「御公儀から土圭《とけい》を拝領している真光寺《しんこう》だ、千にひとつも時を撞《つ》き間違うことはねえ」

安中宿に一刻ごとの時を報せる、時の鐘。鐘撞きを受け持つ真光寺は、三度飛脚の定宿・上州上田屋の真裏に位置していた。

券弥に言われるまでもなく、六造も真光寺のことは承知していた。分かっていながらつい問いかけたのは、四ツの鐘が始まったというのに、風太郎たち一番組の面々が、だれひとり、まだ到着していなかったからだ。


四ツに近づいたころ、伸太と三助が詰所まで出迎えに向かった。木戸口に詰めた宿場役人も、一番組が運んでくる氷箱の大事は呑み込んでいた。

今回とは異なり毎年五月の終わりには、金沢から江戸に向けて、加賀組三度飛脚が氷箱を運んできた。

安中宿通過が五月幾日の何時となるのかは、天気次第である。三度飛脚の到着に備えて、宿場は五月末には、寝ずの番を木戸口詰所に張り付けていた。

宿場内で三度飛脚の身に、もしもの変事が生じたら、宿場役人は切腹ものの咎《とが》めを受けることになる。

それほどに、氷箱運びは中山道の各宿場に緊張を強いていた。

いつ宿場を通過するやも知れぬ、三度飛脚である。通過するまでは、どこの宿場役人も、神経をピリピリと尖らせた。

今年はまるで違った。宿場木戸口に到着する日も刻限も分かっていたからだ。

「明日二十六日、四ツを目処に、氷箱が届きやす」

六造と券弥から到着予定を、役人は前日のうちに聞かされていた。

「承知いたした」

事前に教えられた役人は、五月二十六日夜の支度を配下の小者たちに下知《げち》した。

宿場木戸口の二町（約二百十八メートル）手前から、半町（約五十五メートル）間隔にかがり火篭を用意させた。

かつてなかったかがり火での出迎えは、事前に到着予定を教えて貰えたことへの、安中宿役人からの返礼だった。

ところが四ツが近づいても、篭のかがり火が燃え尽きても一番組は到着せずだった。

四ツが鳴り終わったとき、宿場役人は詰所に居続けている伸太と三助に命じた。

「六造と券弥をここに呼びなさい」と。

「がってんでさ」

仲太は三助を詰所に残し、役人の下知をふたりに伝えるために走っていた。

四ツを過ぎても到着せずは、ただごとではない。走りながら仲太の胸中では不安が膨らんでいた。

宿場内の四ツは、まだ宵の内に等しい。宿場女郎を抱えたあいまい宿は、真夜中まで提灯看板を掲げることを許されていた。

投宿客が行き交う宿場内を、仲太は上田屋目指して駆けた。同じ側の足と手を同時に動かす、三度飛脚の走り方でだ。

旅のふたりが仲太の走りに驚いた様子で立ち止まった。

「妙な走り方だが、いったい何もんかね」

「おおかた、ここで稼ぎたい大道芸人のひとりだろうよ」

夜の遊興を求めて店巡りを続けている旅人には、四ツでもまだ夜は若いらしい。

仲太の見慣れない走り方も、宿場の演し物《だしもの》のひとつにしか見えていなかった。

この大事にあっては、役人とは揉められない。

役人の召し出しに応じた六造と券弥は、先を争って詰所へと駆けた。仲太もふたりのあとを追っていた。

詰所の手前で足並みを揃えて、三人は同時に土間に入った。

「すでに四ツまで撞き終わっとるが、いったいどうなっとるのか」

役人の声はひどく尖っていた。それも道理で、二度までも赤松のかがり火八基を、空焚きさせられていたからだ。

「そなたらの申し出によれば」

役人は腹立ちを抱えながらも、飛脚たちをそのほうでも、おまえたちでもなく、そなたらと、ていねいに呼びかけた。献上氷運びの大事を思っての物言いだった。

「四ツ半には、そなたら四人は深谷宿に向けて、この宿場を発《た》つ段取りのはずだ」

役人は券弥ひとりを見て話を続けた。

「四ツ半まで残り四半刻（三十分）ほどしかないが、ここに留まっているだけでよいのか？」

ただ待っているだけでなく、手の空いている者を助けに差し向けたらどうかと、役人は券弥を咎めた。

「宿場で待つのが、わしらの決まりでやす」

券弥が返答すると、六造たち三人も強くうなずいた。

「追分屋からここの上田屋までが、一番組の持ち場でやす」

まだ不服顔の役人に向かい、券弥は一言ずつ、おのれに言い聞かせるかの口調で続けた。

「持ち場の内で身に障《さわ》る異変が生じたときは、呼子を吹いて次の者に報せます」

券弥は首から吊り下げている呼子をくわえて、強く吹いた。甲高い音が、詰所内に響きわたった。

その音を聞いても役人は得心せず、さらに詰問口調で質した。

「あんたの呼子に似た、按摩《あんま》の笛でも」

激した役人は、呼びかけをあんたに変えていた。

「せいぜいのところ、寝静まった宿場の端まで届くか否か程度だ」

役人の顔は、怒りで白くなっていた。

「ここから遠く離れた山道で、助けを求める笛を吹いても、聞こえるはずはない」

怒りにまかせて、役人が強く言い切った。ところが飛脚は四人とも、聞こえますとばかりにきっぱりと首を左右に振った。

「わしらはここで待っていても、身体は前の組と一緒に走っていますで」

ここまで黙していた六造が、割って入った。

「宿場で待つと決めたなら、待つんです」

「助けるつもりで宿場を離れることこそ、相手に対する信頼を損ねる振舞いです」

六造と券弥は、ともに役人の目を見てこれを説いた。まさに、そのとき。

ピイーーーーーー
長い音を引いて、呼子が詰所に流れ込んできた。先頭の提灯持ち、音っぺが息を限りに吹いている呼子である。

「迎えに出やすんで、失礼しやす」

券弥は役人に辞儀をし、詰所を飛び出した。六造たちも券弥を追い、詰所を飛び出した。

ピイーーーーーーー
まるで呼子を従えているかのようにして、高く掲げられた提灯の明かりが二灯、ずんずんと宿場に迫ってきていた。

五十

上りの山道でつむじ風にあおられ、提灯の明かりが失せたこと。

種火とわらを持参しなかったこと。

ふたつのしくじりを、券弥と六造は咎めもせずに聞き取った。

「これから走る上州は、どこもからっ風で知られた土地だ」

いい教訓を授けてくれたと、券弥は音っぺと与市に礼まで言った。

「次の三度飛脚で、おれが峠の茶店を使うことになったら」

婆さんにしっかり礼を言うぜと、券弥が約束した。

「たとえひとりで走っていても、三度飛脚は仲間が一緒に伴走してくれている。ひとり走りでもしものことが起きても、慌てるんじゃねえ」

風太郎は首から吊り下げている呼子を手に持った。そして聞き入っている控え身分の四人に笛を示した。

「安中宿がめえてきたとき、音っぺと与市は息の続く限りに呼子を吹いた」

笛の音が届くのは、限られた隔たりでしかない。しかし、ひとたび息を吹き込めば、おれたちの笛の音は隔たりなんぞ問題にしないで、仲間に届く。

「おれっちは、いつも一緒に走ってるぜ」

風太郎の言葉は、その場にいる全員の胸中で響き渡っていた。

＊

安中宿出発は段取りの四ツ半（午後十一時）から四半刻遅くとなった。

出発に際して、音っぺと与市が深谷までの伴走を願い出た。あらかじめ風太郎と留次の了解を得たうえでの願い出だった。

「おれも与市も、深谷までしっかり走れます」

「夜道の照らし方は、山道でたっぷりコツを摑んできやした」

ふたりの願い出を、二番組組長の六造は受け入れた。

「ここから先の中山道は、道幅が大きく広げられている」

提灯が四基になれば、広い街道も充分に照らすことができると、六造は願い出を買った。

「今し方、風太郎あにさんから、胸に響く言葉を聞いたばっかりだ」

おれたちの深谷到着は、日付が変わった五月二十七日の丑三つ（午前二時頃）だと、六造はもう一度なぞり返した。

「ゆとりを持ってはじき出した到着の目処だが、四ツ半より遅い出発のいまとなっては、掛け値なしの正味の刻限だ」

気合いを入れて、深谷までを一気に走るぞと、六造が雄叫びを上げた。

「がってんだ！」

全員の声が揃い、二番組と音っぺ・与市の六人は履き物を確かめた。

わらじの編み上げ紐には、寸分のゆるみもないと分かっていた。

それでも組長はもう一度、紐の工合を確かめさせた。

「でえじょうぶだ、組長」

後棒の券弥が、気合いのこもった声で前棒に応じた。

高く掲げられた提灯二基が前棒の先導、別の二基が後詰め役を務めて走り出した。

あの旅人ふたりは、いまだ宿には戻らず往来を東に向かっていた。東木戸近くの旅籠が、ふたりの宿だったのだ。

気をそそられそうな女郎に、この刻限まで出会えなかったらしい。

四ツ半を過ぎて宿場往来を肩を落として歩く旅人を、牛太郎《ぎゅうたろう》（あいまい宿の若い者）は、ふられ往来と陰口をきいていた。

肩をすぼめて歩くふたりは、ふられ往来となって宿に戻っていた。

そんなふたりの脇を、高いところで明かりを振り撒く提灯と、氷箱を担いだ飛脚、そして後詰めの提灯二基が過ぎ去ったのだ。

「あれをただで見られたんだからよ」

「安中宿のみやげ話に、他所では見られない変わった走り方の提灯行列を見たと、自慢しまくろうや」

二番組六人があずかり知らぬところで、安中宿の評判を高めていた。

宿場役人には先刻の券弥と六造の話が、よくよく胸に響いたらしい。

「新たなる出立はなんどきとなるのか」

「四ツ半の四半刻後といたしやす」

「あい分かった」

短いやり取りで出立刻限を聞き出した役人は、詰所と反対側の東木戸口先に、半町ごとのかがり火を構えさせていた。

街道の両側に六基ずつである。かがり火の先に明かりはない。

氷箱を担いだ六造と券弥の先に広がる闇は、前を走る二基の提灯が切り破った。

そして後ろを守る二基が通り過ぎたあとは、また深い闇が中山道にのしかかっていた。

＊

提灯四基が真夜中の街道を照らして走った二番組は、すこぶる快走を続けられた。

深谷の定宿・笠原屋《かさはらや》には予定どおり、五月二十七日八ツ（午前二時）に到着できた。

三番組組長は、江戸組の栄助だ。走りの速さでは、三番組には栄助を超える者がいた。

それを承知で組長に据えたのは、栄助の性格を買ったがゆえだ。

酒好きでお調子者だが難儀のどつぼに嵌《は》まったとき、仲間を助けられるのは冷静さ以上に明るく、ひょうきんなことだ。

腹の皮をよじらせる笑いで、栄助なら窮地から引き抜いてくれると玄蔵は判じていた。

たとえ変事に遭遇しても、うろたえずに向き合えるのも、生来の明朗な性格ゆえだろう。

深谷〜上尾の道中では、熊の棲み家と地元住人が恐れている熊谷があった。

山から里に下りてくる熊は、一年に何度も住人や旅人と諍《いさか》いを起こしていた。

今回の献上氷運び三番組は、深谷宿を未明の七ツ（午前四時）に出立する。熊谷に差し掛かるのは七ツ半（午前五時）過ぎの見当だった。

夏場の七ツ半は、早起きの熊がうごきだす刻限である。森から往来まで、さほどの隔たりがなく、ひとと熊とが出くわす箇所が二里（約八キロ）近くも続いていた。

万一の事態に備えて、玄蔵は熊と立ち合う槍の手配を済ませていた。三番組に選ばれた嘉地蔵と加賀組の産蔵は、にわか仕込みながら槍遣いの稽古も受けていた。

その最後の稽古に立ち会った栄助は、二人に槍は遣えないと判じた。さりとて栄助も、槍が遣えるわけではなかった。

「嘉地蔵あにいも産蔵も、にわか仕込みの槍では、かえって熊に隙を見破られやす」

玄蔵の決めたことに、栄助は正面から異議を唱えた。

「氷箱はもちろん一番の大事ですが、一緒に走る嘉地蔵あにいと産蔵の命も大事です」

慣れない槍など持たさず、提灯を高く掲げる竿で向き合いたいと願いを口にした。

「熊は利口だと聞いておりやす」

熊谷から帰ったばかりの薬種問屋手代から、熊の行状を聞き取っていた。

おまえに敵意はないと示せば、ハラを減らしていない限り、熊は向かってこないと、手代は栄助に話していた。

「追い払わねばならねえときは、提灯の竿で立ち向かいやすから」

栄助の願い出を聞かされた徳右衛門は、玄蔵を通じて承知した旨を告げた。

一歩も退かずに玄蔵と向き合う姿を見ていた加賀組飛脚たちも、一気に栄助への信頼感を募らせた。

「おれたちも加えてくだせえ」

控え身分で安中宿から走ってきた伸太と三助が、同行を願い出た。提灯が二基加わるのは、願ってもないことだ。

「あてにしてるぜ、三助」

加賀組の卯太郎と産蔵が、正味の顔つきで三助に声をかけた。

定刻通り、五月二十七日七ツ。

安中宿同様に、四基の提灯に前後を挟まれて、栄助と卯太郎が担ぐ氷箱が出立した。

未明の空は、無数の星が埋めていた。

五十一

三番組が走る七ツ（午前四時）どきの中山道に人影はない。前棒の先を走る二基の提灯は、街道にかぶさった薄闇を遠くまで切り裂いていた。

宿場を出て五町（約五百四十五メートル）ほど走ったら、道の両側が大きく広がったことが、薄闇の中で感じられた。

進路の右側の森が遠くまで離れ、田んぼと畑が街道の両側まで近寄ってきていたからだ。

夜明けを過ぎていたなら、田畑の大きな眺めが飛脚の気持ちを和ませてくれたのかもしれない。が、いまはまだ七ツ過ぎだ。

景色が大きくなったと飛脚衆が察したのは、風が変わったからだった。片側を森が塞いでいたときは、夜明けの風は前から吹いてきた。いまは横風が飛脚衆に吹いていていた。

嘉地蔵と産蔵が右手持ちをしている提灯の竿も、いままでは横に揺れていた。

田畑の真ん中を走り始めてから半里（約二キロ）が過ぎたとき、遠い薄闇の中に明かりが幾つも見え始めた。

農家の朝は早い。

こんなに早くから、かまどの火なのか、宿の内を照らす明かりなのかは不明だった。

しかし、ぽつんと見え始めたのは、農家で生じたなにかの光に間違いなかった。

田畑があり、農家があるのだ。まだ遠くだが、見え始めた明かりは深谷宿の次の集落だと、飛脚衆は察していた。

三度飛脚の面々には、何十回も走り慣れた道である。たとえ闇に溶け込んでいても、深谷宿を出たあとの最初に行き過ぎる集落は、二十戸農家だと分かっていた。

夜明けは近いが、風は眠ってはいない。左の彼方から流れてきた風は、村里ならではのあのにおいをたっぷり含んでいた。

畑に振り撒く下肥《しもごえ》のにおいだ。このにおいを嗅いだことで、飛脚衆はあらためて彼方に見えているのが二十戸農家だと分かった。

畑への行き来に便利なようにと、二十のどの農家も、尿桶を街道に面して設けた桶棚に並べていた。肥だめも、桶棚のすぐ脇である。二十の農家が連なる街道には、春先から晩秋までの長い間、糞尿のにおいが漂っていた。

中山道は参勤交代に欠かせぬ大路だ。行列が通り過ぎる間、農夫達は街道を横切ることはできなかった。

が、肥だめにふたはできない。漂い出るにおいは「漂い御免」とされていた。

二十戸農家を過ぎ行く間、大名は乗物の内で香を焚いていた。

五月二十七日のいま。

肥だめの糞尿が漂わせるにおいは、未明でも、強烈だ。風はこれでも嗅いでみよとばかりに、きついにおいを運んできていた。

ひときわにおいが強くなったとき、前棒の栄助が走りながら呼子を口にした。

ピイイッ。

鋭い音が朝の空気を切り裂き、嘉地蔵と産蔵が足を止めた。組長のピイイッは、直ちに止まれの指示だった。

提灯を掲げ持ったまま、嘉地蔵は栄助に駆け寄った。後詰めについていた伸太と三助も氷箱を担いだ前棒に寄ってきた。

「においがひときわ強くなってきたし、風も尋常ではねえ」

栄助は氷箱を担いだまま、提灯持ちの四人に指図を始めた。

「ここは上州の近くだ、気を抜くんじゃねえ」

すでに上州は過ぎていたが、平地で暴れるからっ風の凄まじさは、この辺りも同じだった。

宿場出立前、栄助たちは一番組が山道でつむじ風に煽られて、ロウソクの火を失った一件を聞かされていた。

「風が妙なものを巻き上げて向かって来たら、手に負えねえ」

栄助の言い分は、くどくいわれるまでもなく、全員が承知していた。

妙なものとは、肥桶のふたである。

参勤交代の行列通過時、肥だめにふたはできない。しかし下肥を汲み入れた肥桶にはふたをするようにと達しが出ていた。

薄くて軽い木のふたを農夫たちは、尿桶に並べて棚に重ねていた。農夫が仕舞い忘れたふたを巻き上げて、遠くまで飛ばすのをからっ風ははた迷惑にも得手としていた。

「からっ風が向かってきたら、前を行くあにいたちは」

栄助は嘉地蔵と産蔵を見た。

「風から提灯を守りねえ」

提灯の明かりは熊に出くわしたときにも、強い味方となるのだ。

「がってんでさ」

嘉地蔵と産蔵が力の籠もった返事で応じた。

「提灯はおめえたちも守りねえ」

いわずもがなだったが、栄助は後詰めのふたりにも言い添えた。

伸太と三助が薄明かりの中で神妙にうなずく顔を、提灯が浮かび上がらせていた。

組長の指図が行き渡ったと判じたあと、出発の合図を発するのは後棒の役目だ。

咥《くわ》えた呼子を、卯太郎は強く吹いた。

ピピッ。

短い合図で三番組が再び走り始めた。

＊

風は吹く強さを好き勝手に変えながら、飛脚衆の右手から横風をぶつけてきた。農家の明かりが一町（約百九メートル）先にまで近づいてきたとき、風はいきなり正面から襲いかかってきた。まったくの不意打ちを最初に食らったのは、先を走っている嘉地蔵と産蔵だった。

竿を横にしてかわす間すらなく、突風は提灯を竿からもぎ取った。

異変を察知した栄助は走りを止めて、突風をやり過ごそうとした。

後詰めの伸太と三助は敏捷に動いた。竿を手前に引き、提灯を風から守った。そして竿に結んだまま、提灯を栄助の脇へと移した。

「伏せてくだせえ！」

まだ嘉地蔵の叫びの途中で、栄助と卯太郎はその場にかがんだ。

伸太と三助の提灯が、嘉地蔵たちも浮かび上がらせていた。風はただ嘉地蔵たちの提灯をもぎ取っただけではなかった。数枚のふたを、先頭を走る嘉地蔵と産蔵めがけてぶつけてきていたのだ。

嘉地蔵と産蔵は提灯をもぎ取られた竿で、飛んできたふたを叩き落とそうとした。

梶棒を担ぐふたりにふたが向かわぬよう竿を振り回した。

栄助と卯太郎はともに、氷箱を担ぐ梶棒に肩を入れていて動けない。

提灯が結ばれた竿を三助に渡した伸太は、おのれの身体を氷箱にかぶせた。

一枚のふたが伸太の背中にぶつかり、その場に落ちた。

嘉地蔵と産蔵は、突風にもぎ取られた提灯を捜し当てて戻ってきた。

「四人とも、このうえない見事な動きで、氷箱を守ってくれた」

栄助が提灯持ち四人をねぎらい始めたら、凄まじかった突風だけでなく、あのからっ風まで収まっていた。

「おめえが身体を張って氷箱を守ろうとしたのは、たいした判断だった」

伸太を見る三助の目には、互いに控え身分でありながらも、相手への深い敬いの色が宿されていた。

「もしもこの先で熊に出くわしたら」

三助が声を潜めた。

「おれも命がけで氷箱を守るぜ」

「頼んだぜ、お若いの」

栄助から真顔の声が飛んできた。

伸太と三助の背筋がびしっと伸びた。

五十二

竹筒の水を飲んでひと息ついたあと、栄助の指図で肥桶のふたを集めた。

産蔵が竿で叩き落とした三枚と、伸太の背中にぶつかって地べたに落ちた一枚、都合四枚が集まった。

どのふたも、まだ使い始めて日が浅いらしい。幸いにも、ふたにあのにおいは染み込んではいなかった。

肥桶の口に合わせて造られており、差し渡し五寸（直径約十五センチ）に止まっていた。

「ふただけを桶屋から買うのも難儀だろう」

これから向かう農家に返してやろうと、栄助は決めた。二十戸農家の始まりの一軒は、わずかな先である。

「手間だろうが、おめえたちで手分けして二枚ずつはこんでやってくれ」

「がってんでさ」

仲太と三助は二枚ずつのふたを左手に持ち、二十戸とっつきの農家に向かった。

朝の光の中、すでに農夫は外に出ていた。あちこちを見回して、捜し物でもしているかに見えた。

栄助が呼子で一行を止めた。笛の音で、農夫のほうから近寄ってきた。

提灯の灯された竿を持ったまま、仲太と三助が農夫の前に進んだ。そして二枚ずつ手にしていたふたを差し出した。

「もしもとっつあんところのふたじゃあねえなら……」

農夫は途中で仲太の言を抑えた。

「うちのにちげえねえだ」

真っ黒に日焼けした農夫の顔が、くしゃくしゃに崩れた。

「うっかり仕舞い忘れたでよう。吹き飛ばされたもんだとため息ついてただが」

四枚を受け取ったことで、ほっとしたらしい。ここで初めて、目を他の飛脚衆四人に向けた。

「あんたら……」

言いながら農夫は飛脚衆の身なりを見た。三度飛脚の半纏は、中山道では知れ渡っている。農夫の顔に驚きの色が浮かんだ。

「あんたら、江戸に向かう急ぎの足ば止めなさって、うちの肥桶ぶたを届けてくれたってことかいのう？」

笛を吹いて止めた栄助が、頭だと判じたらしい。農夫は栄助に話しかけた。物言いからは感謝と恐縮、敬いが感じられた。

「加賀の前田様の御用をこなされる三度飛脚さんが、あろうことか、うちらの肥桶ぶたを届けてくれたとは……」

農夫が声を詰まらせた。栄助はそんな相手に親しみの笑みを見せて話しかけた。

「おたくさんたちが気を入れてこしらえてくれる畑の、でえじなこやしにかぶせるふたでやしょう？」

いまの言い分を聞いて、気が大いに弾んだらしい。農夫は栄助を見詰めて問いかけた。

「あんたら、いまから、熊谷に向かう気かね？」

農夫の口調に心配の調子が加わっていた。

「その通りでやすが」

栄助が言葉を区切ると、他の飛脚衆が一斉に農夫を見詰めた。

「いまから熊谷に向かうことに、なにか障りでもありやすんで？」

栄助の問いには答えず、農夫は逆に問いかけてきた。

「熊おどしば、おめさんらは持っていなさるかね？」

「熊おどし、ですかい？」

この場の飛脚衆は、だれもが初耳の言葉である。思わず栄助はなぞり返した。

「その調子なら、持ってはいねってか」

「初めて聞きました」

栄助の答えを聞いた農夫は、明かりが漏れている母屋を指さした。

「肥桶ぶたを届けてもらったお礼代わりに、熊おどしを見せるだ」

母屋まで一緒にと、農夫は誘った。

なるべく早く上尾に行き着きたい一行だった。が、熊に対抗するすべがあるなら逃す手はない。農夫の言うことは聞き流すことができないと思えた。

六人は農夫に従い、母屋に向かった。腰高障子戸の前で、提灯は消された。

＊

「今年は知っての通り、冬がめちゃめちゃぬるかった。そのせいで、山のなりものなどはいつになく豊作での。ここいらから熊谷にかけての山に棲んでる熊さんは、どこも気立てがええでの」

うっかり里に入ってきた熊でも、満腹でいる限り、ひとに悪さはしないと農夫は言い切った。

「昔からの百姓は、熊の気立てを承知での」

里に入ってきた熊と出くわしても、知らぬ顔で相手が行きすぎるのを待っていた。

「ところが去年から今年にかけて、ぬるい冬が居座ったもんで、深谷の役人と、役人に出入りしてきた商人が十八人も越してきただ」

冬暖かなら作物の育ちもいい。実態を検分して、今年の年貢に加算するのが狙いだった。

「事情を知った集落の衆は、役人と商人を相手にせず、村八分と決めた」

先刻承知の役人は、従えてきた商人だけを相手に、村人とは接しない暮らしを始めた。

そんななかで、熊の早い目覚めが生じた。村人は熊と出くわしても、対処法を分かっていた。

役人と商人は腰を抜かさんばかりに驚き、熊に怯《おび》えて大騒ぎを始めた。役人のなかには熊をめがけて発砲する者もいた。銃刀持参を許されていたからだ。

しかしにわか稽古の発砲では、熊は仕留められない。さりとて村人に助けを求めては、役人の面子《めんつ》が潰れる。

役人のなかにいた知恵者は深谷に戻り、在所の猟師から熊の対処法を学んできた。

「絶対にしたら駄目なのは、熊との睨み合い。目をみつめられると、熊は怯えて向かってくるでの」

農夫の教えに、六人とも息することも忘れて聞き入っていた。

「熊は自分より小さいもんに脅かされると、恐さと怒りに押されて突進してくる」

睨み合い厳禁の理由がこれだと告げてから、農夫は立ち上がった。そして小型の釣り鐘と、太い竹筒を手にして戻ってきた。

飛脚衆を前にして、先に釣り鐘を小槌《こづち》で叩いた。長い韻《いん》を引いて鐘が鳴った。

「これが熊おどしのひとつじゃ」

この音を熊は嫌うと告げた。

「ここいらには寺はわんさかとあるでの。寺の鐘を、熊は嫌うらしい」

熊おどしとは、熊を脅すのではない。嫌がって、その場から離れるように仕向けるのだと農夫は明かした。

そのあとで、太い竹筒を手に持ち、上下左右に激しく振った。がらがらと、耳障りな音がした。

「中に素焼きの器を砕いたものが入れてある。この音も、ここいらの熊は大嫌いじゃでの」

言い終えるなり農夫は、竹筒を栄助に差し出した。

「釣り鐘は頼んで拵えたもんじゃでの。渡すことはできんが、筒はわしが拵えた」

上尾までの道中、もしも熊に出くわしたときは、この筒を振れと教えた。

「間違っても、熊の目を見てはいかんぞ」

農夫は栄助に念押しをしてから、がらがら入りの竹筒を手渡した。

「ありがたくいただきやす」

礼を言ってから、栄助は農夫に名を教えてほしいと頼んだ。

束の間、農夫は口ごもったが、栄助の目を見て名乗った。

「わしは熊蔵《くまぞう》、女房はおくまじゃ」

流し場で、おくまが笑いころげる声がした。

五十三

栄助たちが農家を出て走り始めたあと、幾らも間を置かず、鐘が鳴り始めた。

七ツ半（午前五時）だと、六人とも察していた。

この村独自の、毎時の「半」を報せる鐘だった。

農夫の熊蔵が言った通り、わずか二十戸の集落しかないのに、複数の寺があるようだ。一寺が七ツ半を撞き終えるなり、別の方角から新たな鐘の音が響いてきた。

息遣いの調子を一定に保ちながら、栄助は前棒を担いで走っていた。そして熊蔵から聞かされた話を思い返した。

目を合わせた熊は、怯えている……

これを聞かされたとき、栄助は身体の芯から衝撃を受けた。

怖いからこそ、熊は自分より小さな相手には突進するのだとも言われた。

栄助はいまでも桶町《おけまち》の剣術道場に通っていた。江戸と加賀とを走るとき、わが身の安全を確かなものにするための稽古だった。

栄助が三度飛脚であることを、師範は承知していた。

「闘わぬのが、一番の奥義である」

繰り返しこれを師範から言われていたが、いまひとつ得心できぬまま桶町道場通いを続けていた。

つい今し方、師範ならぬ農夫から、闘うことの神髄を教わったと得心していた。

目が合ったとき、熊は一瞬にして勝敗を察するのだと栄助は理解した。

熊は獣だろうが、ひとだろうが、知らぬ相手には怖さを先に感ずる。ならば、目さえ合わさなければ、熊は素通りしてくれよう。なぜなら、見えないものは怖くないからだ。

熊のこの理屈を邪魔しないことが、一番の手立てだと呑み込めた。

もしも伸太と三助が、肥桶のふたを届けなかったら。

もしも熊蔵の誘いを拒んでいたら。

里で出くわした熊が、なにを思っているかを知ることはできなかった。がらがらの音や、寺の鐘を熊がいやがるなどとは、思いもしなかっただろう。

ひととのえにしを結ぶことの大事を、栄助は実感して走っていた。

小人は縁に気づかず。

中人は縁を活かせず。

大人は袖すり合う縁も縁とする。

ふた言めには酒を呑むなと口やかましい頭取番頭が常から口にしている言葉の意味を、いま初めて理解できたと、栄助は深く実感していた。

思いをめぐらせて走っているうちに、周りがはっきりと見える明るさになっていた。

＊

熊谷宿の大木戸が前方に見え始めたとき。

飛脚衆六人の足が、一気に速くなった。

この数日、熊谷宿に雨は降っていない。飛脚衆は土ぼこりを巻き上げながら宿場の大木戸を潜った。

宿場詰所前で、一行は立ち止まった。予定では七ツ半（午前五時）には熊谷を通過するはずだった。それが大きく遅れていたのだ。

途中から六人は、おくまが用意してくれた竹筒の茶も呑まず、全力で走り続けた。

宿場詰所前で止まったのは、茶を呑んでの休みをとるためだった。

「段取りでは七ツ半の通過と聞いておったが、もはやとっくに過ぎておるぞ」

宿場には朝日が満ちていた。

「半刻の遅れをここから上尾までの道程で取り戻せるのか」

役人は詰問口調である。先を急ごうとはせず、茶を呑んでいる姿を咎めていた。

「あっしらは、千里を走る虎なんでさ」

一夜のうちに千里を走り、千里を帰るのが虎なのだ。役人は不満げに頰を膨らませてはいたが、あとの口は閉じた。

「ここまでの道中、熊には出くわさずでやしたが、この先はどうなんでやしょう？」

栄助はていねい口調で役人に問うた。

「千里を走るそのほうらなら、熊を案ずることなど無用であろう」

にべもない口調で答えたら、役人の同輩たちが笑い声を上げた。

「まこと、仰せの通りでやした。あれこれ、心配をかけました」

三助が肩から斜めがけしている布袋には、栄助から受け取った熊おどしの竹筒が納まっている。六人が駆けだしたとき、三助はわざと肩を揺らした。

熊蔵手づくりの熊おどしが、ひときわ大きな音で役人に別れを告げていた。

＊

熊谷から二里（約八キロ）を走ったとき、前方に集落が見えてきた。

いまは栄助と卯太郎の前後を固めて、四人の提灯持ちたちが伴走していた。

その先に熊がいた。

熊は飛脚衆には気づかず、集落の中へと進んでいた。氷箱の進行方向である。

栄助が走りを止めると、一行は止まった。

「熊さんはのんびりと里歩きを楽しんでいるみてえだ」

栄助の見立てに、五人は同意した。エサを探しているわけでも、獲物と出くわすのを期待しているわけでもなさそうだ。

先に見えているのは中山道に面した、住戸三十六の集落である。

熊が歩いているのは、集落の中ほどだった。向こうの端まで進めば、森に向かう道と交わっていた。

「このままあとについて進んでいれば、熊さんは森にけえるだろう」

あとをついて行くという栄助の決めに、全員が従っていた。

森への分かれ道まで、残り二町（約二百十八メートル）の見当となった辺りで、不意に熊は歩きを止めた。

止まったというよりも、いやな気配に押し止められたという様子に見えた。

熊が感じている剣呑《けんのん》さは、背後にいる飛脚衆にも伝わっていた。

三度飛脚衆は、いわば野山に生きる野生の生き物も同然である。周囲と先に潜む危うさを察知する肌感覚は、常に研ぎ澄まされていた。

「なにかおかしいんじゃあ……」

剣術稽古を金沢で続けている産蔵が、栄助の肘《ひじ》をついたとき。

住戸の隙間から、いきなりふたりの男が出てきた。ふたりとも猟師で、鉄砲を熊に向けていた。

熊は銃口が意味することを分かっていたようだ。寸分の間も置かず、猟師めがけて突進した。

猟師には熊の突進は思うつぼだったのだろう。存分に引きつけてから発砲した。それでも突進する熊に、二発目の銃弾が撃ち込まれた。

二発目は急所を直撃したらしい。突進が止まり、その場に足から崩れた。

一部始終を見ていた飛脚衆から、深いため息が漏れた。

斃《たお》した熊に近寄った猟師のひとりが、仲間に向かって声を弾ませた。

「この毛皮、今度はおらのもんだ」

聞きたくもなかった声に耳を汚された栄助は、いま一度、深いため息をついていた。

そのあとで声を張った。

「急いで上尾に行き着くぞ」

「がってんでさ」

返事を聞いた栄助は、呼子を咥えた。

ピイイイイーーーー
長い韻を引いて吹いたのは、仕留められた熊への引導のつもりだった。

熊の脇を走りすぎるとき、三助は熊おどしを盛大に鳴らして悼《いた》みの思いを告げた。

五十四

上尾宿を目指していたのは、三番組と二番組から助《すけ》に入った飛脚衆だ。

夜明けとともに、今朝も日が昇り始めた。上尾を目指す一行の正面には、いまだ若い朝日があった。

とはいえ夏日に違いはない。

氷箱の表面に陽がまとわりつき始める前に、なんとしても上尾到着を成し遂げる……

飛脚衆の思いはひとつである。一行の足は乱れることなく、ここまで走ってきていた。

走りの邪魔となる熊を、飛脚衆は口に出さずとも、迷惑だと思っていた。

もしも熊が現れたら、目を合わさぬようにする。進路を塞ぐ挙に出たならば、竿で闘う。そう肚を括《くく》って走っていた。幸い、熊と対峙することにはならなかったのだが……

まさか、猟師が仕留める場に居合わせることになるなど、想像の埒外だった。

仕留められた熊は、なにもわるさをしていなかったのにと、多くが同じ思いを抱いていた。

仕留めた熊の脇で挙げていた、猟師の歓声も、六人とも聞いていた。なにもあそこまで、熊のそばではしゃぐこともねえだろうにと、組長の栄助は走りながら何度も考えていた。

他の飛脚衆も、同じ思いを抱いているのかもしれない。胸の内に湧きあがる熊への憐れみと、猟師への腹立ちに押されて、一行の走りはぐんぐんと速さを増していた。

六人が息を揃えて「はあん、ほう……はあん、ほう……」と、走りの呼吸を繰り返した。

夏日に地べたを焼かれ続けてきた、道幅の広い中山道である。土は乾ききっていた。

思うところを抱え持った三度飛脚六人が、そんな街道を疾走した。

舞い上がった土ぼこりは朝日を浴びて、キラキラと光っている。

＊

五月二十七日、六ツ半（午前七時）を四半刻（三十分）過ぎたとき。

「前方の一本松手前に、飛脚……」

上尾宿の見張当番は口を閉じて目を凝らし、人数を確かめた。

「六人、視認」

当番が人数を口にする前、のり助と梅吉は走ってくる飛脚は六人だと確認していた。

まだ十代の若手役人は、遠目が利くことで宿場見張当番に起用されていた。

宿場与力は、当番に疑問顔を呈した。

「江戸からは飛脚四人との通達を受けておるが、見間違いではないか」

公儀に届け出た書面には、控えが伴走することは記されていなかった。ゆえに人数は四人だったのだ。

「ございませぬ」

当番が強い口調で言い返している間にも、飛脚衆は大木戸に向かって疾走を続けていた。

たちまち飛脚衆六人は、北側大木戸の手前に迫っていた。

「うむっ」

与力が短い声を漏らしたのは、人数がまこと六人だと分かったからだ。与力は当番には声もかけず、向かってくる飛脚衆を見詰めていた。

一本松から大木戸までは、上尾宿の大名出迎え道である。幅広い四間（約七・二メートル）道の中央部は、大名の乗物専用道だ。

夜明けと同時に掃除・打ち水のされた大名道を、氷箱を運ぶ三度飛脚には通行が許されていた。

将軍への献上氷は、大名と同格だった。栄助たちは木戸が目の前に見えていても、走りを緩めはしなかった。

四番組ののり助と梅吉が、大木戸の前で栄助たちを迎えた。

「氷箱はどこへ運ぶ？」

まだ宿場木戸を潜る手前で、栄助はのり助に問うた。

「氷箱の納めは段取り通りの仕上がりか？」

のり助を見るなり、一番の気がかりを栄助は問うた。

「仕上がりは万全でやしたんですが……」

「どうかしたのか？」

栄助は思わず一歩を詰めた。

「宿場与力の指図で、達吉さんたちが仕上げた本郷氷室を別の場所に移しやした。心配《しんぺえ》はいりやせん」

いまからそこに向かうとのり助に言われた栄助たちは、あとに続いて宿場木戸を入った。

＊

上尾宿の定宿に江戸から達吉と嘉一が出向き、本郷氷室を適した場所に据え置くというのが、当初の段取りだった。

達吉と嘉一は五月二十二日、上尾宿到着。直ちに旅籠の床下をくまなく見聞した。

日当たりなしの四畳半に入り、畳をあげた。そして床の下を一尺まで掘った。

そのあと穴におがくずを二寸の厚さに敷き詰めた。おがくずの厚みは嘉一が測った。

その上に床までの高さで四方に骨組みを作り、竹皮と藁とで骨組みを覆い隠した。

仕上がった床の下の穴には、江戸から運んできた箱（本郷氷室）を収めた。

蔵造り職人が掘った穴には、箱はぴたりと収まった。箱のふたは上からのかぶせで、ふたを取り外す把手がついていた。

本郷氷室を真似した作りだが、ふたの閉じ工合はさすがの仕上がりである。

上蓋を取り外したあと、大型湯呑み二個に井戸水を注ぎ、氷室に収めてふたを閉じた。

翌日四ツ（午前十時）、氷室から取り出したときも、湯呑みの水は見事に冷たさを保っていた。

四ツ半（午前十一時）に、祝い酒を交わした。

この刻限の祝い酒は順吉親方時代から続く、仕上げの酒である。

ふたを閉じた本郷氷室には、験担ぎの鑽《き》り火《び》を浴びせた。

正午の鐘を合図に、誂えた駕籠で板橋宿へと取って返した。

上尾宿に三度飛脚が到着予定の前日午後。宿場与力は重役から緊急の召し出しを受けた。

「明日朝に到着する三度飛脚が運ぶのは、おそれ多くも上様への献上氷であるぞ」

与力は顔色を失くして宿場に駆け戻った。

重役宅からの帰途に、召し出していた大工五人を引き連れて、のり助が待機する定宿に駆けた。

「明日朝に届く氷を、いずこにて保ちおくのか」

あらかじめ伝えていたにもかかわらず、与力は真顔で問い質した。

「床の下の涼しいところでさ」

返答を聞くなり、与力は激した。

「ただちに取り出し、場所を移すぞ」

与力は大工五人に命じ、納戸を急造させ本郷氷室を移した。

「そのほうらが宿場を発する明日暮れ六ツ（午後六時）まで、なんぴとたりとも納戸への接近無用とし、氷を警護いたす」

のり助にこれを告げた。

急造でも納戸の普請は確かで、板も分厚い松材だ。そして日陰である。

納戸の真ん中に置かれた台は、地べたから五尺（約一・五メートル）の高さがあった。これだけ高ければ、地べたの熱を案ずることもない。

うやうやしく台に置かれた形だけの氷室は、効き目あらたかに見えた。

「なにとぞ、よろしくのほど」

のり助は気持ちを込めてこうべを垂れた。

＊

与力が断言した通り、納戸の周囲には警護のため、役人が見張っていた。

のり助は納戸に入り、組長の栄助が氷箱を本郷氷室に納めた。

組長は警護役人に辞儀をした。そして一行は定宿へと向かった。

三番組衆が仮眠から起き出した、五月二十七日、八ツ（午後二時）どき。

一番組、二番組も上尾宿に集まっていた。

上尾から本郷まで、まだ道のりはたっぷり残っている。が、広間に勢揃いした飛脚衆の表情は、だれもがくつろぎ気味だった。

「ここから先には、闇が深い真夜中の山道もねえし、熊が出る物騒な山もねえ」

板橋までを担う四番組ののり助が、一同にほころび顔で話しかけた。

「いままで難儀な道を走ってきた一番、二番、三番のみんなのおかげで」

のり助が言うと、無口を通してきた梅吉も飛脚衆に感謝の笑みを見せた。

物言いにひと区切りつけたあと、のり助は三番組の栄助に目を移した。

「案の定、熊谷では熊に出くわしたそうだな」

「それはそうだが……」

栄助は気乗りしない物言いで続けた。

「猟師に仕留められる熊を、間近で見ちまったもんで」

ため息をついて、さらに続けた。

「なにもわるさをしてねえ熊を仕留めて、猟師衆はでけえ声ではしゃいでいた」

もう一度栄助は、ため息をついた。

「あの熊を思うと、なんだか可哀想で」

栄助は薄皮饅頭をつまみ上げた。

「この饅頭も食う気がしねえ」

栄助の言い分に、のり助はうなずいた。

ここまで黙って聞いていた梅吉が栄助に目を向けて、重たい口を開いた。

「熊が可哀想などとほざけるのは」

梅吉の目には、怒りの火が燃え盛っていた。

「やつらから生き死にの目に、なんも遭わされとらんからだべよ」

梅吉はお国訛り剝き出しで、栄助の言い分に挑みかかった。

語気も目つきも尖っていた。無口を通してきた梅吉とは別人である。

梅吉は栄助より二歳年長だ。

「気に障ることを口走っちまったんなら、勘弁してくだせえ」

梅吉の尖った目を正面から受け止めて、栄助は詫びた。

夜半の大事を控えている。仲間内の諍いは縁起に障ると、栄助は考えた。

「いや……詫びるのはおらだ」

梅吉の目から尖りが失せていた。

「おらの在所は加賀の山里でよ」

栄助の目を見詰めたまま、梅吉は在所での来し方を話し始めた。

「冬ごもりの時季近くだの、雪が解けて穴から起き出したりする時季の熊には、里のだれもが、気の荒くなったやつらに怯えながら暮らしているだ」

　こども時分から山を駆け回るのが好きだった梅吉は、脚力を認められ、十五で浅田屋への奉公がかなった。

　五年半の控え身分の下積みを経て、三度飛脚に取り立てられた。

「おらがまだ控えを続けていた春先に、あにさと嫁、息子がいっぺんに死んだだ」

　あとが続かなくなった梅吉に代わり、留次があとを受け持った。梅吉と留次の在所は同じで、顚末《てんまつ》も詳しく知っていた。

「梅吉のあにさは、猟師でよ。仕留めた熊は、嫁さも一緒にばらしていただ」

　熊に襲われた春は、一家で山菜採りに出ていた。その日に限り兄は鉄砲を持たずに、山菜採りに向かっていた。

　火薬を切らしていたからだ。翌日には仲間と火薬作りを予定していた。

　間の悪いことに、丸腰の一家が熊と出くわした。

　熊も驚いただろう。兄は猟師ならではの、熊には剣呑に感ずるにおいを発散していた。

　しかし熊は逃げなかった。そして親と離れていた、兄のこどもに詰め寄ろうとした。

　嫁は山菜採りの鎌を振り上げて、熊に向かった。子を守ろうとしたのだ。

　兄は熊に投げつける小石を探した。しかし山菜密集の山肌に石はなかった。

　兄は嫁を押しのけて、子に駆け寄った。直ぐ後ろにいた嫁に子を預けて、熊に立ち向かった。

　なんと熊も子連れだった。

　兄も嫁も熊の解体で、相手の急所は分かっていた。しかしいまの敵は無傷の熊だ。しかも子を守るために、母熊も気が立っていた。

爪の一撃で兄を斃した。

怯まずに立ち向かった嫁も、爪で斃された。

逃げ出した子は足を滑らせて、雪解けで水かさを増した沢に落ちた。

熊は子に手を出したわけではなかった。里の者たちは、熊が一家を殺したと憎悪した。

「猟師たちは他の獲物は相手にせずに、一家三人の敵討《かたきう》ちを成し遂げてくれただ」

静かな物言いで、留次は顚末を話し終えた。

ともに走ってきた栄助たち六人は、梅吉の前に正座した。留次以外、梅吉が隠し持ってきたあえぎを、知っている者はいなかった。

一番組、二番組の面々とて同じである。

冬眠から覚めた母熊が巣穴から出て、山を歩き始めていたのだ。しかも子連れで。

そんな危ない時季に鉄砲を持たずに、一家で山に入った。

「猟師の落ち度だと考えたでよ。梅吉は黙り通してきただよ」

留次の長い話が終わった。

栄助が口にしたひとことは、梅吉が固く閉じ込めてきた重たいふたを吹き飛ばした。

「こころねえことを言いやした……」

栄助はこれ以上の言葉を口に出来ず、梅吉の前で畳に手をつき、こうべを垂れていた。

五十五

上尾を出立したのは、暮れ六ツ（午後六時）の捨て鐘第一打が打たれると同時だった。

当初の予定だった十二本の竿提灯は、十一本に減っていた。六造はのり助の指図で七ツ（午後四時）過ぎに、ひとり板橋宿に先回りしていたからだ。

隊列の前に六本、後ろは五本である。

風太郎は望んだ通り、先頭で竿を持っていた。が、表情はこわばっており、走り出すなり全力疾走を始めた。

他の飛脚衆も同じである。上尾を出て二里（約八キロ）を走ると大宮宿だった。中山道のなかでも、板橋に次いで飯炊き女が多いと評判の宿場だ。

しかし一行は宿場のあねさんに形を見せるという、気持ちのゆとりなどなかった。

飛脚衆はとにかく一刻でも早く、板橋宿の浅田屋に駆け込みたいと願っていた。

大宮のあとは浦和宿、蕨宿《わらび》と続く。そして蕨宿から二里十町を走った先にあるのが、玄蔵と弥吉が待機している板橋宿である。

組長を含めて十三人の飛脚が、息継ぎすら惜しんで板橋を目指していた。

上尾から板橋間を担うのは四番組。組長はのり助で、氷箱の前棒に肩を入れていた。

後棒は梅吉である。栄助とのやり取りで、梅吉は初めて素を仲間にさらした。

広間の気配が重たくなるほどの一幕も生じたが、結果としてはそれがよかった。

飛脚衆にも話せない重荷を抱えていた梅吉が、おのれを破裂させたことで、重荷が吹き飛ばされたからだ。

十一人の提灯持ちと二人の氷箱担ぎが、息を合わせて夜の中山道を突っ走っていた。

一刻でも早く板橋宿へ。

これほどに切羽詰まった走りをしているのは、氷箱の中身が溶けるのを案じていたからだ。

まさかの異変とのり助が直面したのは、七ツ（午後四時）の上尾の役人詰所でだった。

＊

ロウソクや種火の懐炉灰。

すべての品々の手配りを宿場与力は快諾した。

「入用の品々の要請には即座に応じよと、重役から申しつかっておるでの」

重役の配慮に、のり助も梅吉も心底からの謝意を与力に示した。

「三度飛脚のそなたらに分かってもらえれば、わしも任務に励む甲斐がある」

与力は、さらに続けた。

「上様に献上申し上げる氷に、万に一つの粗相も許されぬでの」

「見張り番まで、手配りいただきやして」

のり助と梅吉は、これにも謝意を示したら。

「見張りには一刻ごとの鐘を合図として納戸の内に入り、変わりなきの検分を言いつけておる」

与力は自慢げにあごを突き出した。

「つい今し方、七ツの検分でも、氷箱は寸分も動かされてはおらなんだ」

暮れ六ツの出立直前にも、いま一度、今度はわしが氷室の安泰を確かめるという。

仰天したのり助だったが、顔には出さず。

「もう二度と、納戸は開かねえように」

頼みというより、命令口調で与力に告げた。

宿場与力は気を利かしたつもりで、納戸内の検分を繰り返し指図していた。

納戸に移された本郷氷室に氷箱を納めたのは、朝の六ツ半（午前七時）過ぎだった。そのあと五ツから一刻ごとに五度も納戸を開閉していた。

しかも扉の開閉のみではない。見張り番ふたりが熱を放ちながら、納戸内を歩き回っていた。

「まさか、そんなことを」

蒼白となった飛脚衆に、のり助は明確な指図を与えた。

出立は当初段取り通り、暮れ六ツとする。

すぐにも飛び出したかったが、夏日に焼かれた地べたの熱が、まだ街道には残っているからだ。

いま上尾にいる十二人のなかで、一番の韋駄天は加賀組の六造だった。

「あんたは板橋まで先回りしてくれ」

命じられた六造は、用向きも聞かず、支度を始めた。そんな六造に、先回りのわけを話そうとしたら、六造が先に口を開いた。

「念のために板橋の本郷氷室を確かめることと、大量のおがくずを用意してほしいと、玄蔵おかしらに子細を話して、知恵を出してもらう……これで間違いはないだろう？」

「それで充分でさ」

のり助の返答を確かめるなり、六造は広間から飛び出していた。

＊

上尾からの飛脚は、まさに疾風の走りを続けた。結果、五ツ（午後八時）過ぎには玄蔵、弥吉、六造と出店番頭の英悟郎が出迎えた板橋浅田屋に到着した。

荒い息のまま、のり助と梅吉は氷箱を本郷氷室に運び入れた。箱を開いたのは玄蔵だった。

おがくずに包まれた氷は、納めたときの半分近くにまで身が痩せていた。

五十六

上尾から氷箱が到着後、一刻を経た四ツ（午後十時）過ぎに、板橋出発支度が完了した。

玄蔵と弥吉で知恵を絞り切るのに、長いが必須のときを要した結果である。

達吉と嘉一が仕上げた本郷氷室への、絶対の信頼感あったればこそ使えた一刻とも言えた。

「上尾からの夜道を走り続けてきたおめえたちには……」

板橋に先乗りした六造を含む十四人を順に見てから、玄蔵は話を続けた。

「ここまでとは違う形で、本郷まで走り抜いてもらうことになった」

飛脚衆は黙したまま、だれもが引き締まった顔で深くうなずいた。

ところが……

「向かうのは浅田屋じゃねえ。夜更けを承知で前田様上屋敷にじかに向かうぞ」

これを聞くなり全員が、喉を鳴らして生唾を呑み込んだ。

献上氷は浅田屋で氷箱を開き、取り出す。そして真新しい松のおがくずで氷を包む。

前田家に届ける前の化粧である。

その氷を真新しい氷箱に収め直し、肩衣姿の浅田屋当主が、宝泉寺駕籠にて前田家正門潜り戸から入邸して届ける。

これが例年の氷献上の作法・仕来《しきた》りだった。

ところが今夜の玄蔵は、その作法のすべてを吹き飛ばすと明かしたのだ。

理由はただひとつ、段取りを踏んでいたのでは、到底氷がもたないからだ。

上屋敷前を行きすぎて浅田屋に。化粧のあと、宝泉寺駕籠で上屋敷まで戻るには、どれほど詰めようとも半刻（一時間）はかかる。

痩せ続けている氷には、仕来りに要する半刻は、致命的な時間の無駄遣いでしかない。

氷を溶かさずに献上するには、玄蔵の判断は正しかった。

しかし玄蔵は大騒動が生ずるのも必至の、さらなる手配りが欠かせぬと断じていた。

「献上氷はギリギリまで、ここ板橋に留め置き、出立後は力の限りを出し切って前田様上屋敷までかっ飛びで向かう」

これを言われて、飛脚衆がどよめいた。

なぜ今すぐに飛び出さないのかと、だれもが思ったからだ。その思いを察した玄蔵は、話を続けた。

「あえて板橋宿に留まっているのは、この間に」

話す玄蔵は丹田を固くして、面々を見回した。

「幾つもの談判を、各家に為してもらうためだ」

上首尾に運んだ頃合いを見計らい、本郷を目指して三度飛脚一世一代の疾走を始めると結んだ。

うおおっとどよめいたなか、玄蔵は風太郎と音っぺを見た。

「おめえたちはそれこそ命がけで、先回りの走りをしろ」

四半刻かけずに、浅田屋まで走り抜け。おめえたちならできると命じた。

玄蔵の脇には土圭《とけい》が置かれている。文字盤の針は、四ツ過ぎを指していた。

「目一杯に辛く見積もると、氷は明日の九ツ半（午後一時）を過ぎると、溶けてなくなる」

厳しい見当を聞かされて、飛脚衆の背筋がびしっと伸びた。

「これが旦那様に宛てた書状だ」

玄蔵は封書を風太郎に手渡して、言葉での指図を続けた。

「すぐさま前田様上屋敷に出向き、明日の氷献上の儀式を半刻ばかり前倒し願うようにと、したためてある」

「がってんでさ」

風太郎と音っぺは返事をする間ももどかしいとばかりに、下足場に向かおうとした。その動きを玄蔵は止めた。

「竿提灯は疾風走りに障る。持たねえでいいが、祝儀半纏は羽織って走れ」

三度飛脚の見栄は大事だと指図する玄蔵に、こうべを垂れて、下足場へとふたりは急いだ。

玄蔵は残りの飛脚衆と向き合った。

「ここから先は本郷に行き着くまでの道中、威勢の見せどころだ」

玄蔵の物言いが、いつにないまでに引き締まっていた。

「夜道だけだが、身なりは整えて走るぞ」


献上氷はすでに江戸に入っていた。

祝儀半纏に身を固めて走る飛脚衆は、前田家御用を務める浅田屋の矜持《きょうじ》だ。

闇を切り裂いて奔り行くひむろ飛脚衆。

自前の祝儀半纏姿の豊田市右衛門と久兵衛は、びしっと背筋を張って見送った。

竿提灯の先導で、氷箱は江戸を走り始めた。十二灯の竿提灯に挟まれて、玄蔵と弥吉の担ぐ氷箱が江戸の端から本郷を目指していた。

「いったい、なにごとが起きたんだ……」

「わけは分からねえが、連中が羽織ってるのは小豆色の祝儀半纏だぜ」

江戸は夜更かしの町である。

ときならぬ提灯行列と行き合った江戸っ子たちは、わけも分からぬまま喝采で見送っていた。

＊

玄蔵からの速達を受け取った伊兵衛は、先代と徳右衛門を前にして即決した。

「前田様には、わたしが出向きます」

この先、途轍もなく厳しい談判が連続することになる。それを承知で玄蔵と弥吉は新たな策を速達してきたのだ。

伊兵衛を信頼しての文面だった。

「すべてを旦那様に委ねます」

確かな物言いで徳右衛門は応えた。

「もはや、わしの出る幕ではない。浅田屋のすべては、そなたにかかっている」

先代はすべてを当主に託していた。

肩衣《かたぎぬ》の正装を、伊兵衛は三度飛脚の身なりに着替えた。これぞ浅田屋なのだ。

偉丈夫の伊兵衛には、飛脚身なりが似合った。祝儀半纏を羽織ったあと、伊兵衛は足自慢の手代、たけ蔵《いいい》を呼び寄せた。

「わたしの肩衣など正装一式を持ち、前田様までついてきなさい」

走るぞと言い添えると、たけ蔵はきっぱりとしたうなずきで応えた。

紋付き姿で浅田屋玄関前に立った先代と徳右衛門は、真夜中近くの大路を駆ける伊兵衛を見送った。

包を持ったたけ蔵は、達者な走りで伊兵衛に従っていた。

真夜中の夜空を流れる星も、駆ける伊兵衛を後押ししていた。

＊

献上氷が、明日九ツ半には水と化す。

至急報に接した前田家用人山田琢磨は、一瞬のためらいも見せずに動き出した。

上屋敷氷室与力が叩き起こされて、あるだけのおがくずを用意せよと命じられた。

同時に正門与力も召し出された。

「三度飛脚が到着するなり、即刻に潜り戸より迎え入れよ」

氷の扱いは浅田屋玄蔵に委ねよと命じた。

そのあと山田は乗物にて阿部家上屋敷に急行した。

山田の下知に従い、正門番二名が通りに出て飛脚到着に備えた。

飛脚装束の伊兵衛も通りで待ち構えた。

前例なき深夜来訪の山田から異変子細を聞き取った阿部家用人野島忠義は、老中主座、阿部正弘の決断を仰ぎ、即刻乗物にて水戸徳川家に出向いた。

まさにそのとき、三度飛脚が前田家まで一町（約百九メートル）に近づいていた。

多数の提灯が人影のない大路を照らしている。見るなり伊兵衛は飛脚衆に向かって駆け出した。

先頭で提灯を掲げ持った券弥は、夜目も利く。ひと目で伊兵衛だと分かったものの、身なりには驚愕した。

それでも伊兵衛はずんずん駆け寄ってくる。四半町まで迫ったときには、前を受け持つ提灯持ちの全員が伊兵衛に気づいた。

「旦那様のお迎えだ」

券弥の大声で提灯持ちが動き、駆けてきた伊兵衛を取り囲んだ。

そして券弥は竿を伊兵衛に持たせた。

一行は前田家正門目指し、乱れのなき走りで向かっていた。

ときはすでに八ツ（午前二時）過ぎだ。

草木も眠るという真夜中、闇に溶け込んだ黒塗りの乗物が、江戸の町なかを行き来していた。

水戸徳川家上屋敷におもむいた野島忠義は一切の前置きも言わず、真夜中に頼みを口にした。

「水戸徳川家での氷献上儀式が、半刻繰り上がることになります。ご承知賜りますように衷心よりお願い申し上げます」

夜を徹しての談判が、各所で行われた。

＊

五月二十八日は、いつも以上に夜明けから見事な晴天、夏空で明けた。

将軍御成の繰り上げは最終的に、阿部正弘の尽力と決断で、つつがなく実現した。

献上氷を賞味した将軍は、実のこもった物言いで前田慶寧《よしやす》に語りかけた。

「この炎天下、加賀より運ぶには、さぞ大儀であったであろう」

無駄には賞味せぬと、言葉をくだされた。

実のある言葉を口にしたのは、阿部正弘も同様だった。

「これだけ多数の手助けあって、実現できた氷献上である」

深夜の屋敷で阿部正弘は野島に、この言葉を口にしていた。

「上様に働きかけて仕上げるのは、わしの仕事だ」

阿部正弘は笑みすら浮かべていた。

＊

水戸徳川家中屋敷の広大な庭からは、川開きの花火も一望にできる。

この夜には、特設の花火桟敷が設けられていた。

「そのほうの特大なる尽力あってこそ、氷献上の儀も上首尾に運ぶことができた」

あの水戸徳川家用人岡本隼人が、あろうことか浅田屋伊兵衛に謝辞を述べた。

とはいえそれは氷献上とひきつづきの昼餉がお開きとなった、八ツ（午後二時）どきのことだった。

「ついては浅田屋、これをそのほうに贈呈いたすゆえ、よきに計らいなさい」

岡本から差し出されたのは、今暮れ六ツ（午後六時）からの花火桟敷招待状百枚の束だった。

「ありがたく頂戴いたします」

持ち帰るなり、伊兵衛は飛脚と手代を広間に集めた。

「身に余る、ありがたきお申し出を賜ったものの、今日の今日では花火始まりまでに幾らも間がない」

伊兵衛の指図を受けて、直ちに招待客の選び出しを始めた。そのあと手代と江戸組飛脚衆が相手先へと向かった。

＊

本石町《ほんごくちょう》「時の鐘」吟味役はいつにも増して念入りに、西日が沈み切ったことを確かめた。そして右手を突き上げた。

即座に鐘撞き当番は「暮れ六ツ（午後六時）」の捨て鐘第一打を撞き始めた。

そして本鐘第一打が撞かれると、花火が始まった。

威勢を示す、鍵屋が打ち上げた大輪である。

浅田屋飛脚から招待状を受け取った市川團十郎は、宝井馬風の合図で花火の轟音をも負かすあの声を発した。

鍵屋ではなく「たあまやあああ〜〜〜」と。

團十郎の響きのいい声を聞いたことで、よそ行き姿で気が張り詰めていた招待客たちの肩がほぐれたようだ。

「さすがは團十郎さんだ……」

風太郎が仕立てた寅吉と辰次の駕籠で駆けつけてきた豊田市右衛門は、未明に羽織っていた祝儀半纏姿で声を漏らした。

未曾有の厳しき務めを、見事にやり遂げた三度飛脚衆。あの栄助は酒もまだだというのに、顔を朱に染めて慶びを破裂させていた。

浅田屋は番頭手代はもちろん、奥女中、板場の賄い婦、さらには小僧までの奉公人全員が、花火が開くたびに歓喜の大声を発した。

兼松の面々は当主を含めて花火を間近で見るのは、今夜が初だった。例年、得意先の手伝いで吉原に詰めていたからだ。

「まこと、目と耳の法楽だの」

あるじの伊三郎が漏らした言葉には、実がこもっていた。

おていの両脇は達吉と嘉一が固めていた。このところ、朝夕の威勢が失せ気味だったからだ。

久々に宿に戻った達吉は、おていの様子を案じて、医者を頼む気でいた。そんなところに花火招待が舞い込んだ。

「まだ、しつけのついたままの揃いの浴衣をおろそうじゃないかさ」

すっかり元気が戻ったおていは、團十郎の声に聞き惚れた。

「おまえたちのおかげで、團十郎のたまやあが聞けたよ」

おていは水戸家に招かれたことよりも、花火の眺めよりも、ごひいきの團十郎のすぐ近くにいられることを喜んでいた。

将軍御成の花火は、鼓膜も破れよの威勢で打ち上げられていた。

＊

水戸徳川家中屋敷客間外の見晴らし台には、新たに造作された特大の卓が据え付けられていた。

将軍御成の花火である旨は、鍵屋当主に通知されていた。しかし御上は調子を崩されたことで、御城に戻っておられた。

特大卓の中央には徳川斉昭《なりあき》がいた。

両脇にはお忍びでの阿部正弘と、斉昭から招待を受けた前田慶寧とが座していた。

官位の異なる三人が横並びなのも、斉昭の指示である。高台の正面に上がる花火を共に愛でるためだった。

「御上は御城に戻られしものの、昼間の氷献上はつつがなく運び、まことにめでたき夜である」

「御意のままにござりまする」

前田家の次代当主が即座に応えた。並ぶ者なき百万石の大身大名も、御三家の隠居にもへりくだって答えた。

花火好きの阿部正弘は水戸徳川家と前田家の会話には加わらず、夜空に見入っていた。

花火が消えたあとも、阿部正弘は暗さの戻った夜空を見詰め続けた。そして野本趙雲の易を思い返した。

外国船はかならず襲来する……

もしも易が的中したならば、手強き相手と、いかにして向きあうべきや……

目元を引き締めたとき、この夜一番の特大花火が上がった。

「見事であるの」

「まこと、御意のままに」

外敵襲来を案ずるなど、思案の埒外《らちがい》なのか。緊張感なきやり取りに覚えた強い違和感は、花火が消えたあとも正弘の耳から消えてはくれなかった。

＊

今回の務めを成就させた立役者、三度飛脚衆。加賀組と江戸組十六人も、奉公人までも花火見物へのお招きを戴いた。

水戸徳川家にみなが出向いているいま、ひとり広間の中央に伊兵衛は座していた。

花火の轟音は、建屋を突き抜けて、広間にまで轟いていた。

静まり返った広間で一発、音を聞くたびに、伊兵衛はこのたびの一コマ一コマを思い返した。

不思議にも苦労したことは一切思い返さず、みなが成し遂げてくれたことへの感謝だけが浮かんだ。

決断したときは、そのすべてを背負う厳しさゆえ再三、動悸が止まりそうにもなった。

こうして花火の轟音を聞いていられるのも、だれもが力を惜しまなかったからだ。

頂きに立つ者は孤独で、負う責めは途方もなく重たい。

しかし成就した慶びをだれより深く噛み締められるのもまた、当主なのだ。

前田様に仕えることで、来年もまた、氷献上は続く。そして五年先、十年先までも。

難儀を乗り越えられたことで、伊兵衛は先々への思いを巡らせられる慶びを、広間の真ん中で噛み締めた。

その伊兵衛を後押しする特大の一発が、いま夜空に花を開いていた。

初出　「小説新潮」
二〇一九年七月号～一一月号
二〇二〇年一月号～八月号　一〇月号～一二月号
二〇二一年一月号～一二月号
二〇二二年一月号～三月号

単行本化にあたり大幅な修正を行いました。

装画　はぎのたえこ
地図制作　アトリエ・プラン

山本一力（やまもと・いちりき）
1948年高知県生まれ。東京都立世田谷工業高校電子科卒業後、様々な職を経て、'97年『蒼龍』でオール讀物新人賞を受賞してデビュー。2002年、『あかね空』で第126回直木賞を受賞。その後、2012年に第1回歴史時代作家クラブ賞、2015年に第50回長谷川伸賞も受賞している。困難にあっても誇り高く生きる人々を描いて熱い支持を集め、飾らない人柄の滲むエッセイや人生相談も好評。『大川わたり』『いっぽん桜』『ワシントンハイツの旋風』『だいこん』『かんじき飛脚』『べんけい飛脚』『ずんずん！』『カズサビーチ』「損料屋喜八郎」シリーズ、「ジョン・マン」シリーズなど著書多数。

ひむろ飛脚【ひむろひきゃく】

二〇二三年五月三〇日発行

著者 山本一力【やまもと・いちりき】
発行者 佐藤隆信
発行所 株式会社新潮社
東京都新宿区矢来町七一
郵便番号一六二―八七一一
電話（編集部）〇三―三二六六―五四一一
（読者係）〇三―三二六六―五一一一
https://www.shinchosha.co.jp
装幀 新潮社装幀室
印刷所 大日本印刷株式会社
製本所 大口製本印刷株式会社
価格はカバーに表示してあります。

乱丁・落丁本は、ご面倒ですが小社読者係宛お送り下さい。送料小社負担にてお取替えいたします。

ISBN978-4-10-460609-2 C0093